ULLSTEIN

Das Buch

Bester Laune reist Detektivin Regan Reilly aus den USA nach Oxford. Der Anlaß ist das zehnjährige Treffen ihres College-Jahrgangs. Doch als die Leiche ihrer ehemaligen Zimmerkameradin Athena im nassen Unterholz gefunden wird, ist es mit der harmonischen Atmosphäre unter den Mitschülerinnen rasch vorbei. Regan hat eigentlich nichts mit dem Fall zu tun, aber ihre Spürnase kann nicht widerstehen: Dem feuchten englischen Wetter und so manch anderer Widrigkeit des Ortes zum Trotz begibt sie sich auf die Suche nach Athenas Mörder ...

Die Autorin

Carol Higgins Clark, die Tochter der berühmten Thrillerautorin Mary Higgins Clark, war ursprünglich Schauspielerin und hat in vielen Theaterstücken, Fernsehproduktionen und Filmen mitgewirkt. Jahrelang hat sie für die Bücher ihrer Mutter Recherche betrieben und diese redigiert. Carol Higgins Clark lebt in New York City und Los Angeles.

Von Carol Higgins Clark ist in unserem Hause bereits erschienen:

Mord und Seide

CAROL HIGGINS CLARK

Klassenfoto mit Mörder

Roman

Aus dem Englischen
von Angelika Bardeleben

Ullstein

Besuchen Sie uns im Internet:
www.ullstein-taschenbuch.de

Umwelthinweis:
Dieses Buch wurde auf chlor- und säurefreiem Papier gedruckt.

Jubiläumsausgabe Januar 2003
Ullstein Verlag
Ullstein ist ein Verlag des Verlagshauses Ullstein Heyne List GmbH & Co. KG

Deutsche Übersetzung aus dem Englischen
von Angelika Bardeleben
Titel der amerikanischen Originalausgabe:
Decked (Warner Books, Inc., New York)
This edition published by arrangement with
Warner Books, Inc., New York, USA.
Dieses Werk wurde vermittelt durch die
Literarische Agentur Thomas Schlück GmbH, Garbsen.
Umschlagkonzept: Sabine Wimmer, München
Umschlaggestaltung: Thomas Jarzina, Köln
Titelabbildung: The Trevillion Picture Library, © Michael Trevillion, London
Druck und Bindearbeiten: Ebner & Spiegel, Ulm
Printed in Germany
ISBN 3-548-25593-0

Meiner Mutter, Mary Higgins Clark,
und meinem verstorbenen Vater,
Warren F. Clark

in Liebe gewidmet

»Alt und jung –
dies ist für uns alle die letzte Reise.«

Robert Louis Stevenson

Prolog

Freitag, 23. April 1982
Oxford, England

Athena rannte blindlings die dunkle Landstraße hinunter; ihr Atem ging in kurzen, heftigen Stößen. Ihre Schuljacke mit dem Aufnäher des St.-Polycarp's-Logo auf der Tasche bot ihr keinen Schutz vor dem durchdringenden Frühlingsschauer. Der festgezurrte Rucksack behinderte sie, aber sie dachte nicht daran, ihn abzustreifen.

Als der Schock allmählich nachließ, sagte sie sich verzweifelt, daß es verrückt gewesen sei, diesen Weg zu nehmen. Die Polizeiwache von Oxford war so viel näher – schon vor Minuten wäre sie dort in Sicherheit gewesen.

Die nasse, unebene Straße war jetzt besser zu sehen. Die Bäume mit ihrem dichten und tropfenden Laubwerk waren nicht mehr nur als Silhouetten erkennbar, sondern sie wurden zu dreidimensionalen Gestalten, die ihr zunickten.

Ein Wagen näherte sich von hinten. Athena wich zur Seite. Sie spürte instinktiv, daß sie nicht gesehen werden durfte. Scheinwerfer froren auf ihrem Rücken fest. Der Wagen näherte sich und hielt mit lautem Knirschen wenige Zentimeter hinter ihren Hacken. Die Tür öffnete sich.

Athena zerrte an ihrem Rucksack, um ihn zu lösen, und begann aufs neue zu rennen. Das verzweifelte Schluchzen blieb ihr in der Kehle stecken. Hinter sich hörte sie Schritte.

Nein – nein. Sie war gerade einundzwanzig geworden und konnte endlich das freie Leben führen, das sie sich so sehr wünschte. Sie durfte jetzt nicht sterben. Sie preschte noch einmal voran, um ihrem Schicksal noch einige Sekunden lang zu entrinnen. Aber dann geschah es: starke, knochige Finger schlossen sich um ihren Hals.

Freitag, 19. Juni 1992
Auf See

Gavin Gray hastete den Korridor hinab und stieß, um sein Gleichgewicht kämpfend, erst gegen den Handlauf der einen, dann gegen den der anderen Seite. »Man könnte direkt glauben, ich sei betrunken«, murmelte er. Oder war er tatsächlich ein wenig berauscht? Ihn durchströmten solche Mengen an Adrenalin, daß es ihn schwindelte. Ein Grund mehr, wie ein Pingpongball zwischen den Seiten hin und her zu springen.

Der Ozeandampfer, auf dem er sich befand, eine großartige schwimmende Stadt, war in dieser Nacht in rauhe See geraten. In eineinhalb Tagen würden sie in Southampton anlegen. Nicht früh genug, dachte er, während er mit Kurs auf seine sichere Kabine weiter voranhastete. Er konnte es nicht erwarten, wieder Land zu sehen, aber das hatte nichts mit den Wetterbedingungen dieser Überfahrt zu tun.

Was für eine Zeitverschwendung, auf diesem Riesendampfer für einen Schwarm alter Krähen den Entertainer zu spielen! »Sollen sie sich doch einen anderen suchen, der sich beim Cha-Cha-Cha auf die Füße trampeln läßt. Für mich bitte keine blaue Flecken mehr«, dachte er gereizt.

Leider gab es auf diesen langen Transatlantik-Kreuzfahrten regelmäßig einen Überschuß an Damen ohne Begleitung. Deshalb hatte das Schiffahrtsunternehmen

ihn, den zweiundsechzigjährigen Animateur, in seine Dienste genommen: als charmanten Begleiter, der die alten Trampeltiere galant auf die Tanzfläche führte und die brutalen Tritte auf seine Füße klaglos ertrug.
Noch heute morgen hatte er einer begeisterten Achtzigjährigen in unförmigen schwarzen Schuhen Polkaunterricht gegeben. Sie umschlossen ihre dicken Knöchel wie Kanonenboote, die auf seine wehrlosen Füße ausgerichtet waren. Wenn er nur daran dachte, zuckte er zusammen. Jemandem auf den Fuß zu treten – das war eigentlich ein Akt der Selbstverteidigung und keine Freizeitbeschäftigung.
An seiner Kabine angekommen, steckte er den Schlüssel in das glänzende Messingschloß und seufzte erleichtert auf. Er setzte sich auf sein Bett, lehnte sich zurück und starrte an die Decke, während er versuchte, ruhig und gleichmäßig zu atmen. Komisch, daß diese Kabinen in Wirklichkeit so viel kleiner sind als in den Prospekten, dachte Gavin. Nicht gerade angenehm für diese armen Trottel, diese gutgläubigen Opfer der Trickfotografie, die ein paar Tausender blechen, um ihre Hinterteile während einer Traumwoche auf See in diese Rattenfallen zu quetschen.
Er drehte sich um und warf einen Blick auf die Digitaluhr neben seinem Bett. Dreiundzwanzig Uhr zweiunddreißig. Sollte er auf einen Schlummertrunk ins Kasino gehen? Mit einer der schlaflosen, alleinreisenden Ladies flirten? Seine gereizten Nerven könnten sicherlich einen Brandy brauchen. Nein, entschied er schließlich, lieber nicht. Die meisten Passagiere hatten sich heute abend früh in ihre Kabinen zurückgezogen, aber das hatte nicht das Sandmännchen, sondern die rauhe See bewirkt.

»Nein, ich bleibe einfach hier«, sagte er leise zu sich selbst. Für diesen Abend war es genug der Aufregung.

Er hatte sein Glück kaum fassen können. Gerade hatte er die Lancelot-Bar verlassen, da hatte er vor der alten Mrs. Watkins gestanden. Die süße, bescheidene Beatrice Watkins mit ihren tollen Klunkern und dem promillehaltigen Atem.

Seit Tagen hatte sie durchblicken lassen, daß sie sich in der luxuriösen Camelot-Suite sehr einsam fühle. Die Suite bestand aus einem Wohnraum, einem abgesenkten Schlafraum, zwei Badezimmern und einer privaten Terrasse, die dem Passagier zu jeder Tages- und Nachtzeit einen malerischen Ausblick auf Himmel und Meer bot. Liebe Güte, mit so einem Grundriß konnte man jeden herumkriegen. Gavin fragte sich, ob Mrs. Watkins wohl schon Erfolg gehabt habe. Sie flirtete schamlos mit jedermann, steckte den Pagen ihre Telefonnummer, in Hundert-Dollar-Rechnungen eingerollt, zu und füllte die Animateure mit Champagner ab, als wäre es Wasser. Nicht einmal der Kapitän war vor ihren Annäherungsversuchen sicher.

Heute abend bei der Käpten-Party war sie viermal zum Kapitän hinübergewackelt, um sich mit ihm fotografieren zu lassen. Sie hatte sich mit ihren schönsten Juwelen herausgeputzt: Auf ihrem knochigen Schädel balancierte sie ein antikes Diamanten-und-Rubin-Diadem, an ihren Fingern steckten sechs Ringe, der eine protziger als der andere; ein jeweils passendes Arm- und Knöchelband aus Diamanten und Smaragden funkelte an ihren mageren Gelenken.

Der Kapitän war charmant wie immer. Er neigte sein silbernes Haupt in Richtung auf ihren farblich passenden

Schädel und lächelte beherzt in die Kamera. Er dankte ihr und begleitete sie ein Stück zu ihrem Platz zurück, während er weltgewandt das nächste Paar glücklicher Kreuzfahrer begrüßte. Er tat sogar so, als habe er nicht bemerkt, daß sie sich schwankend davonmachte, sich von einem vorbeikommenden Kellner ein neues Glas Champagner schnappte, ihn herunterstürzte und sich auf unsicheren Füßen wieder vor die Kamera stellte, um sich erneut fotografieren zu lassen.

Mein Gott, dieser Kapitän – wie macht er das bloß? fragte sich Gavin. Dieses professionelle Lächeln, das auf seinem Gesicht erstarrte, während er sich zwei Abende hintereinander auf jeder Fünf-Tage-Kreuzfahrt hunderte Male blitzen ließ. Zwei Käpten-Parties, um zwölfhundert Passagiere zu bewirten. Zwölfhundert doppelte Zahnreihen, davon die meisten mühselig durch Kukident an ihrem Platz gehalten, mußten aufblitzen, bevor der Käpten, mein lieber Käpten, sich davonmachen konnte. Wahrscheinlich wacht er schon in der Frühe mit einem Lächeln auf, obwohl er überhaupt keinen Grund dazu hat, dachte Gavin.

Nach dem Dinner und ein paar weiteren Drinks entschied Mrs. Watkins, daß sie eine längst überfällige Atempause verdient habe: Selbst eine der beliebtesten Aktivitäten auf Kreuzfahrtschiffen der ganzen Welt, Trinken bis zum Umfallen, war am Ende anstrengend. Es schien, als lerne man auf diesen Schiffen die Kunst, sich selbst zu vergiften. Als sie mühsam den Gang entlangstolperte, traf sie auf Gavin, der ihr sogleich anbot, sie auf dem Weg zu ihrer Suite zu begleiten. Sie hickste ihre Zustimmung und klammerte sich selig an seinen Arm. Dabei verfing der Verschluß ihres Armbands sich in seinem Jackett.

»Oh, imusch dasch Ding repariehn laschen, schonscht verliehr ischs«, lallte sie.
Die bloße Vorstellung zauberte ein Lächeln auf Gavins Gesicht.
Während Gavin sie auf dem Weg zu ihrem Penthouse stützte, wurde Mrs. Watkins Arm immer schwerer und ihr Blick immer glasiger. Toller Job, dachte er wehmütig, für Leute auf einem Schiff den Maulesel zu spielen. Aber da er ein Gentleman war, half er ihr, den Schlüssel ins Schloß zu stecken, und begleitete sie hinein. Sie plumpste auf ihr Bett, sackte nach hinten und war sofort eingeschlafen. Das Armband war inzwischen von ihrem Handgelenk geglitten.
Gavin war unbeweglich, mit weit aufgerissenen Augen neben ihr stehen geblieben. Was sollte er tun? Zum ersten Mal in seinem Leben bot sich ihm die Perspektive materieller Unabhängigkeit.
Wahrscheinlich würde jedermann glauben, sie habe in ihrem beschwipsten Zustand das Armband verloren. Sie hatte selbst gesagt, daß das Schloß nicht funktioniere. Die Leute hatten gesehen, wie betrunken sie war. Es konnte überall von ihrem Arm geglitten sein.
Wann, wenn nicht jetzt, würde er jemals wieder eine solche Chance bekommen? Sollte er es einfach an sich nehmen? Aber was wäre, wenn eine große Suchaktion eingeleitet würde? Die Schiffahrtsgesellschaft hatte großes Interesse an reichen, alleinstehenden Damen. Mrs. Watkins bezahlte jedesmal einen ganz schönen Batzen Geld für diese Suite und nahm häufig, wenn sie sich nach Gesellschaft sehnte, von einem Tag zum anderen eine Buchung vor. Wenn sie sich über irgend etwas beschwerte, wurde sofort etwas unternommen. Nein – er würde das

Armband hier in ihrer Suite verstecken müssen und später, wenn die Aufregung über den Verlust sich gelegt hätte, zurückkommen und es holen. Irgendwie.
Schwindlig, schwitzend und mit laut pochendem Herzen überlegte er krampfhaft, was er tun sollte. Mrs. Watkins lag, alle viere von sich gestreckt, auf dem King-size-Bett. Drei Stufen höher war zur Rechten der Wohnraum, komplett eingerichtet mit pastellfarbenen Couchen, Fernseher mit Riesenbildschirm, High-Tech-Stereoanlage und Bar. Eine Wand bestand aus einer gläsernen Schiebetür, die zum Balkon hinausführte. Ja, das war's: Die kleine Kammer mit den Rettungswesten! Die Rettungsübungen waren auf dieser Fahrt schon gemacht worden; es würde also keinen Anlaß geben, daß noch einmal jemand dort hineinging …
Auf Zehenspitzen schlich er zum Bett. Mit angehaltenem Atem lehnte er sich vor, um den von Smaragden und Diamanten blinkenden Reif aufzuheben. Ein Hehler würde für dieses Ding eine Million Riesen hinlegen! Wie ein Blitz schoß ihm ein weiterer Gedanke durch den Kopf: Vielleicht sollte ich mich auch von ihren anderen Schätzen bedienen. Während er liebevoll das Armband streichelte, hing er dieser Idee ein paar Augenblicke lang nach. Wie gewöhnlich behielt sein irisch-katholisches Gewissen die Oberhand; das wäre denn doch eine schwere Sünde. Dagegen würde der Diebstahl eines einzigen Armbands von jemandem, der so reich war wie Mrs. Watkins, höchstens als ein Vergehen gelten.
Mrs. Watkins bewegte sich und murmelte ein paar Sätze, in denen es offenbar um den Kapitän ging.
Ich mache wohl besser, daß ich hier rauskomme, dachte Gavin besorgt. Irgendein Neugieriger könnte mich gese-

hen haben, als ich sie in ihre Kabine begleitet habe. Lieber nur das Armband nehmen und sich nicht weiter in Versuchung führen lassen. Wenn er erst einmal ein paar Mäuse auf der Seite hatte, könnte er vielleicht eine schöne jüngere Frau mit einer Menge eigener Juwelen treffen, die ihn haben wollte. Er war klug genug zu erkennen, daß das sehr bald geschehen müßte, aber dafür mußte er erst einmal mit ein bißchen Geld um sich werfen können. Schließlich wurde er nicht jünger. Es gab sogar Leute, die behaupteten, er sähe schon ziemlich verbraucht aus. Sein Haar wurde täglich grauer, und seine Muskeln waren auch nicht mehr so wie einst. Er hatte den Schock seines Lebens bekommen, als man ihm kürzlich bei einem Kinobesuch Seniorenermäßigung angeboten hatte. Fast hätte er abgelehnt!
Mit einem Kopfschütteln vertrieb Gavin diesen häßlichen Gedanken, ergriff das glückverheißende Armband und tappte lautlos zu dem Kämmerchen hinüber. Vorsichtig schob er den Riegel beiseite. Bei dem Quietschen zuckte er erschrocken zusammen. Wie eine Reihe aufgeplusterter Vögel schienen ihn die orangefarbenen Rettungswesten vom Regal aus höhnisch anzustarren. Mit angespannten Nerven stellte er sich wie eine alternde Ballerina auf die Zehenspitzen und stieß das Armband an den Rettungswesten vorbei in die hintere Ecke des obersten Regals.
»Ich komme wieder, mein Schatz«, murmelte er.
Wie eine Katze schlich er quer durch den Raum, warf Beatrice Watkins eine liebevolle Kußhand zu und schlüpfte durch die Tür hinaus.
Die Crew würde auf der Suche nach dem Armband das Unterste auf dem Schiff zuoberst kehren. Doch wenn

man Sonntag anlegte, würde die Suche natürlich aufgegeben werden. Man würde vermuten, daß jemand den Schmuck gefunden und behalten hätte. Er würde während der Stunden im Hafen versuchen, sich in die Kabine zu schleichen und das Armband zu holen. Und selbst wenn ihm das nicht gelingen sollte, würde er auf der Fahrt zurück nach New York bestimmt eine Möglichkeit finden, es sich zurückzuergattern.
Nichts, aber auch gar nichts, würde ihn davon abhalten können.

Samstag, 20. Juni 1992
Oxford, England

Regan Reilly wachte langsam auf, blinzelte mit den Augen, die wie zugeklebt waren, und schaute sich um, um festzustellen, wo sie denn eigentlich war. Als sie sich zwang, den Schlafraum genauer zu betrachten, um den Nebel aus ihrem Hirn zu vertreiben, erinnerte sie sich, daß der weißblonde Haarschopf, der aus den zu kurzen Bettüchern des schmalen Bettes an der gegenüberliegenden Seite des Zimmers herausschaute, ihrer besten Freundin Kit gehörte.

Mit einem Seufzer ließ Regan sich wieder zurückfallen, drehte sich auf die Seite und schaute in das graue Licht, das sich durch das schmale Fenster in der Ecke hereinzwängte. Kit und sie waren am Abend vorher angekommen, um an dem zehnjährigen Klassentreffen von St. Polycarp's in Oxford teilzunehmen. Gerade rechtzeitig, um einen jener trostlos-düsteren englischen Tage zu erleben. Hoffentlich klärt es sich bis heute nachmittag auf, dachte Regan und zog das hauchdünne Bettuch bis ans Kinn. Es hat sich eine ganze Menge verändert, aber das Wetter gehört mit Sicherheit nicht dazu. Das Wetter war es, was Athena hier immer am meisten gehaßt hat.

Athena. Es war verwirrend, an sie zu denken. Kaum zu glauben, daß es genau dieses Zimmer war, das ich mir mit ihr geteilt habe, dachte Regan. Bis sie vor zehn Jahren Ende April übers Wochenende nach London fahren wollte und niemals zurückkam. Als das Semester im Juni

zu Ende ging, hatte immer noch niemand etwas von ihr gehört.
Mit Athena zusammenzuleben war nicht gerade einfach gewesen; ständig gab es etwas zu jammern, und ständig sehnte sie sich zurück nach Griechenland. Am Montag-, Mittwoch- und Freitagmorgen zog sie sich nach dem Zehn-Uhr-Englischkurs gleich den Bademantel an und blieb den ganzen Tag auf ihrem Zimmer, putzte sich pausenlos die Nase und ließ nicht zu, daß Regan das winzige Fenster auch nur einen Spaltbreit öffnete. Als Regan ihr zu Anfang angeboten hatte, sich mit den anderen auf ein Bier im nahegelegenen Pub zu treffen, hatte Athena entschieden abgelehnt. Als die junge Griechin einundzwanzig geworden war und Geld von ihrer Großmutter geerbt hatte, war Regan nicht besonders verwundert gewesen, daß Athena von ihrem Wochenendausflug ganz einfach nicht zurückkam. »Ich hab' genug Ingliesch gelernt«, hatte sie wiederholt zu Regan gesagt, »egal, was meine Eltern meinen.«
Nun, es ist klar, daß sie nicht zu diesem Jubiläum kommen wird, selbst wenn sie davon gehört haben sollte. Ich wäre ja fast selbst nicht gekommen.
Es war Kit gewesen, die Regan zu dieser Reise überredet hatte. »Sieh mal, ich weiß, daß du Zeit hast. Lieber Himmel, *People* hat in seiner letzten Ausgabe über dich und deinen spannenden Fall berichtet – ich denke, wir sollten nach Europa fahren und feiern. Nimm dir ein paar Wochen frei. Es macht bestimmt Spaß, die alte Truppe wiederzusehen.«

Ursprünglich hatte Regan Jura studieren wollen, aber während ihres letzten Collegejahres hatte sie sich entschieden, Detektivin zu werden. Nach der Abschlußprüfung hatte sie sich einen Job bei einem älteren Detektiv in Los Angeles besorgt, der sie unter seine Fittiche genommen hatte. Schließlich hatte sie sich vor ein paar Jahren auf die eigenen Füße gestellt. Allerdings machte diese Berufswahl ihren Eltern, Luke und Nora Reilly, ziemliche Sorgen.

Ihr Vater, ein Bestattungsunternehmer, hielt ihr entgegen, daß ihr gutes Aussehen ohne Zweifel »die falsche Sorte Leute« anziehen würde; ihre Mutter, eine bekannte Autorin von Kriminalromanen, übernahm zerknirscht die Verantwortung: »Das liegt an den vielen Prozessen, zu denen ich dich mitgenommen habe. Das hätte ich besser gelassen.«

»Ich habe einen Vater, dem drei Bestattungsinstitute gehören, und eine Mutter, die sich Geschichten über Massenmörder ausdenkt. Und da verlangt ihr von mir, mir einen ›normalen‹ Job auszusuchen?« konterte Regan. Die Vorhaltungen nützten ohnehin nichts – Regan liebte ihre Arbeit.

Beim letzten Auftrag war es darum gegangen, einen Vater ausfindig zu machen, der mit seinen beiden kleinen Kindern das Weite gesucht hatte. Regan hatte damals ihren Eltern erzählt, sie hätte eigentlich gar kein Honorar gebraucht; es sei Lohn genug gewesen, mitzuerleben, wie sich die Mutter und die beiden kleinen Söhne glücklich in die Arme fielen.

Kit und sie hatten zunächst ein paar Ferientage in Venedig verbracht, um anschließend in Paris Regans Eltern zu treffen.

Nora war gerade dabei, eine Promotionstour für ihren neuesten Roman hinter sich zu bringen. »Wenn mich noch *einmal* jemand fragt, woher ich die Ideen für meine Bücher kriege, dann bringe ich mich um«, hatte sie gestöhnt. Dann hatte sie Regan über den Entführungsfall ausgefragt. Nora und Luke wollten am Montag auf der *Queen Guinevere* nach New York fahren. Nora könnte sich noch ein paar Tage lang in einem Liegestuhl erholen, aber Regan wußte, daß die Gedanken ihrer Mutter schon wieder um eine neue Story kreisten, und mit Sicherheit kämen darin Auseinandersetzungen um das Sorgerecht vor.

Als Regan sich nach und nach das Zimmer im einzelnen betrachtete, drangen Bruchstücke von Erinnerungen in ihr Bewußtsein. Na, in den vergangenen zehn Jahren scheint für Renovierungen oder Neuanschaffungen jedenfalls kein Geld ausgegeben worden zu sein, stellte sie fest. Der abgetretene gräulich-grüne Teppichboden, die unbeschreiblichen Tapeten, die winzigen Einbauschränke, deren Türen nicht mehr richtig schlossen, der kleine, weiße verkratzte Ausguß mit dem fleckigen Spiegel darüber, die Dachgauben, bei denen man aufpassen mußte, daß man sich morgens beim Aufstehen nicht den Kopf stieß, und dann noch diese zwei formlosen Schaumgummiquader auf Rädern, die als Betten dienten... Mein Gott, der Preis, den man zahlen muß, um in die Geschichte einzugehen, dachte Regan. Um sagen zu können, man habe in Oxford studiert... Obwohl St. Polycarp's nicht direkt zur Oxford University gehörte, waren die Leute doch immer sehr beeindruckt, wenn du sagtest, du habest in Oxford studiert. Die sollten mal einen Blick in diese Zimmer werfen, dachte Regan.

Auf dem anderen Bett raschelte die Decke. Regan schaute hinüber und lachte. Kit hatte sich das Bettuch über

den Kopf gezogen. Der einzige sichtbare Teil ihres Körpers waren ihre Fingernägel.
»Schon ganz gut, aber sie müssen *schwarz* sein«, sagte Regan.
Alle Studentinnen von St. Polycarp's hatten sich über Athenas Schlafposition lustig gemacht. Ihre langen schwarzen Fingernägel, mit denen sie die hochgezogene Decke festhielt, wirkten, so hieß es, als befände sie sich in einem fortgeschrittenen Stadium von Leichenstarre. Mehr als einmal war Regan, wenn sie nach einer durchfeierten Nacht nach Hause gekommen war, beim Anblick von Athenas Bett erschrocken gewesen.
Kit entspannte ihre Hände und öffnete die Augen. »Dieses Bett! Mein Rückgrat ist durchgebrochen«, jammerte sie.
»Wie, die Unterbringung gefällt dir nicht?« fragte Regan ungläubig. »Wenn du wirklich Depressionen kriegen willst, denk an das Essen, das es hier immer gab, Pampe à la St. Polycarp.« Sie nahm Seife, Feuchtigkeitscreme, Shampoo, Pflegespülung, Luffaschwamm und Handtuch und ging zur Tür. »Noch etwas, was ich überhaupt nicht vermisse, ist, diesen Kram in einem Eimer zum Duschraum zu schleppen. Gab mir immer das Gefühl, ich wäre eine Putzfrau mit einem ziemlich umfangreichen Auftrag, und mein Körper wäre das erste Zimmer in einem schmutzigen Haus. Bis später.«
Wenig später tauchte Regan, eingehüllt in einen Frottee-Bademantel, wieder auf.
»Sieht aus, als ob niemand in der Nähe wäre. Aber falls du einen tüchtigen Hausmeister in deinem Samsonite versteckt hast, lad ihn einfach ein, mit dir zu duschen.«
Kit stöhnte. »Oh, es kann nicht sein, daß es so schlimm ist wie früher.«

»Schlimmer.« Regan lachte. »Der Abfluß ist so verstopft, daß das Wasser im Nu hochsteigt und deine Füße in Moder stehen. Wir sollten vor dem Duschraum eine Pedikürekabine und Desinfektionsmittel gegen Fußpilz aufstellen.«
Regan schlüpfte schnell in Jeans, Turnschuhe und einen gelben Pullover mit rundem Ausschnitt, den sie von einem ehemaligen Freund bekommen hatte, nachdem sein Hausmädchen ihn zu heiß gewaschen hatte.
Sie ging zu dem fleckigen Spiegel, stöpselte ihren Reisefön ein und beugte sich nach vorn. Während sie ihr schwarzes, dauergewelltes Haar durcheinanderpustete, erinnerte sie sich an die vielen Stunden, die sie damit zugebracht hatte, ihre in der Mitte gescheitelten, hüftlangen Zöpfe über diesem Ausguß zu trocknen. Im Stillen sprach sie ein Stoßgebet, daß keine ihrer ehemaligen Mitschülerinnen alte Fotos mitgebracht haben möge.
Immerhin war es noch immer dasselbe blaue Augenpaar, das sie aus dem Spiegel heraus anschaute. Dessen Aussehen änderte sich nur, wenn sie farbige Kontaktlinsen trug, um bei einem ihrer Aufträge unerkannt zu bleiben. Außerdem wurde ihr mit Stolz bewußt, daß sie noch immer in Jeansgröße 36 hineinpaßte.
Sie griff nach ihrer Tasche. Als sie sie öffnete, wehte der Duft von *White Linen* durch den Raum. Eine Flasche Parfüm war zerbrochen und hatte ihren Inhalt über ihre gesamte Brieftasche einschließlich des englischen Geldes vergossen. Regan legte die feuchten Banknoten auf die Kommode. Queen Elizabeth, die inzwischen allerdings erheblich gealtert war, starrte sie vorwurfsvoll an.
»Verzeihung, Majestät. Aber es riecht wirklich gut.«
Die Tür des Schlafraums wurde geöffnet und mit einem

wütenden Knall wieder geschlossen. »Ich bin auf dem Moos in der Dusche ausgerutscht«, giftete Kit. »Und ich hab' mir den Hintern am Abflußrohr aufgeschrappt! Ich wüßte gern, ob Jacoby & Meyers eine Niederlassung in London haben.«
Jacoby & Meyers war die New Yorker Rechtsanwaltskanzlei, deren Fernsehspots den Zuschauer aufforderten, die eigene Großmutter zu verklagen, wenn man über ihren selbstgehäkelten Teppich gestolpert war. Kits sonnengesträhntes Haar war noch naß vom Duschen. Aus ihren billigen Badelatschen quoll das Wasser. Ihre schlanke, einssechzig große Gestalt war vollständig in ihren Reisebademantel gehüllt.
»Ein Vertreter für Abflußrohre würde in dieser Gegend verhungern«, wetterte Kit und strich sich mit schmerzlich verzerrtem Gesicht über die Pobacke.
»Es ist meine Schuld«, sagte Regan geknickt, »ich hätte dir sagen sollen, daß du Schuhe mit Nägeln darunter anziehen mußt. Egal, wir sollten uns möglichst schnell aufmachen und noch ein bißchen in die Stadt gehen.«

Selbst gemessen an englischen Verhältnissen war es für Mitte Juni ziemlich kalt. Die Sonnenstrahlen versuchten ohne Erfolg, sich einen Weg durch die Wolken zu bahnen. Regan und Kit, die beide Lust auf eine Tasse heißen englischen Tee hatten, beschleunigten ihre Schritte. Sie wollten auf ihrem Weg in die Stadt im *Nasenbär* einkehren, um eine Kleinigkeit zu essen. Als sie am Keble College vorbeikamen, das für sein häßliches Äußeres inmitten so viel architektonischer Schönheit berühmt war, knuffte Regan Kit in die Seite.

»Erinnerst du dich daran, daß wir hier schon einmal zu Abend gegessen haben? Das war doch einfach unglaublich. War es nicht prachtvoll, all die Fakultätsmitglieder in ihren wallenden schwarzen Gewändern in den alten Eßsaal mit den langen hölzernen Tischen schreiten zu sehen?«

»Alles, woran ich mich erinnere, ist, daß Simon mich korrigierte, weil ich den falschen Löffel benutzt hatte.«

»Schade.«

Im *Nasenbär*, einem gemütlichen Restaurant, das nicht nur wegen seiner Laura-Ashley-Einrichtung und seines guten Essens beliebt war, sondern auch wegen der angenehm leisen, klassischen Musik, entdeckten sie vier ihrer Klassenkameradinnen, die sich ebenfalls zu dem Treffen eingefunden hatten. Die sechs Mädchen zogen zu einem großen Kiefernholztisch um, gaben ihre Bestellungen auf und stellten über einem gewaltigen englischen Frühstück die unvermeidliche Frage: »Erinnerst du dich …?« Und ebenso unvermeidlich kam dann die nächste Frage: »Hast du gehört?« Die ganz heiße Nachricht kam von Kristen Libbey, die drei Tage früher angekommen war und deshalb den letzten Klatsch mitbekommen hatte: Professor Philip Whitcomb wolle sich jetzt doch noch verheiraten.

Regan war die erste, die ihrem Erstaunen Ausdruck verlieh: »Du machst doch Spaß, oder?«

»Also schließlich ist er doch erst Anfang vierzig. Und er sieht gar nicht so schlecht aus …«, sagte Kit nachdenklich.

»Was?« fuhr Regan dazwischen. »Er sieht aus wie ein typischer Loser.«

Kit beachtete sie gar nicht. »Er ist wirklich ein guter Lehrer.« Alle nickten zustimmend.

Regan wandte ein: »Aber er wirkte immer wie der typische ewige Junggeselle. Jede freie Minute hat er bei seiner Tante im Garten gearbeitet. Wer ist übrigens die Glückliche?«

»Eine Lehrerin, die sich in dem Halbjahr, nachdem wir abgegangen sind, hierher beworben hat«, antwortete Kristen.

»Haben sie sich jetzt erst entdeckt? Die kennen sich doch schon seit zehn Jahren, oder? Wie heißt sie übrigens?« fragte Regan.

»Val Twyler. Angeblich soll sie schon seit ein paar Jahren hinter ihm her sein. Sie unterrichtet englische Literatur und ist ein paar Jahre jünger als Philip – offenbar eine sehr gescheite und lebenstüchtige Person.«

»Nun, dann sollte sie wirklich Philip heiraten«, fügte Regan hinzu. »Ewig hat er Socken getragen, die nicht zusammenpaßten, und ewig hing sein Hemd hinten aus der Hose heraus. O Gott, seht mal, wer da kommt!«

Alle drehten sich um und erblickten Claire James, die sich an der Schlange von Gästen vorbeidrängte, die auf einen Tisch warteten. Wie schon vor zehn Jahren trug sie LL-Bean-Kleidung und ein dazu passendes Stirnband.

»Hallo, ihr alle«, begrüßte sie die Gruppe. »Wieso hat mich heute morgen niemand geholt? Ich schlaf' doch sonst nicht bis in die Puppen.«

Ganz offensichtlich, so dachte Regan, spielte Claire noch immer die Schönheit aus den Südstaaten.

Claire sah sich um. »Ihr seht alle toll aus. Und Regan, deine neue Frisur ist super. Du siehst mit kurzem Haar viel besser aus.«

Unter dem Tisch trat Kit Regan auf den Fuß. Regan füllte ihre Teetasse aufs neue, während Claire ihre früheren Klassenkameradinnen darüber informierte, daß sie verheiratet gewesen war, dann geschieden wurde und sich jetzt erneut verlobt hatte. »Und ich bin sooo viel gereist«, beendete sie ihren Bericht. »Regan, ich stecke mir fürs Flugzeug immer eines der Bücher deiner Mutter ein. Woher sie wohl ihre verrückten Ideen immer hat? Der letzte Roman war einfach wahnsinnig gruselig. Wußtet ihr, daß ich im letzten Jahr Athenas Familie in Griechenland besucht habe?«

»Dann ist Athena also sozusagen in den Schoß ihrer Familie zurückgekehrt?« fragte Regan.

»Nein, das nicht. Sie haben nie wieder ein Wort von ihr gehört. Sollte man nicht annehmen, daß sie zumindest eine Postkarte schickt?«

»Sie ist *nie* aufgetaucht?!« rief Regan entsetzt. »Und sie haben nie versucht, ihre Spur zu verfolgen?«

»Nach einer Weile haben sie es schon versucht. Aber sie hat sich anscheinend einfach in Luft aufgelöst.«

»Ich wünschte, ich hätte es gewußt«, sagte Regan, »niemand löst sich so einfach in Luft auf.«

Claire machte eine Handbewegung, als wolle sie das Thema beiseite schieben. »Hat irgend jemand von euch den Plan für das Klassentreffen gelesen?« fuhr sie fort. »Vor dem Abendessen hat uns Philips Tante, diese liebe alte Dame, zum Cocktail bei sich zu Haus eingeladen. Erinnert ihr euch daran, daß sie vor zehn Jahren für uns eine Abschiedsparty gegeben hat?«

Regan erinnerte sich tatsächlich daran. Sie erinnerte sich an das zugige alte Haus, das matschige Gartengelände, das schon damals von Philip auf wunderbare Weise in einen englischen Garten verwandelt wurde, das muffige Käsegebäck und, das Beste oder Schlimmste von allem, an Philips Tante, Lady Veronica Whitcomb Exner.

Als sie vierzig war, also vor zwanzig Jahren, hatte Veronica zum Erstaunen ihrer Verwandten und Freunde Sir Gilbert Exner, einen damals sechsundachtzigjährigen alten Herrn, geheiratet. Er war so rücksichtsvoll, zwei Wochen später an einem Herzanfall zu sterben. Es gab viele Spekulationen, ob wohl Veronicas bis dato gefangene libidinöse Energie in dem zugigen alten Schlafzimmer von Llewellyn Hall freigesetzt worden war.

Regan mochte Lady Exner sehr gern. Aber sie hatte sie natürlich auch nur gelegentlich und immer nur für kurze Zeit gesehen, immer dann, wenn sie einen kleinen Empfang für ihren Neffen, den Professor, und seine Studentinnen, gab.

»Ich glaube, sie werden Philips Verlobung heute bekannt geben«, erklärte Claire.

»Seit wir diese Stadt verlassen haben, habe ich Philip nicht gesehen«, warf Kit ein.
Regan wurde sich bewußt, daß auch sie Philip seit jenem letzten Abend, an dem sie heftig über Athena diskutiert hatten, nicht gesehen hatte.
»Das ist die Gefahr, wenn man einen Batzen Geld erbt«, hatte Philip gesagt. »In ein oder zwei Jahren hat sie das Geld verpulvert und dann ist sie im Null Komma nichts wieder zu Hause bei Daddy. Wart's mal ab.«
Regan fragte sich, ob Philip wohl wußte, daß Athena auch nach zehn Jahren nicht bei ihrem Daddy zu Hause angekommen war.
Nach dem Frühstück strömten alle hinaus auf den Cornmarket-Platz. In Anbetracht des geradezu unglaublichen Verkehrschaos, des beängstigenden Menschengedränges und der drei riesigen Schnellrestaurants sank den Touristen erfahrungsgemäß der Mut. Woher sollte man wissen, daß man nur ein paar Schritte über die Collegemauern, die die Altstadt von Oxford umgaben, hinauszugehen brauchte, um sich in der Welt des Mittelalters wiederzufinden? In dieser pittoresken Stadt der spitzen Türme, der gepflegten Gärten, der plätschernden Flüsse und der weiten, offenen Plätze, schienen Tradition und Fortschritt fortwährend miteinander im Kampf zu liegen. Oxford ist zwar als die Stadt der Radfahrer bekannt, aber es gibt dort auch eine größere Automobilfabrik.
Nachdem sie eine halbe Stunde herumgelaufen waren, beschlossen die Mitglieder der Gruppe sich aufzuteilen. Jede hatte ihre eigenen Pläne, und es war einfach zu schwierig, inmitten all der samstäglichen Einkäufer einander nicht aus den Augen zu verlieren.

»Komm, wir mieten uns Fahrräder und fahren ein bißchen übers Land«, schlug Regan Kit vor.
»Gut, machen wir das – ein bißchen Bewegung würde mir ganz bestimmt guttun. Sie haben wahrscheinlich noch immer dieselben Fahrräder, die wir uns schon vor zehn Jahren geliehen haben«, erwiderte Kit.
»O Gott, ich hoffe nicht. Ich habe keine Lust, wieder den halben Nachmittag damit zu verbringen, die Kette festzumachen«, stöhnte Regan. Sie hatte sich daran erinnert, wie oft ihr Fahrrad irgendwo auf verlassenen Straßen ein paar Meilen vor der Stadt eine Panne gehabt hatte.
Sie radelten am Stadtrand von Oxford entlang und sprachen über die ziemlich häßlichen modernen Gebäude. Dann steuerten sie auf den südlichen Teil der Stadt zu, radelten an der Christ Church Meadow vorbei und kehrten um ein Uhr in einem Pub am Cherwell, einem Flüßchen, ein. Sie setzten sich an einen Tisch an einem offenen Fenster und atmeten tief den Duft der feuchten Erde ein, die nach und nach von den immer noch vorsichtigen Sonnenstrahlen erwärmt wurde, und sich mit dem muffigen Dunst in der Wirtsstube vermischte. Erinnerungen an die Jungen des Keble-College, mit denen sie damals Streifzüge durch die Pubs gemacht hatten, kamen ihnen plötzlich in den Sinn.
»Mein Gott, was wohl aus den Jungen geworden ist«, sagte Regan, während sie einen Schluck von dem rostfarbenen Lagerbier nahm. »Wäre es nicht lustig, sie wiederzusehen?«
»Oh, wahrscheinlich arbeiten sie alle in London und scheffeln einen Haufen Geld«, sagte Kit.
»Man kann es kaum glauben, daß sie damals, als wir befreundet waren, im Begriff waren, die zukünftigen Füh-

rer dieses Landes zu werden. Weißt du noch, wie wir damals an Ians Tür geklopft haben?«

»Wenn es ein Junge ist – ich ziehe mich gerade an. Wenn es ein Mädchen ist, dann komm doch herein«, wiederholte Kit, Ians melodischen walisischen Tonfall imitierend. »Ich möchte wissen, was er jetzt wohl sagen würde, wenn er sähe, daß du deinen Revolver herausziehst und jemandem Handschellen anlegst.«

»Er würde wahrscheinlich fragen, ob er ihn sich mal leihen kann.« Über einem dampfenden Fleischauflauf gaben die beiden jungen Frauen ihrer Verwunderung darüber Ausdruck, daß Claire es offenbar geschafft hatte, sich noch einen weiteren Ehemann zu angeln, obwohl sie in keiner Hinsicht besonders attraktiv war.

»Aber weißt du, Kit, ich habe nie einen ihrer Männer getroffen. Ich kann mir natürlich vorstellen, wie sie aussehen.«

»Wie damals der Typ, mit dem du die Überraschungsverabredung getroffen hattest?«

»Genau. Wenn ich daran denke, daß er in irgendeiner Zeitschrift als einer der zehn begehrtesten Junggesellen des Landes genannt wurde.«

»Das hast du mir noch nie erzählt. Welche Zeitschrift?« fragte Kit gespannt.

»Ich weiß den Namen nicht mehr«, erwiderte Regan, »aber ich glaube, seine Mutter war die Herausgeberin.«

Um vier Uhr kehrten sie in den Schlafraum zurück, um sich allmählich für die Einladung in die Llewellyn Hall fertigzumachen, entschieden dann aber, daß sie ruhig ein einstündiges Schläfchen einschieben könnten, und versenkten sich noch einmal in die Feldbetten mit den feuchtkalten grünen Übertüchern.

Die fünfzehn Ehemaligen, die zu dem Klassentreffen gekommen waren, wurden um 18.00 Uhr vom Bahnhof abgeholt. Von dort aus ging es weiter in zwei kleinen Schulbussen, die allerdings schon in den späten Sechzigern den Glanz und den Duft eines neu erworbenen Autos verloren hatten. Ziel der Fahrt war das Anwesen von Lady Exner. Während der Kleinbus die Straße entlangrumpelte, sprach Regan hier und da mit einer ihrer ehemaligen Klassenkameradinnen und informierte sich über die Entwicklungen der letzten Jahre. Einige der jungen Frauen hatten sich in den vergangenen Jahren ziemlich verändert, andere dagegen überhaupt nicht, stellte sie fest. Das Gefühl von ängstlicher Bedrücktheit, das die Nachricht von dem Verschwinden Athenas in ihr hervorgerufen hatte, konnte sie trotz aller Ablenkung nicht abschütteln.

Der Fahrer des Busses, einer der neuen, noch jungen Lehrer, wäre fast an Llewellyn Hall vorbeigefahren. Er trat hart auf die Bremse und legte den Rückwärtsgang ein. Die Insassen des Busses fielen durcheinander wie Maiskerne, die zu Popcorn aufplatzen. »Tut mir schrecklich leid«, rief er achselzuckend, lenkte den Bus schwungvoll die von Eichen umsäumte Straße entlang und brachte ihn vor der Villa mit lautem Quietschen und Klappern zum Stehen.

Kit drehte sich zu Regan um. »Amüsierst du dich schon?«

Leise stöhnend und ächzend stolperten die Ehemaligen gebückt aus dem Bus.
»Ich brauche einen Drink«, murmelte irgendjemand.
Ich brauche zwei, dachte Regan.
Lady Exner mußte bereits auf sie gewartet haben. Die große Eingangstür von Llewellyn Hall schwang auf. Im Rahmen hüpfte die alte Dame wie ein kleiner Vogel hin und her und rasselte begeistert die Namen sämtlicher junger Frauen herunter, so, als hätten sie sich erst gestern zuletzt gesehen.
»Mein Gott, wie sieht die denn aus?« stöhnte Kit.
Als die Studentinnen Lady Exner das letzte Mal gesehen hatten, hatte sie ihr graues Haar zu einem festen Knoten zusammengerafft. Ein Faltenrock aus Wolle, eine langärmelige Bluse mit Stehkragen, an dem eine silberne Brosche mit dem Bild ihrer Schwiegermutter prangte, und eine schottische Wolljacke verliehen ihrer Erscheinung normalerweise eine gewisse Strenge. Heute aber trug sie ein golden schimmerndes Seidenkostüm mit einer passenden, ausgeschnittenen Bluse, deren weicher Stoff über der Brust üppige Falten warf.
Claire flüsterte Regan von hinten ins Ohr: »Ich könnte schwören, Regan, daß sie denselben Friseur hat wie du.«
Regan bekam Lust, ihr einen kräftigen Tritt zu versetzen. Lady Exners strenger Knoten war inzwischen einer stark gelockten Dauerwelle gewichen, die erstaunlicherweise ebenso golden schimmerte wie ihr Kostüm.
Die alte Dame begleitete die jungen Frauen in den Salon, der den Blick in den Garten freigab, und kommentierte freimütig ihre Verwandlung. »Vor vier Jahren hatte ich einen Herzinfarkt«, berichtete sie beinahe fröhlich. »Mein Arzt hat mich gewarnt. Mein Herz würde

müde, sagte er, und ich solle vorsichtig sein. Wissen Sie, was ich ihm darauf erwiderte? Ich sagte, daß ich, abgesehen von jener zweiwöchigen Odyssee mit Sir Gilbert, mein ganzes Leben lang nur vorsichtig gewesen sei. Ich stürmte nach Hause und machte eine Liste von dem, was ich schon immer hatte tun wollen, wozu ich aber nie gekommen war. Und jetzt hole ich das alles nach!«
Sie spreizte die Hände, auf denen sich dicke, blaue Adern schlängelten, und zeigte den jungen Frauen ihre Finger und Handgelenke. »Sehen Sie diese Ringe und Armbänder? Ich hatte schon immer eine Schwäche für Maeves Juwelen. Außer der Brosche mit dem Bild von Sir Gilberts Mutter und ihrem Ehering hatte ich früher kein einziges Schmuckstück. Als Maeve letztes Jahr das Zeitliche gesegnet hat, sagte ich mir, warum nicht? Die Grundstücksverwalterin mußte ihren Schmuck verkaufen, um das Geld für die Steuern zusammenzukratzen, und jetzt gehört er mir, ganz allein mir. Ganz hübsch, nicht wahr? Ich habe mir neue Kleider gekauft, mir eine andere Frisur machen lassen und, was am schönsten ist, ich mache regelmäßig kleine Reisen. Philip hat allerdings darauf bestanden, daß ich mir eine Begleiterin suche. Hier ist sie.«
Sie waren inzwischen an der Tür zum Salon angelangt. Den jedenfalls hatte Lady Exner nicht verändert: verblichene Damastsofas aus der Zeit Königin Viktorias, ein Orientteppich, dessen Farben nahezu unkenntlich geworden waren, Roßhaarsessel am Kamin, Porträts lange vergessener Mitglieder der Familie Exner, die alle aussahen, als litten sie unter der schweren seelischen Belastung einer unheilbaren Schuppenflechte. Auf einem Tisch standen mit Sorgfalt arrangierte Häppchen, die

Lady Exner zur Cocktailzeit immer bereitstellte: Anchovis auf matschigen Toastecken, eine Schüssel mit weichen Kartoffelchips und eine Pyramide aus kleinen Fischpasteten, die äußerlich stark an Vogelkot erinnerten.

Eine dickliche Frau, die Regan auf ungefähr sechzig schätzte, mit kurzgeschnittenem Haar, großen, runden Brillengläsern und ängstlichem Gesichtsausdruck, betrachtete prüfend die Häppchen. Eine etwa fünfzigjährige Bohnenstange in der Uniform eines Hausmädchens stand neben ihr.

»Wirklich – alles ist perfekt«, murmelte die Bohnenstange, und ihr Gesicht hellte sich auf. Lächelnd drehte sie sich um. »Oh, Lady Exner, gerade ist alles für Ihre Gäste fertig geworden.«

Einen Augenblick später ergriff Penelope Atwater Regans Hand und drückte sie so fest, als wolle sie sie zerquetschen. »Wir haben auf unseren Reisen immer soviel Freude an den Büchern Ihrer Mutter gehabt. Lady Exner kauft regelmäßig zwei Exemplare der Hardcover-Ausgabe. Wir lesen sie beide zur selben Zeit und wer als erste weiß, wer der Mörder ist, muß der anderen einen Sherry ausgeben. Wir würden Nora Regan Reilly zu gern einmal persönlich kennenlernen und uns mit ihr über ihre Stories unterhalten. Wo mag sie nur ihre Ideen herbekommen und ...«

»Ich habe Regan schon vor zehn Jahren gesagt, ihre Mutter solle meine Biographie schreiben. Inzwischen wäre sie natürlich noch wesentlich interessanter. Ich habe meine Aufzeichnungen und Tagebücher sorgfältig gesammelt«, erklärte Veronica fröhlich.

Regan wußte, daß Lady Exner mehrmals an ihre Mutter

geschrieben und vorgeschlagen hatte, ihre Memoiren zu einem Roman zu verarbeiten. Deshalb beschloß sie, die Andeutung einfach zu überhören. »Erzählen Sie mir von Ihren Reisen«, forderte sie Veronica auf.
Die beiden alten Damen sahen sich mit einem strahlenden Lächeln an. »Nun, zuerst sind wir nach Spanien gefahren«, erzählte Lady Exner. »Das war vor vier Jahren. Es war wunderbar. Ich habe so viele nette Menschen kennengelernt. Es heißt, Engländer seien zurückhaltend – auf mich trifft das allerdings überhaupt nicht zu.« Ihr herzliches Lachen ließ erkennen, daß Lady Exner ihr Geld auch in ein neues Gebiß investiert hatte.
»Das einzige Problem war, daß ich so oft Sodbrennen von den scharf gewürzten Speisen bekommen habe«, fügte Penelope mit einem tiefen Seufzer hinzu.
»Und im vergangenen September sind wir zur Segnung der Flotte nach Venedig gefahren«, fuhr Veronika fort. »Mein ganzes Leben lang habe ich mir gewünscht, Venedig zu sehen, und es war wirklich atemberaubend schön.«
»Die Scungilli, die wir auf dem Sankt-Markus-Platz aßen, haben es erheblich verschlimmert«, sagte Penelope.
»Was verschlimmert?« fragte Kit, die sich zu der Gruppe gesellt hatte.
»Mein Sodbrennen«, wiederholte Penelope.
Regan bekam das Gefühl, als sei Penelope Atwaters Sodbrennen auf sämtlichen Reisen ein Dauerthema.
»Nun, hoffen wir, daß ihr Magen die Reise mit der Queen Guinevere in der nächsten Woche ausnahmsweise einmal gut übersteht«, sagte Lady Exner seufzend. »Wenn das Schiff von Southampton einmal abgelegt hat, gibt es in den nächsten fünf Tagen kein Zurück.«

»Die Queen Guinevere?« fragte Regan und versuchte, sich ihre Bestürzung nicht anmerken zu lassen. »Sie reisen nächste Woche?«
»Am Montag. Ich wollte schon immer einmal nach New York. Die Tochter meiner Cousine hat mir in den vergangenen Jahren so oft geschrieben. Ich habe sie noch nie gesehen, aber ich habe den Eindruck, daß sie ein sehr nettes Mädchen ist. Sie ist erst vierzig und war schon dreimal mit Männern verheiratet, die ihre Gutmütigkeit nur ausgenutzt haben. Heute muß sie kämpfen, um ihre beiden Töchter allein großzuziehen. Sie möchte, daß wir bei ihr wohnen und sie kennenlernen. Und ich hoffe, daß ich sie dazu überreden kann, im September zur Hochzeit meines lieben Philip zu kommen und vielleicht sogar für ein ganzes Jahr zu bleiben. Ihre Töchter könnten das St.-Polycarp's-Internat besuchen, und die drei könnten bei mir wohnen. Wer weiß? Vielleicht bleiben sie dann für immer hier. Unsere Familie ist ohnehin furchtbar klein.«
Regan war nicht besonders daran interessiert zu erfahren, welche Pläne Veronica für ihre wiederentdeckten Cousinen hatte. Was ihr allerdings einen gehörigen Schreck einjagte, war der Gedanke, daß Luke und Nora ebenfalls auf dem Schiff sein würden.
Offensichtlich dachte Kit an das gleiche. »Regan, ist das nicht das Schiff, auf dem deine Mu...«
Regan knuffte die Freundin warnend in die Seite und fuhr dazwischen: »Wir können es überhaupt nicht erwarten, Philip wiederzusehen und seine Verlobte kennenzulernen.«
»Val macht mich nervös«, stöhnte Penelope. »Ich bekomme Sodbrennen, wenn ich sie nur anschaue.«

»Ach, sie ist ganz in Ordnung«, erwiderte Veronica. »Etwas herrisch, sicher, aber irgend jemand muß sich um Philip kümmern, und ich werde ja irgendwann einmal nicht mehr da sein. Aber jetzt muß ich mich meinen anderen Gästen widmen.«

Das Hausmädchen, dessen Gesichtsausdruck eine Art Dauerresignation auszudrücken schien, bot Sherry an. Regan und Kit nahmen sich beide ein Glas und zogen sich ans Fenster zurück.

»Tut mir leid, daß ich beinahe die Katze aus dem Sack gelassen hätte«, sagte Kit. »Aber ich denke, es ist sowieso egal. Sie wird mit Sicherheit erfahren, daß deine Mutter an Bord ist. Und wenn sie das erst einmal weiß, wird deine Mutter keine Minute lang mehr vor ihr sicher sein.«

»Nicht unbedingt. Wenn Luke und Nora privat reisen, fährt sie unter dem Namen Mrs. Luke J. Reilly. Wenn die beiden Ferien machen, dann versucht sie, dem ganzen Publicity-Rummel zu entgehen.«

»Das ist gut. Deine Mutter ist viel zu freundlich und höflich, um Veronica einfach ins Gesicht zu sagen, daß sie sie in Ruhe lassen soll«, sagte Kit. »Dieser Garten ist wirklich eine Pracht, nicht wahr?«

Das Grundstück war, so weit man sehen konnte, in einen äußerst gepflegten englischen Garten verwandelt worden. Die sauber angelegten Blumenbeete, in denen Ringelblumen, Vergißmeinnicht, Rittersporn, Stiefmütterchen und Levkojen blühten, waren durch Kieselpfade voneinander getrennt. Aus einem großen, an der Seite des Hauses gelegenen Stück Land war ein Gemüsegarten geworden.

»Ich frage mich bloß, wie Philip all das ganz allein geschafft hat. Mir sind so viele Pflanzen eingegangen, weil ich entweder zu viel oder zu wenig gegossen, sie zu lange oder zu kurz der Sonne ausgesetzt oder ihnen keinen oder den falschen Dünger gegeben habe. Und auch die Pflanzen in meiner Wohnung brauche ich nur anzuschauen; sie gehen sofort ein.«

»O Regan, ich bin sicher, daß du dein Licht unter den Scheffel stellst«, tönte Claires schrille Stimme von hinten in Regans Ohr.

Regan kam der Gedanke, daß Claire das Zeug zur Privatdetektivin habe. Sie tauchte fast immer dort auf, wo sie nicht erwünscht war, und hörte, was nicht für ihre Ohren bestimmt war.

»Ich bin sicher, daß du mit deinen Pflanzen redest, Claire«, sagte Regan sanft.

»Aber sicher. Ich erzähle ihnen die wildesten Stories«, gab Claire zu.

»Man sollte eigentlich meinen, daß Lady Exner – jetzt, da Philip dieses Grundstück in einen solchen Paradiesgarten verwandelt hat – darauf brennt, auch das Innere des Hauses ein wenig zu verschönern. Ich meine... alt ist nicht gleich alt. Nun, wenn Philip erst einmal verheiratet ist, wird Val sich bestimmt ein bißchen um das Haus kümmern.«

»Aber es gehört ihr ja überhaupt nicht«, warf Regan ein.

»Ach, du weißt schon, was ich meine. Philip wohnt hier, und eines Tages wird das Haus ihm gehören. Und im Vergleich mit den vielen häßlichen Neubauten in der Stadt wirkt es fast so wie ein richtiges Schloß. Ich frage mich, ob er wohl die ganzen fünfhundert Acres in einen solchen Prachtgarten verwandeln will. Oh, sieh mal, da kommt er gerade – und das muß seine Zukünftige sein.«

Jedermann drängte sich, um die Neuankömmlinge zu

begrüßen. Veronica rief voller Überschwang: »Da bist du ja, mein lieber Junge. Wir warten alle schon darauf, daß du deine Verlobung bekanntgibst.«
Philip stieg die Röte über den Hals ins Gesicht; sie breitete sich rasch aus und wanderte weiter bis zu seinem sich lichtenden rotblonden Haar hinauf. »Ach Gott, es s-s-sieht ja fast so aus, als hättest *du* das bereits getan.«
Regan erinnerte sich, daß Philip leicht ins Stottern geriet, wenn er nervös war. Die Frau an seiner Seite dagegen war die Ruhe selbst. Regans erster Eindruck von Val Twyler war, daß sie aus verschiedenen Schattierungen von Beige zusammengesetzt war: Ihr Haar hatte fast dieselbe Farbe wie das ihres Verlobten, ihr Teint war kränklich blaß, und die Augen schimmerten blaßbraun. Ihre Gesichtszüge waren herb, und ihr Körper wirkte angespannt und eckig. Sie trug einen braunen Gabardinerock, eine weiße langärmelige Bluse und flache braune Schuhe. Als sie Veronica zur Begrüßung zulächelte, blitzten große, kräftige Zähne auf; ihr schmales Gesicht ähnelte in der Tat sehr stark dem einer braunen Stute. Als sie jedoch Regan vorgestellt wurde, verströmte Val Twyler eine warme Herzlichkeit.
»Durch Philip und Veronica bin ich auf die Bücher Ihrer Mutter aufmerksam gemacht worden. Sie haben mir alle sehr gut gefallen.«
Philip umarmte Regan und Kit. »St. Polycarp's ist nicht mehr das alte, seit ihr nicht mehr da seid.«
Sie beglückwünschten ihn zu seiner Verlobung.
»Ich weiß zwar nicht, ob ich mich zum Ehemann eigne, aber Val ist ein Schatz«, sagte er mit einem nervösen Lachen.
Das Hausmädchen begann, auf einem Tablett die Häpp-

chen herumzureichen, die vor allem bei Penelope Atwater einen reißenden Absatz fanden.
»Kein Wunder, daß sie Sodbrennen bekommt«, flüsterte Regan Kit zu. »Sie stopft sich mit diesen ekelhaften Hors d'œuvres voll, die mit dieser üblen Paste beschmiert sind. Na ja, vielleicht ißt sie sie ja alle allein auf; dann merkt wenigstens keiner, daß sich niemand ein zweites Mal bedient.«
Die Kleinbusse nahmen die Ehemaligen um 20 Uhr wieder auf, um sie zum Abendessen nach St. Polycarp's zurückzubringen. Um zehn vor acht begannen die jungen Frauen, sich von ihren Gastgebern zu verabschieden. Regan wünschte den beiden Seereisenden in spe, Veronica und Penelope, eine gute Reise – natürlich mit dem Gedanken im Hinterkopf, ihnen möge verborgen bleiben, daß ihre Mutter auf demselben Schiff reisen würde. Plötzlich klingelte das Telefon.
Das Hausmädchen rief nach Philip. »Ich habe gefragt, ob Sie in ein paar Minuten zurückrufen könnten, aber man sagte mir, es sei sehr wichtig.«
Als Philip kurz darauf in den Salon zurückkam, war er leichenblaß. Er stotterte: »Ich fürchte, es hat P-P-Probleme gegeben. Der Polizeihauptmann ist gerade auf dem Weg hierher. Er muß mit Ihnen allen sprechen.«
Auf die durcheinanderschwirrenden Fragen hatte Philip nur eine einzige Antwort: »Wißt ihr, sie war in eurer Klasse.« Schweißtropfen traten auf seine Stirn. Regan sah, daß Val seine Hand nahm und seinen Arm streichelte.
»Es scheint, sie haben sie gefunden – oder vielmehr das, was von ihr übrig ist.« Er machte eine vage Geste in Richtung auf den hinteren Teil von Veronicas Grundstück. »Hier, auf diesem Baugrundstück, das an unser Nord-

ostende stößt. Man hat dort vor wenigen Stunden Sprengungen durchgeführt. Ein Arbeiter hat dabei etwas entdeckt und die P-P-Polizei gerufen.«

»*Was* hat er entdeckt?« fragte Regan.

»Fetzen einer St.-Polycarp's-Schuljacke... die L-L-Leiche... unter Blättern... ein Ru-Ru-Rucksack mit ihrem Studentenausweis...«

»Athena?« fragte Regan, während ihr ein brennender Schmerz durch die Brust fuhr. »Ja, ja, sie.« Philips Stottern hatte sich gegeben. »Es sieht in der Tat so aus, als sei es die Leiche von Athena Popolous.«

Sonntag, 21. Juni 1992
Oxford

Nigel Livingston war seit acht Jahren in Oxford Polizeichef; er war also zum Zeitpunkt, als Athena Popolous verschwand, noch nicht dort gewesen. Nachdem man am Samstagnachmittag ihre Leiche gefunden und er eine erste Unterredung mit Athenas ehemaligen Mitschülerinnen in Llewellyn Hall geführt hatte, ging er die Akte zu dem Fall sorgfältig durch. Ein zweites Treffen, das wieder auf Lady Exners Anwesen stattfinden sollte, war für den nächsten Morgen vereinbart worden. Livingston hatte sich Fragen notiert und vermerkt, an wen er sie im einzelnen richten wollte.

Die Sonne strahlte, als er in die Auffahrt zu dem Besitz einbog. Lady Exners Angebot, die Befragungen in ihrem Haus stattfinden zu lassen, war wirklich sehr großzügig, so dachte er, während er sich ächzend hinter dem Lenkrad seines Wagens hervorquälte. In den vergangenen fünf Jahren hatte er etwa vierzehn Kilo zugenommen, und nun, mit fünfzig, wurde ihm langsam bewußt, daß er sich wieder in Form bringen mußte. Wenn er in den Spiegel sah, blickte er in das Gesicht seines Vaters: eine rötliche Gesichtshaut, ein breites Doppelkinn, eine zerfurchte Stirn und immer noch relativ dichtes, graumeliertes Haar.

Er schlug die Autotür zu und stand für einen Moment lang regungslos da, um die friedliche Stille des herrlichen Anwesens zu genießen. Es war schon erstaunlich, daß ein so wertvolles Grundstück nicht dem allgemeinen Bauboom zum Opfer gefallen war, vor allem, weil Llewellyn Hall nicht unter Denkmalschutz stand.

Er ging zur Tür und konzentrierte sich erneut auf den Mordfall. Während er auf den Klingelknopf drückte, dachte er daran, welche Leute er gestern abend kennengelernt hatte und mit welchen er unbedingt noch einmal sprechen mußte. An erster Stelle auf seiner Liste stand Regan Reilly, die in St. Polycarp's Athenas Zimmergenossin gewesen war; heute arbeitete sie, wie er gehört hatte, als Privatdetektivin. Dann war da noch Philip Whitcomb. Dieses Mädchen, Claire, hatte ihm anvertraut, sie habe schon immer das Gefühl gehabt, daß Athena in Philip Whitcomb verliebt gewesen sei; damals, vor zehn Jahren, hatte er wie ein verträumter Dichter gewirkt und einige der jungen Mädchen hatten ihn äußerst attraktiv gefunden.

Das Hausmädchen ließ ihn herein. »Sie sind alle im Salon.«

Livingston sah sofort, daß die Frauen den ersten Schock überwunden und offensichtlich die halbe Nacht über den Tod ihrer ehemaligen Mitschülerin gesprochen hatten.

Einige der Anwesenden hielten Teetassen in der Hand. Die Hors d'œuvres, die er dankend abgelehnt hatte, als man sie ihm bei seinem Besuch am gestrigen Abend angeboten hatte, prangten noch immer fast unberührt, allerdings jetzt stark angetrocknet, auf einer Servierplatte.

Philip stand am Fenster und blickte auf seinen gepflegten Garten hinaus, ganz so, als würde ihm dieser Anblick Trost spenden. Seine Verlobte neben ihm hatte ihren Arm unter den seinen geschoben. Nigel fiel auf, daß sie

auch schon gestern abend so dagestanden hatten, und er hatte plötzlich die merkwürdige Vorstellung, daß sie sich seither nicht von der Stelle gerührt hatten.
Hinter ihm trat Lady Exner in den Raum. An diesem Morgen trug sie einen pinkfarbenen Jogginganzug, der nach Livingstons Ansicht besser zu seiner fünfzehnjährigen Tochter gepaßt hätte.
»Mein lieber Inspektor«, rief sie, »wie taktvoll von Ihnen, diese netten jungen Mädchen nicht in die schäbige Polizeiwache zu bitten. Ich hoffe sehr, Sie werden Penelope nicht allzulange befragen müssen. Sie hat gestern abend ganz schrecklich unter Sodbrennen gelitten. Aber tapfer wie sie ist, wird sie bald zu uns stoßen, die Gute.«
Wahrscheinlich würde es ohnehin nicht viel ausmachen, dachte Livingston, wenn ihm Penelope Atwater auf Grund ihrer Unpäßlichkeit nicht verfügbar wäre; schließlich war sie ohnehin erst vor vier Jahren nach Oxford gekommen, als Lady Exner sie zu ihrer Reisebegleiterin auserkoren hatte. Gestern abend allerdings hatte sie ein makabres Interesse an dem Mordfall an den Tag gelegt und sich sogar zu der Frage hinreißen lassen, ob sie sich die Leiche einmal ansehen dürfe. »Ich habe schon immer leidenschaftlich gerne Krimis gelesen«, sagte sie mit einem nervösen, wiehernden Lachen.
Livingston murmelte irgend etwas Teilnahmsvolles und ging zum Kamin hinüber. Alle blickten ihn erwartungsvoll an.
»Die Autopsie ist abgeschlossen«, gab er bekannt. »Athena Popolous ist tatsächlich erwürgt worden. Es besteht keinerlei Zweifel, daß es Mord war. Deshalb habe ich Sie gestern abend gebeten, sich so gut wie möglich zu erinnern, ob Athena Ihnen, wenn auch nur beiläufig, irgend

etwas erzählt hat, aus dem sie schließen könnten, daß sie sich mit jemandem verabredet hatte oder sich heimlich mit jemandem traf, der in der Nähe arbeitete oder lebte.«
Wie erwartet, wurde die Frage allgemein verneint. Livingston machte einen weiteren Vorstoß. »Sprechen wir noch einmal über ihre Familie. Was hat sie darüber erzählt?«
Auch auf diese Frage kamen keine aufschlußreichen Antworten. Athena und ihre wohlhabenden, in Griechenland sehr bekannten Eltern waren nicht gut miteinander ausgekommen. Bei verschiedenen Gelegenheiten hatte Athena von dem Mord an ihrer Tante erzählt, der in dem Sommer, bevor sie nach St. Polycarp's kam, verübt worden war; später aber weigerte sie sich hartnäckig, noch einmal darüber zu reden. Ihre Tante hatte wohl den Strand verlassen, um sich ihre ärztlich verschriebene Sonnenbrille aus dem Haus zu holen. Als sie das Haus betrat, überraschte sie unglücklicherweise einen Einbrecher, der zu ihrem Mörder wurde.
Athena haßte St. Polycarp's und vermied es, Freundschaften zu schließen. Als sie verschwand, war niemand besonders verwundert, vor allem nicht, nachdem ihre Großmutter ihr ein erhebliches Treuhandvermögen hinterlassen hatte.
»Nun, ich glaube, es gab doch jemanden, der sehr überrascht war.« Claires Stimme klang zuckersüß. »Ich weiß, daß ihr mir alle nicht glaubt, aber die Mädchen aus den Südstaaten können solche Dinge intuitiv spüren. Athena war verrückt nach Philip. Ich habe häufig ihr Gesicht beobachtet, wenn er diese wahnsinnig erotischen griechischen Gedichte vorgelesen hat.«
Philip wurde puterrot. »D-D-Das kann doch b-b-bestimmt nicht dein Ernst sein.«

Val wurde ebenfalls rot und kniff die Augen zusammen. »Das ist Unsinn«, giftete sie.
»Nun, Val, meine Liebe, du warst doch damals noch gar nicht hier. Ich habe nicht gesagt, daß Philip verrückt nach Athena war. Das wäre wirklich lächerlich. Ich habe gesagt, daß Athena verrückt nach Philip war. Ich habe die ganze Nacht daran denken müssen. Immerhin hat der Inspektor uns gebeten, uns über die arme Athena Gedanken zu machen.«
Kit und Regan saßen auf dem abgewetzten Zweisitzersofa. »Ich traue meinen Ohren nicht«, flüsterte Kit Regan zu. Livingston schaute Regan fragend an: »Miss Reilly, Sie waren die Zimmergenossin von Athena. Glauben Sie, daß sie verrückt nach ihrem Lehrer war?«
Regan erinnerte sich, daß nicht Athena, sondern vielmehr Claire vor zehn Jahren verrückt nach Philip gewesen war. Wollte sie auf diese Weise Verwirrung stiften? »Ich muß Ihnen ehrlich sagen, daß es mir nicht einmal aufgefallen wäre, wenn das wirklich der Fall gewesen wäre. Wissen Sie, es war sehr schwer, an Athena heranzukommen. Ich habe den Versuch irgendwann aufgegeben.«
Livingston hatte sich auf den Kaminsims gestützt. Er richtete sich auf. »Nun, falls jemandem von Ihnen irgend etwas einfällt, das Sie für aufschlußreich halten, lassen Sie es mich bitte wissen.«
»Es tut mir furchtbar leid. Ich komme schrecklich spät.« Penelope Atwater schwankte blaß und mit schweißglänzendem Gesicht in den Raum. Aus den Taschen ihrer beuteligen Wolljacke quollen zerknüllte Papiertaschentücher. Ihr zerknitterter Rock fiel zipfelig bis etwa zur Mitte ihrer Waden hinab, und ihre offensichtlich zu

große, hautfarbene Strumpfhose kräuselte sich in traurigen Falten am Ansatz ihrer Tennisschuhe.
»Ich muß unbedingt wissen, wo sie ihre Kleider kauft«, flüsterte Kit Regan zu.
»Val, du bist ein Engel. Dein Tee hat meinem bösen, kleinen Bauch sehr geholfen.«
»Kleiner Bauch?« flüsterte Regan Kit zu.
Wie eine heimgekehrte Brieftaube stürzte Penelope sich sogleich auf die Hors d'œuvres auf der Servierplatte. »Ich bin doch tatsächlich hungrig. Vor wenigen Stunden noch dachte ich, ich würde den bloßen Anblick von Essen nie wieder ertragen können. Doch wie heißt es so schön: Wenn man vom Pferd gefallen ist, muß man sofort wieder aufsteigen.«
»Was heißt hier aufs Pferd steigen – morgen müssen wir aufs Schiff.«
Regan meinte, eine gewisse Schärfe aus Lady Exners Stimme herauszuhören. Sie konnte es ihr nicht verübeln. Sie wußte, daß Veronica diese Reise unbedingt machen wollte und daß sie eine Begleiterin brauchte.
Beeindruckt beobachtete sie, wie Penelope verschiedene Hors d'œuvres in eine Serviette steckte, die sie dann zu einer Art Tragetasche umfunktionierte.
»Sie hätten sich wirklich nicht so viele Umstände zu machen brauchen, Miss Atwater«, bemerkte Livingston mit müder, resignierter Stimme. »Ich möchte mich nochmals dafür entschuldigen, daß ich während Ihres kurzen Aufenthaltes hier in Oxford so viel Ihrer Zeit in Anspruch nehme.« Er wandte sich Philip zu: »Ich nehme an, Professor, Sie werden nicht verreisen?«
Philip wurde wieder rot. »Ganz bestimmt nicht.«
Über Vals Gesicht huschte ein Ausdruck von Ärger. »Phi-

lip und ich sind für die Sommerkurse auf St. Polycarp's zuständig. Wir bleiben hier, um uns während Lady Exners Abwesenheit um alles zu kümmern. Sie können ihn hier jederzeit erreichen.«

»In Ordnung«, erwiderte Livingston mit gleichmütiger Stimme und blickte Regan an. »Miss Reilly, Sie waren es, die wohl am ehesten die Gelegenheit hatte, etwas mitzubekommen, das nur scheinbar unbedeutend war. Mir ist klar, daß es lange her ist, aber Ihr Gehirn ist doch besonders geübt darin, bestimmte kriminalistische Details zu analysieren.«

Regan ging zu ihm hinüber zum Kamin, während sich die anderen Tee nachschenkten. »Ich habe mich bemüht, mich an etwas zu erinnern, das aufschlußreich sein könnte. Ich habe während meiner Zeit in St. Polycarp's Tagebuch geführt und ein paar Fotos gemacht – das ganze Material muß nun irgendwo im Haus meiner Eltern in New Jersey herumliegen. Meine Eltern sind derzeit nicht zu Hause, aber wenn sie nächste Woche zurückkehren, werde ich meine Mutter bitten, mir das Tagebuch nach Los Angeles zu schicken. Ich habe das Gefühl, daß die Eintragungen meinem Gedächtnis wieder auf die Sprünge helfen werden.« Sie lächelte Livingston zu. »Damals glaubte ich, ich müßte sämtliche Eindrücke, vor allem das, was ich in Oxford erlebte, unbedingt schriftlich festhalten.« Ihr Lächeln wich einem nachdenklichen Gesichtsausdruck. »Natürlich hätte ich niemals gedacht, daß ich das Tagebuch einmal im Hinblick auf Spuren im Zusammenhang mit einem Mordfall durchforsten würde. Aber schließlich *habe* ich acht Monate lang ein Zimmer mit Athena geteilt, und ihr Name taucht des öfteren in meinen Aufzeichnungen auf. Sie könnten also wirklich ein paar Hinweise enthalten.«

»Ich weiß Ihre Hilfe zu schätzen«, sagte Livingston mit einer leichten Verbeugung.

»Ich werde zwar morgen abreisen, aber ich würde gerne in Kontakt mit Ihnen bleiben und alles tun, um dazu beizutragen, Athenas Mörder zu finden.«

»Unbedingt.«

Regan wurde plötzlich von dem beklemmenden Gefühl überfallen, als würde der Raum um sie herum immer kleiner. Es war beinahe so, als hätte sich ein Geruch von Tod in ihm ausgebreitet. Sie stellte fest, daß der Duft der Blumen, der durch die offenen Fenster drang, sie an das Beerdigungsinstitut ihres Vaters erinnerte. Sie wandte sich Kit zu.

»Gehen wir zu Fuß zurück?«

»Gute Idee. Wir können auch kurz in den Pub am Ende der Straße reinschauen«, flüsterte Kit.

Hastig wünschten sie Philip und Val noch einmal alles Gute. »Wir werden an eurem großen Tag an euch denken«, sagte Regan. »Der vierzehnte September, nicht wahr?« Sie schüttelte Penelope die Hand und gab Lady Exner einen Kuß auf die mit Rouge bedeckte Wange. »Ich bin sicher, daß die Kreuzfahrt nach New York für Sie eine schöne Abwechslung sein wird.«

»Ich werde auf der Reise ganz genau Tagebuch führen, damit ich deiner Mutter, falls ich sie endlich einmal treffe, einen kompletten Bericht über dieses neue Abenteuer in meinem Leben geben kann«, versprach Veronica. »Du mußt mir die Telefonnummer deiner Mutter geben. Soviel ich weiß, ist New Jersey nicht allzuweit von dem Ort entfernt, an dem meine Nichten leben.«

»Ihre Nichten? Ich dachte, es wären Ihre Cousinen?« fragte Regan.
»Ach, Nichten, Cousinen – was auch immer.«
»Na ja«, sagte Regan vorsichtig, »vielleicht könnten Sie sich ja einmal mit meiner Mutter in New York City zum Lunch treffen.«
»Phantastisch!« jubelte Veronica. »Penelope, bring mir etwas zu schreiben.«
Während des restlichen Tages machten Regan und Kit den Versuch, sich weitgehend an den Plan des Klassentreffens zu halten. Am späten Nachmittag fuhren sie in einem Stakkahn den Fluß hinunter und nahmen später an einem Dinner teil, zu dem der Direktor bei sich zu Haus eingeladen hatte.
»Toller Aufstrich«, stellte Kit fest. »Wetten, daß wir nächste Woche Briefe bekommen, in denen wir Ehemaligen um eine kleine Spende gebeten werden?«
»Du bist eine geborene Zynikerin«, zischelte Regan, während sie sich Kartoffelsalat nahm. »Wir werden einfach so tun müssen, als seien sie bei der Post verlorengegangen.«
Viele der Lehrer, die an dem Dinner teilnahmen, hatten Athena gekannt, und so war es nicht verwunderlich, daß sich die Unterhaltung überwiegend um die Entdeckung ihrer Leiche und die Befragung durch Polizeichef Livingston drehte.
Als Regan und Kit schließlich die beiden Treppen zu ihrem Zimmer hinaufstiegen, war es bereits 23 Uhr.
»Ich kann es gar nicht erwarten, von hier zu verschwinden«, sagte Kit. »Diese Schlafräume scheinen mir inzwischen noch bedrückender zu sein als damals. Zumindest hatten wir letzte Woche in Venedig und Paris ein

bißchen Spaß. Wann genau geht dein Flug nach Los Angeles?«
»Um ein Uhr, also nur eine Stunde später als deiner nach New York.«
Sie hatten ihr Zimmer erreicht. Regan fischte den Schlüssel aus ihrer Tasche und stieß die Tür auf. Auf dem Boden lag ein an sie adressiertes Kuvert: »Rufen Sie mich bitte an, egal, wie spät es ist. Es ist äußerst wichtig.« Das Schreiben war mit *Philip Whitcomb* unterzeichnet.

Obwohl er es eigentlich besser wußte, hatte Philip Whitcomb versucht, seine Tante Veronica davon abzubringen, allein zu reisen. Er selbst, Val, der Arzt und eine eisern entschlossene Lady Exner saßen in dem kleinen Wartebereich am Ende des Ganges des Royal-Oxford-Krankenhauses. Am anderen Ende lag Miss Atwaters Zimmer. Penelopes Stöhnen war über den ganzen Flur zu hören. Sie war wegen einer Lebensmittelvergiftung eingeliefert worden und mußte mindestens zwei Tage lang stationär behandelt werden. In keinem Fall würde ihr Gesundheitszustand es erlauben, daß sie noch vor Ende dieser Woche auf Reisen ging.

»Ich werde die Reise unter keinen Umständen verschieben«, stieß Lady Exner heftig hervor, »auch wenn in zwei Wochen wieder ein Schiff nach New York geht. Vielleicht lebe ich in zwei Wochen gar nicht mehr. Penelope kann nach New York *fliegen*, wenn sie wieder gesund ist. Ich reise morgen ab.« Ihr Gesicht nahm den störrischen Ausdruck an, den Philip nur allzugut kannte.

»Lady Exner, wenn ich einen Vorschlag machen dürfte«, begann der Arzt.

»Wenn Sie mir vorschlagen wollen, zu Hause zu bleiben, dann können Sie sich das sparen«, fuhr sie ihn an. »Eine verschobene Reise ist eine aufgehobene Reise. Wer zögert, verliert. Heute ist der erste Tag Ihres restlichen Lebens, morgen ist der erste Tag meiner Ferien.«

»Glauben Sie nicht, daß Miss Atwater äußerst betrübt sein wird, wenn Sie ohne sie abreisen?« fragte der Arzt vorsichtig.
»Nicht annähernd so betrübt wie ich, wenn ich morgen nicht auf dem Schiff bin. Und außerdem – ich habe ihr gestern ausdrücklich gesagt, sie solle aufhören, sich mit dem Zeugs vollzustopfen.« Sie stand auf. »Ich muß nach Hause und zu Ende packen. Penelope ist doch so weit in Ordnung, nicht wahr, Herr Doktor?«
»Sie leidet sehr; im Augenblick ist sie ziemlich krank, aber ich denke, sie wird wieder gesund werden«, bestätigte der Arzt.
»Vielen Dank. Philip, Val – wir gehen.«
»Darf ich Ihnen einen Vorschlag machen, Lady Exner?« fragte Val.
»Es kommt darauf an, was es ist.«
»Nicht, daß Sie zu Hause bleiben sollen«, sagte Val beschwichtigend. »Aber Sie werden die Reise sicher mehr genießen, wenn Sie Gesellschaft haben.«
»Val, w-w-er glaubst du, würde denn so kurzfristig auf eine solche Reise mitkommen?« fragte Philip stirnrunzelnd. »Das Schiff legt in dreizehn Stunden ab.«
Val lächelte triumphierend. »Jemand, der auch bereits gepackt hat, jemand, der nach eigenem Bekunden gerade einen Fall abgeschlossen hat und sich wahrscheinlich sehr freuen würde, einige Zeit mit der guten Veronica zu verbringen – ich meine natürlich unsere liebe Regan Reilly.«
Regan hörte sich Philips eindringliche Bitte mit zunehmendem Widerwillen an; offensichtlich sollte sie beauftragt werden, für fünf Tage und Nächte Veronicas Schutzengel zu spielen.

»W-w-w-enn sie allein auf diesem Schiff unterwegs ist, dann wird ihre Reise – das weiß ich – irgendwo m-m-mitten im Atlantik enden. Mehr als einen Sherry verträgt sie nicht, und ich habe gehört, daß Trinken die Hauptbeschäftigung der Passagiere dieser Schiffe ist. Penelope ißt leidenschaftlich g-g-gerne. Sie könnte sich schneller als eine Herde von Bibern durch den Stamm einer Eiche fressen. S-s-so hält sie Veronica vom Trinken ab, indem sie sie statt zur Bar zum kalten Buffet lotst. Ich werde dir das D-d-doppelte deines üblichen Tagessatzes zahlen, da es eine Aufgabe ist, die dich rund um die Uhr beschäftigen wird. Allerdings muß ich dich fairerweise warnen: Veronicas Schlafgewohnheiten sind manchmal sehr ungewöhnlich. Bisweilen geht sie erst in den frühen Morgenstunden zu Bett und hält dafür ein dreistündiges Mittagsschläfchen. Wenn sie zu Mittag schläft, dann hättest du zumindest in der Zeit frei«, erklärte Philip.
Doppelte Bezahlung, dachte Regan. Dazu fünf Tage auf einem Luxusdampfer. Zeit hatte sie. Sie hatte ja sogar Livingston angerufen und ihm angeboten, etwas länger zu bleiben. Der aber hatte gemeint, zu diesem Zeitpunkt könnte sie eigentlich nicht weiterhelfen. Vielleicht konnte sie sich, während Veronica ihr Mittagsschläfchen hielt, dann und wann einmal fortstehlen, um ihre Eltern zu besuchen.
»Okay, Philip, wann werde ich abgeholt?«

»Wie bitte?« Regans neuer Auftrag wurde von Kit mit einem Kreischen registriert. »Reilly, ich muß dir sagen – diesmal bist du wirklich ein bißchen übergeschnappt.«
»Ich werde dafür bezahlt, das lindert den Schmerz ein wenig.« Regan schleuderte ihre Slipper mit einer hefti-

gen Bewegung der Füße fort. »Ob du es glaubst oder nicht, ich werde den ganzen Weg nach Southampton von dem wüsten Edwin in einem Kleinbus chauffiert. Jetzt versuche ich erst einmal, ein bißchen zu schlafen.«

Kit gähnte heftig, als sie sich ins Bett legte. »Na gut, eines gebe ich ja zu. Man kann Veronica wirklich nicht allein auf ihre Mitmenschen loslassen. Aber besser du als ich. Ich werde von Connecticut runterfahren, um euch in Empfang zu nehmen, wenn das Schiff anlegt. Ich kann nur hoffen, daß du das Ganze einigermaßen unbeschadet überstehst.«

Montag, 22. Juni 1992
London

Nicht zum ersten Mal in ihrer seit fünfunddreißig Jahren bestehenden Ehe wünschte sich Nora Regan Reilly, daß Luke irgendwann einmal gelernt hätte, ein wenig schneller zu sprechen. Doch dann fiel ihr wieder ein, daß sie sich bei ihrer ersten Verabredung eben wegen seiner zögernden Sprechweise und seiner Ähnlichkeit mit James Stewart in ihn verliebt hatte. Sie warf ihm einen zärtlichen Blick zu und schaute dann nervös auf die Uhr. Nora und Luke wollten gerade dem Kofferträger aus ihrer Suite im Stafford Hotel in London auf den Gang hinaus folgen, als das Telefon klingelte.

Herbert Kelly, der Geschäftsleiter der Reilly-Beerdigungsinstitut-Filiale in Summit war am Apparat. Er hatte ein Problem. Die neunzigjährige Witwe des achtundneunzigjährigen ehemaligen Bürgermeisters bestand darauf, daß ihr verstorbener Ehemann in der großen Halle aufgebahrt werde. Da aber die vergangene Woche für pensionierte Politiker in Summit anscheinend unter einem schlechten Stern gestanden hatte, war die Halle bereits für anderthalb Tage für einen ehemaligen Kongreßabgeordneten reserviert.

Normalerweise wäre Kelly auch ohne Luke mit diesem Problem fertig geworden, aber dies hier war eine äußerst delikate Angelegenheit. Mrs. Shea war das anerkannte Oberhaupt des gewaltig großen Shea-Clans. Damals, als Luke das um sein Überleben kämpfende Beerdigungsinstitut in Summit im Jahr seiner Hochzeit mit Nora aufgekauft hatte, war Mrs. Shea seine erste wichtige Kundin gewesen. Das war, als ihre achtzigjährige Mutter, wie sie sagte, »von Gott heimgeholt« worden war.

»Bei dem anderen Beerdigungsinstitut in Summit werden die Verstorbenen nicht so schön und natürlich hergerichtet«, hatte sie Luke gesagt und ihn gebeten, ihre Mutter so hübsch und zufrieden aussehen zu lassen, wie es der Fall war, wenn sie sich am Sonntagabend die Ed-Sullivan-Show im Fernsehen ansah. Sie hat sich immer *so* darauf gefreut.«

Luke wußte, daß sie sich auch den großen Parkplatz hinter dem Institut angeguckt hatte. Er hatte sich bei seiner ersten, wichtigen Kundin besonders viel Mühe gegeben, und es hatte sich gelohnt. Die Verstorbene sah blühender aus, als es in den letzten Jahren ihres Lebens jemals der Fall gewesen war. Von da an hatte das Reilly-Beerdigungsinstitut alle »Arrangements« für die Mitglieder des Shea-Clans, die fast alle ein sehr hohes Alter erreichten, abgewickelt. Einige von ihnen waren sogar so alt geworden, daß sie Fotos ihrer eigenen runzligen Gesichter im Fernsehen hatten bewundern können, dann nämlich, als Willard Scott sie in seiner täglichen »Today«-Show als die Geburtstagskinder des Tages vorstellte – eine Ehre, die nur den über Hundertjährigen zuteil wurde.

Luke hatte Nora in für seine Verhältnisse knappen Worten von dem Problem unterrichtet, damit sie endlich aufhörte, nervös vor ihm hin- und herzulaufen.

Normalerweise hätte man als Lösung einfach die beiden mittelgroßen Schauräume durch das Öffnen der trennenden Schiebetür in einen Saal verwandelt. Wie Nora

wußte, würde Mrs. Shea dieses jedoch nur als eine Notlösung betrachten.
»Sag ihr, die nächste Beerdigung für die Sheas geht auf unsere Rechnung«, zischelte Nora. »Luke, wir verpassen noch das Schiff.«
Luke sah sie vorwurfsvoll an, und wie immer hatte er eine Lösung zur Hand. »Herbert, erinnere Mrs. Shea daran, daß Dennis' Lieblingsfarbe Grün war, und sage ihr, daß wir diese beiden Räume gerade wieder grün haben streichen lassen. Sag ihr, Dennis werde sich in seiner letzten Ruhe dort viel wohler fühlen. Schließlich waren Grün und Weiß seine Wahlkampffarben.«
»Du hast doch verdammt gute Ideen«, bemerkte Nora anerkennend, als Luke eingehängt hatte. »Und wieder einmal hat das Institut Reilly eine Leiche glücklich gemacht.«
»Es ist schon schlimm genug, daß ich mir so etwas von unserer Tochter anhören muß. Aber aus dem Munde ihrer Mutter klingt es geradezu obszön.«
Sie grinsten sich an.
Bei ihrer Größe von ein Meter dreiundsechzig fühlte sich Nora neben ihrem Mann, der sie um dreißig Zentimeter überragte, oft wie eine Zwergin. »Du bist in jeder Hinsicht größer als ich«, schmeichelte sie ihm. »Du verschleierst dein Alter nicht...« Luke war fünfundsechzig und damit sieben Jahre älter als Nora. Sie selbst konnte sich nie erinnern, welches Alter sie Reportern bei einem Interview angegeben hatte. »Aber Mrs. Reilly, vor drei Jahren haben Sie mir erzählt, sie wären zweiundfünfzig«, hatte einer von ihnen neulich noch protestierend gesagt. Noras Haar war blond getönt, während Lukes in einem natürlichen Silbergrau schimmerte.

»Könnten wir jetzt bitte von hier verschwinden?« bat sie. Das Telefon klingelte erneut. »Es ist mir egal, ob ein Aufbahrungplatz für den Papst gebraucht wird. Wir müssen los.«
Luke griff nach dem Telefon, aber Nora war schneller. »Hallo«, rief sie ungeduldig in die Sprechmuschel. »Regan, Liebling, es ist doch alles in Ordnung, oder?... Ich kann jetzt nicht lange sprechen. Wir werden dich vom Schiff aus anrufen. Du hast was...? – Warum...? – Ach, du meine Güte, ich hätte nie gedacht, daß ich einmal meine eigene Tochter verleugnen würde! Wir müssen uns beeilen. Wir sehen uns dann dort, Schatz.«
»*Wo* sehen wir uns?« fragte Luke. »Worum ging es überhaupt?«
Nora fing an zu lachen. »Das wirst du mir nie glauben. Ich werde es dir im Auto erzählen.«

Southampton

Die Passagiere der Queen Guinevere checkten sich in der riesigen Wartehalle ein, die sich zwischen dem Schiffszug und der Anlegestelle erstreckte. Cameron Hardwick hatte erfahren, daß das Schiff fast ausgebucht war und fragte sich, ob er die alte Dame in dem Gewühl von zwölfhundert Menschen, die alle versuchten, den richtigen Schalter für die Anmeldung zu finden, wohl entdecken würde. Die Schalter waren nach erster und zweiter Klasse getrennt. Er war zu einem der frühen Check-ins am Schalter der ersten Klasse gegangen, hatte sich dann auf eine Bank in der Nähe gesetzt und sich demonstrativ tief in die Morgenzeitung vergraben. Währenddessen wuselten seine Mitreisenden durcheinander, unterhielten sich hier und dort, brachten Beschwerden an und machten sich miteinander bekannt. Alles wartete auf die Aufforderung, an Bord zu gehen. Sämtliche Passagiere waren behängt mit Umhänge- oder Reisetaschen und Einkaufstüten von Harrod's, auf denen der Name des Kaufhauses prangte.
Aus den Lautsprechern ertönte die erste Aufforderung an die Passagiere, sich an Bord zu begeben, und die Menge drängte sich zur Anlegestelle. Die Schlange am Check-in-Schalter wurde kürzer. Würde die alte Dame das Schiff verpassen? Über Lautsprecher kam die Aufforderung, daß die letzten Mitreisenden sich umgehend an Bord zu begeben hätten.

Und dann sah er sie. Man konnte sie einfach nicht übersehen. Das alte Mädchen sah aus, als hätte es eine Seemannsuniform an. Eine weiße Hose, einen dunkelblauen, mit Messingknöpfen und einem Ankerabzeichen verzierten Pullover und eine weiß-blau gestreifte Seemannsmütze. Für ihr Alter war die Dame ganz schön schnell. Sie stürmte zum Schalter der ersten Klasse wie ein Sprinter, der durch die Ziellinie läuft.

»Super, super!« schrie sie. »Wir haben's geschafft. Der Bus hat auf der M5 dreimal den Geist aufgegeben. Haben einen Riesenstau verursacht. Und diese blöden Autofahrer haben wie die Wilden gehupt.« Ihre Stimme hallte durch die inzwischen geleerte Halle und übertönte beinahe die schottischen Dudelsackspieler, die an der Anlegestelle einen geräuschvollen Willkommensgruß zum besten gaben.

»Miss Atwater, die mich eigentlich begleiten wollte, ist derzeit ziemlich schlecht dran.« Die alte Dame deutete vage irgendwo in ihre Taillengegend. »Probleme mit dem Bauch, verstehen Sie?«

Cameron Hardwick bemerkte, daß jeder in der weiteren Umgebung sowie der Schalterbeamte, der sich um Lady Exner kümmerte, völlig verständnislos dreinschaute.

»Also wird Miss Regan Reilly mich auf dieser Reise begleiten. Das ist schon in Ordnung. Ihr Paß ist okay. Sie wird gleich da sein. Wir haben einen ganzen Haufen Reisetaschen. Für meine lieben kleinen Nichten, die ich noch nie gesehen habe, mußte ich natürlich massenhaft Geschenke mitnehmen.«

Schließlich gelang es dem Schalterbeamten, den Wortschwall zu unterbrechen. »Ihren Namen, bitte?«

»Ach Gott. Natürlich. Lady Exner. Veronica. Sie haben

vielleicht von meinem Mann gehört. Sir Gilbert Exner. Er ist vor vierzig Jahren gestorben. Er hat Gedichte geschrieben, die aber leider nie veröffentlicht worden sind.«

Die letzten Nachzügler eilten zum Schiff. Hardwick wollte keinesfalls, daß irgend jemand mitbekam, daß er Lady Exner beobachtete. Ihre Begleiterin würde er sich zu einem späteren Zeitpunkt ansehen müssen. Gerade als er sich umdrehte, vernahm er Lady Exners herrische Stimme.

»Da bist du ja, Regan. Nun mal ein bißchen flott. Wir dürfen das Schiff nicht verpassen.«

Er warf einen Blick über die Schulter und sah sich Lady Exners neue Reisegefährtin ein paar Sekunden lang sehr genau an. Soweit er das durch den Berg von Gepäck erkennen konnte, war sie jung und hübsch. Intuitiv wußte er, daß sie auch sehr intelligent war. Das würde nicht einfach werden.

Im Hintergrund ertönte noch immer Lady Exners laute Stimme. Sie bedankte sich bei jemandem, der sie hierher gefahren hatte. »Ich hoffe doch sehr, daß Sie nun ohne weitere Schwierigkeiten nach Hause kommen, Edwin. Es ist noch etwas Tee in der Thermoskanne auf dem Rücksitz... ach Gott, Regan sagt mir gerade, daß ich ihn ausgetrunken hätte.«

Ein einziges Paar stand noch vor ihm in dem Aufgang zur ersten Klasse: ein großer, schlaksiger Mann mit silbergrauem Haar und eine kleine blonde Frau. Der Schiffsfotograf war gerade dabei, eine Aufnahme von ihnen zu machen. Hardwick stieß einen leisen Fluch aus. Er wollte nicht fotografiert werden, andererseits aber könnte es verdächtig wirken, wenn er ablehnte. Zumindest würde er seine Sonnenbrille aufbehalten.

Als der Fotograf sein Bild schoß, drehte er rasch den Kopf zur Seite. Und als der Mann vorschlug, ein neues Bild zu machen, lehnte er höflich ab. »Nein. Wirklich nicht. Eines reicht.«

Er ging die Rampe hinauf und betrat das Schiff. Einige Mitglieder der Besatzung hatten sich zur Begrüßung der an Bord kommenden Passagiere in einer Reihe aufgestellt. Im Hintergrund war Klaviermusik zu hören. Hardwick trieb sich in der Nähe der Rampe herum, bis er Lady Exner erblickte, die aufgeregt für den Fotografen posierte. Sie hatte ihren Arm um ihre junge Begleiterin gelegt und zu ihren Füßen häuften sich diverse Pakete. Das Paar, dem er die Rampe hinauf gefolgt war, stand neben ihm. Die Frau sagte lachend: »Das wird bestimmt eine interessante Reise, Luke.«

Darauf kannst du Gift nehmen, dachte Hardwick grimmig.

Auf See

Die Camelot-Suite war eine der beiden luxuriösen Penthouse-Wohnungen ganz oben auf dem Schiff. Lady Exner lief wie ein aufgeregtes Huhn hin und her und stieß in Anbetracht der edlen, blaßblauen Einrichtung kleine Entzückensschreie aus. Regan dagegen machte sich in aller Ruhe daran, die Koffer auszupacken. Ihre eigenen beiden Gepäckstücke stellte sie erst einmal zur Seite, um sich der unangenehmen Aufgabe zu widmen, die von Veronica wahllos in den Koffer geworfenen Kleidungsstücke zu sortieren.
Sie hatte den Eindruck, daß Veronica jeden einzelnen Schrank auf Llewellyn Hall ausgeräumt und dann alles in ihre zahlreichen Gucci-Koffer und -Taschen gestopft hatte. Einen besonders großen Koffer ließ Regan, nachdem sie ihn geöffnet hatte, direkt wieder zuschnappen. Ein unerträglicher Geruch von Mottenkugeln war ihr aus dem mit dicken Wollsachen, Tweedkostümen, pelzgefütterten Stiefeln, Wollhandschuhen und einem schwarzen Samtcape gefüllten Behälter entgegengeschlagen. »Veronica, bist du sicher, daß wir uns nicht auf einer Weltreise befinden?«
Veronica unterzog einen der Schränke einer genauen Prüfung. »Regan, falls wir auf einen Eisberg laufen, müssen wir sofort hierher rennen und unsere Schwimmwesten holen. Meinst du, wir sollten sie einmal anprobieren? – Was hast du gefragt? – Oje! Das ist einer der Koffer,

die ich Penelope geliehen habe. Philip muß ihn versehentlich mitgenommen haben.«

Regan fühlte sich erleichtert.

»Meine Wollsachen sind in einem anderen Gepäckstück. Ich dachte mir, wir könnten für zukünftige Besuche ein paar Wintersachen bei meiner Nichte lassen. Und außerdem denke ich natürlich immer daran, daß es plötzlich furchtbar kalt werden könnte. Aber laß doch das Auspacken jetzt. Du bist ja noch nicht einmal auf unserem Privatdeck gewesen. Wir legen gleich ab. Laß uns hinausgehen und den armen, lieben Menschen zuwinken, die nicht mit uns fahren können.«

Regan fragte sich, ob diese armen, lieben Menschen es nicht in Wirklichkeit viel besser hätten als sie selbst. So luxuriös die Suite auch war, es hatte sie doch überrascht, daß sie tatsächlich nur aus einem einzigen großen und offenen Raum bestand, der in zwei verschiedene Ebenen unterteilt war. Ein Bett in King-size-Größe stand in der Mitte. Öffnete man die Tür der Kabine, so stand man unmittelbar in einem kleinen Vorraum, zu dessen linker Seite ein Badezimmer lag. Direkt geradeaus war der Schlafraum, dem ein weiteres Bad anhing. Wenn man die drei Stufen zu der höher gelegenen Ebene hinaufstieg, lag auf der rechten Seite der Wohnraum, dessen Schiebetüren sich zu einer Privatterrasse hin öffneten. Die großen Fenster boten eine atemberaubende Aussicht auf den Atlantik.

Ich will ein Bett für mich allein haben, dachte Regan. Ich möchte mich jede Nacht unzählige Male hin und her wälzen können, ohne für Sir Gilbert gehalten zu werden. Für die nächsten fünf Nächte auch noch im Schlaf rücksichtsvoll sein zu müssen, das erschien ihr sehr anstren-

gend. Veronica war lieb und nett, aber in *einem* Bett mit ihr schlafen zu müssen, war einfach zuviel. Regan hoffte inständig, daß man das Sofa in eine Schlafcouch umwandeln könne.
Sie folgte Veronica auf das Deck, das den höchsten Punkt des Schiffes bildete und sich beinahe bis zum Bug erstreckte. Vom vorderen Ende aus blickte man auf das Dach der Kommandobrücke. Veronica deutete mit dem Finger darauf und sagte: »Von dort aus steuern der Kapitän und all die gutaussehenden Offiziere uns in das wilde, blaue Meer hinaus.«
Der tiefe Ton der Schiffssirene verkündete den Beginn der Reise. Veronica stürmte zum Geländer und begann, den Zurückgebliebenen heftig mit ihrer Seemannsmütze zuzuwinken. Die schottischen Dudelsackspieler nahmen noch einen letzten Anlauf: Eine kläglich jammernde und winselnde Version von »Sailing, Sailing, Over the Bounty Main« ertönte.
Veronica streckte den Kopf vor und schnupperte genießerisch die Seeluft. »Sind diese Meeresbrisen nicht äußerst belebend?«
»Ja, es ist wunderbar, aufs Meer hinauszufahren«, stimmte Regan ihr zu und atmete die salzige Luft ein. »Aber jetzt möchte ich die Sachen zu Ende auspacken.«
»Und ich werde einfach hier stehenbleiben und das lustige Treiben da unten beobachten.« Über das Geländer gelehnt, konnten sie das zwei Stockwerke tiefer gelegene Promenadendeck beobachten, wo noch immer aufgeregte Passagiere ihren Freunden und Verwandten zuwinkten und ihnen ein letztes Abschiedswort zuriefen.
»Lehn dich nicht zu weit vor«, rief Regan Veronica noch zu, als sie in die Kabine zurückkehrte.

»Du solltest gleich die wunderbare Flasche Champagner öffnen, die uns der Kapitän hat schicken lassen«, sagte Veronica, »wir müssen auf unsere Reise anstoßen.«
Regan hielt dies für die weitaus beste Idee, die ihre ältere Freundin seit Antritt der Reise gehabt hatte.
Noch ehe Regan sich selbst einschenken konnte, hatte Veronica den perlenden Inhalt ihres Glases bereits heruntergestürzt. Sie hielt Regan auffordernd das Glas hin. »Also, jetzt stoßen wir mal an.«
Regan fiel ein, daß Philip sie gewarnt hatte, Veronica würde nur wenig Alkohol vertragen. Aber sie konnte Veronica wohl kaum ein zweites Glas verweigern, und außerdem – was sollte hier schon passieren? Sie füllte beide Gläser und stieß gehorsam mit der Freundin an.
»Bon voyage, meine liebe Regan, bon voyage!«
Als Regan ihren ersten Schluck nahm, stieg die Kohlensäure ihr angenehm prickelnd in die Nase. »Hervorragendes Zeug, Veronica.«
»Er trinkt sich wie Wasser, meine Liebe.«
Regan trug die Flasche vorsichtshalber in die Kabine zurück. Es wäre wohl besser, sie nicht in Veronicas Nähe zu lassen. Und sie wollte sich unbedingt beschäftigen – der Anblick der vielen Menschen, die sich von ihren Freunden und Verwandten verabschiedeten, machte sie plötzlich traurig. Was wohl Athenas Eltern, die wußten, daß ihre Tochter nie wieder nach Hause kommen würde, jetzt tun mochten? Während Regan die Kleidungsstücke in die Schublade schob, versuchte sie, diesen deprimierenden Gedanken zu verdrängen.
Es hat keinen Zweck, jetzt, im Urlaub, Trübsal zu blasen, sagte sie sich. Nächste Woche werde ich mein Tagebuch Satz für Satz durchgehen. Vielleicht finde ich ja

etwas, das Livingston bei seinen Ermittlungen helfen könnte.
Sie fragte sich in diesem Zusammenhang, ob Jeff wohl inzwischen nach Los Angeles zurückgekehrt war. Bei ihrer Abreise hatte er sich gerade für Dreharbeiten zu einer Kurzserie in Kanada aufgehalten. Regan hatte ihn ursprünglich für die Zeit zwischen den Dreharbeiten als Büro-Aushilfskraft und Begleiter engagiert.
»Du wirst mir allmählich zu berühmt«, hatte sie kürzlich zu ihm gesagt. »Ich kann dich bald nicht mehr mitnehmen, weil die Leute dich überall erkennen.« Aber er sprudelte immer vor Ideen und hatte sich bei einigen ihrer Fälle als echte Hilfe erwiesen. »Die Arbeit eines Detektivs ist der eines Schauspielers sehr ähnlich«, hatte er einmal gesagt, »du mußt die Motive des Verbrechers herausfinden.«
Regan bugsierte gerade den letzten Koffer in den Hochschrank, als Veronicas schrille Stimme ertönte: »Monica, nein, so etwas, Monica, bist du's wirklich?« Regan wirbelte herum und sah Veronica, die sich weit über das Geländer lehnte. Vom Promenadendeck klangen warnende Rufe herauf. Sie stürzte nach draußen, umklammerte Veronicas Beine mit beiden Armen und riß sie mit einem Ruck zurück.
»Mein Gott, Veronica, was *machst* du denn?«
Veronica schien sich der Gefahr nicht bewußt zu sein. »Ach, die Frau in Rosa – anscheinend ist es doch nicht Monica. Aber, mein Gott, was für eine Ähnlichkeit!«
»Hättest du dich auch nur einen Zentimeter weiter hinausgelehnt, dann wärst du kopfüber hinuntergefallen«, sagte Regan mit einem Seufzer. »Bitte, Veronica, du mußt ein bißchen vorsichtiger sein.«

»Alles in Ordnung da oben?« rief jemand.
»Wunderbar, einfach wunderbar«, rief Veronica den heraufstarrenden Passagieren zu. Sie lächelte Regan mit glä-sernem Blick an. »Ich hoffe, der Rest des Champagners ist gut gekühlt.«
Cameron Hardwick sah nach, in welchem Raum die beiden essen würden und stellte tief befriedigt fest, daß sie an einem Zehn-Personen-Tisch im King Arthur – dem größten Restaurant des Schiffs – saßen. Somit würde es wohl keine Probleme machen, auf unauffällige Weise möglichst nahe an sie heranzukommen. Man hatte ihn an einen Tisch im Nichtraucherbereich gesetzt, aber er bat darum, in den Raucherraum gesetzt zu werden.
Gemeinsam mit dem Chefsteward war er die Sitzordnung durchgegangen und hatte wie zufällig auf den Gemeinschaftstisch direkt am Fenster der Steuerbordseite gedeutet. Acht Namen waren für diesen Tisch eingetragen – darunter der von Lady Exner. »Von dort scheint man einen großartigen Ausblick zu haben. Wäre es möglich, mir dort einen Platz zu geben?«
Der Chefsteward, ein schlanker, zuvorkommender Mann, dessen Lächeln auf seinem Gesicht festgefroren zu sein schien, kam seiner Bitte bereitwillig nach. Er hatte schon sein Trinkgeld im Hinterkopf – so viel stand für Cameron fest. Es bereitete ihm immer ein diebisches Vergnügen, wenn er ein Restaurant verließ, ohne Trinkgeld gegeben zu haben. Nun müßte er nur noch zusehen, daß er direkt hinter der alten Schraube und Regan Reilly in den Eßsaal gelangte und neben den beiden zu sitzen kam.
Lady Exner hatte sich endlich auf ein Mittagsschläfchen zurückgezogen, so daß Regan sich eine Pause gönnen

konnte. Sie hatte sich eigentlich zum eine Etage tiefer liegenden Deck hinunterschleichen wollen, wo Luke und Nora eine Erste-Klasse-Kabine gebucht hatten. Nachdem aber Veronica beinahe einen Kopfsprung gemacht hätte, beschloß Regan, in ihrer Nähe zu bleiben. So streckte sie sich auf der bequemen Liege auf dem Deck aus und ließ die unglaublichen Ereignisse der letzten achtundvierzig Stunden noch einmal an sich vorüberziehen. Die Erkenntnis, daß Athena an jenem Freitagabend wahrscheinlich den Zug nach London verpaßt hatte und schon in Oxford ermordet worden war, machte ihr Schuldgefühle. Athena hatte sie gefragt, ob sie Lust hätte, mit ihr in den Pub *Bull and Bear* direkt neben dem Bahnhof zu gehen und vor Abfahrt des Zuges noch etwas mit ihr zu trinken. Als Regan sich an dieses letzte Gespräch mit Athena mit wachsender Klarheit erinnerte, fiel ihr ein, daß sie beinahe mitgegangen wäre. Aber ich hatte dann doch keine Lust, erinnerte sie sich. Ich war so froh, daß sie für ein paar Tage verreisen wollte, und ich mir nicht mehr ihr ewiges Gemecker über St. Polycarp's und das englische Wetter anhören mußte.

Das Schiff zog ruhig seine Bahn über das Meer. Ein kräftiger Wind wehte. Regan erschauerte und zog sich ein Sweatshirt über. Livingston hatte sie gebeten, sich so gut wie möglich an alles zu erinnern, was bei den Ermittlungen hilfreich sein könnte. Luke und Nora hatten Regan immer damit geneckt, daß sie sich an alles erinnern könne, was seit ihrem dritten Lebensjahr passiert sei. Regan lehnte sich zurück, schloß die Augen und versuchte, sich an ihre beiden Semester im historischen Oxford mit Athena als Zimmergenossin zu erinnern. Athena ging so selten auf Parties und schien überhaupt kein

Interesse an irgendeinem der Studenten zu haben. Ich kann mich gar nicht erinnern, daß sie jemals eine Verabredung hatte, dachte Regan. Wer also hätte sie umbringen wollen?

Luke und Nora verbrachten einen sehr angenehmen Nachmittag. Nachdem sie ihre Koffer ausgepackt hatten, verließen sie ihre Kabine und gingen zum Sportdeck, wo sie etwas tranken und eine Kleinigkeit aßen. Dann zogen sie sich mit ihren Büchern in ihre Liegestühle zurück.

»Himmlisch«, murmelte Nora, während sie wie in Trance auf das unendliche Meer hinausblickte. »Es ist wirklich ein Vergnügen, einmal das Buch eines anderen zu lesen, statt über die eigenen zu reden.«

In Spanien hatte sie auf einer Konferenz von Krimiautoren den Vorsitz innegehabt, und dem Spanienaufenthalt war eine anstrengende Promotionstour durch Italien und Frankreich gefolgt, die mit zahllosen Interviews für Zeitungen, Zeitschriften und das Fernsehen vollgepackt war.

Luke nickte. »Ich habe auch fürs erste die Nase voll davon, meine Zeit in irgendwelchen pflanzengeschmückten Warteräumen zu verbringen.« Er runzelte die Stirn. »Da ich gerade von pflanzengeschmückten Räumen spreche – ich frage mich, ob Mrs. Shea mit dem zufrieden ist, was wir für Dennis arrangiert haben. Vielleicht sollte ich besser mal anrufen und nachfragen.«

»Laß dir Zeit, Luke; es geht ja nicht gerade um Leben und Tod.«

Luke lachte wie immer über diesen Witz, der allerdings, wie Regan einmal kritisch bemerkt hatte, inzwischen wirklich einen ellenlangen Bart besaß. »Da hast du allerdings recht.«

Sie wandten sich wieder ihren Büchern zu, und Luke bestellte eine weitere Runde Pina Coladas. Es war ein Genuß, die frische Meeresbrise zu genießen; allerdings wurde der Wind gegen halb fünf spürbar kälter. Überstürzt suchten die Passagiere ihre Sachen zusammen. Fast schlagartig leerten sich der Swimmingpool und die verstreut stehenden Liegestühle, und innerhalb weniger Minuten stand das Sportdeck den Shuffleboard- und Paddle-Tennis-Spielern ganz allein zur Verfügung.

Als Luke und Nora auf Umwegen zu ihrer Kabine zurückkehrten, kamen sie an einer Gruppe von Kindern vorbei, die von zwei Kinderanimateuren angeführt wurden. »Es ist einfach verrückt, daß Regan hier auf dem Schiff ist und wir ihr aus dem Weg gehen müssen«, bemerkte Nora betrübt.

»Nun, vielleicht können wir einen Vierertisch bekommen. Dann kannst du deine Zeit damit verbringen, Notizen für Lady Exners autorisierte Biographie zu machen«, schlug ihr Mann vor.

»Um Gottes willen!« rief Nora entsetzt. »Da fällt mir ein, daß Regan mir gesagt hat, wir sollten uns im Eßsaal möglichst weit von dieser Lady Adlerauge wegsetzen. Sie könnte mich von den Fotos her erkennen, die auf den Umschlagklappen meiner Bücher sind.«

Der Sitzplan machte deutlich, daß sie im Nichtraucherraum saßen, also weit genug vom Blickfeld aller Passagiere, die am Tisch von Lady Exner saßen, entfernt.

»Regan sitzt im Raucherraum?« fragte Nora verwundert. »Ich frage mich, ob Lady Exner ihr dieses kleine Laster inzwischen auch schon beigebracht hat.«

»Das wird bestimmt in Ordnung gehen«, sagte Luke. »Wie ich Regan kenne, wird sie Lady Exner regelmäßig auf einen Spaziergang auf Deck schleppen, um sich die Lungen ordentlich durchpusten zu lassen.«

»Ein Mondscheinspaziergang mit einer achtzigjährigen Dame«, stöhnte Nora. »Dieser junge Walker, mit dem sie zusammen war, war wirklich nett. Wenn sie ihm nur eine winzige Chance gegeben hätte. Ich hätte so gerne einen Enk...«

»Ich weiß, ich weiß«, unterbrach Luke. »Laß uns jetzt gehen.«

Gavin Gray kleidete sich mit großer Sorgfalt für das Abendessen an. Enorm erleichtert hatte er Mrs. Watkins, die immer noch laut über ihr verlorenes Diamantarmband jammerte, an diesem Morgen vom Schiff wanken sehen. Sie hatte eine Belohnung von fünfzigtausend Dollar für denjenigen ausgesetzt, der das Schmuckstück fand. Und natürlich hatten sämtliche Stewards, Kellner und Pagen, während sie über das Schiff gingen, eifrig nach dem Armband Ausschau gehalten. Sie hatten wie eine Gruppe von Lottospielern gewirkt, die in erwartungsvoller Spannung darauf warteten, daß ihre Nummern gezogen würden.

Leute, ihr verschwendet nur eure Zeit, hatte Gavin gedacht. Ich bin es, der den Millionengewinn einstreichen wird. Er haßte diese dämlichen Fernsehauftritte von Lottokönigen. Meist standen sie im Kreise ihrer Verwandten, die urplötzlich wieder aufgetaucht waren und sich nun grinsend an alte Familienbande erinnerten.

Es gab natürlich noch eine entscheidende Hürde zu überwinden – er mußte sich das Armband aus der Camelot-Suite holen. Natürlich hatte er bereits in Erfahrung gebracht, daß eine Lady Exner mit ihrer Reisebegleiterin die Suite bezogen hatte. Gott sei Dank waren es zwei Frauen, die dort wohnten. Insgeheim hatte er nämlich befürchtet, daß sie vielleicht von zwei Hochzeitsreisenden in Beschlag genommen werden würde, die sie wahrscheinlich, bis sich die Skyline von New York am Horizont abzeichnete, nicht mehr verlassen würden. Aber zwei Frauen… wahrscheinlich wieder zwei, mit denen er unbedingt tanzen müßte.

Am ersten Abend herrscht auf einem Schiff noch keine strenge Kleiderordnung. Gavin legte sich ein blaßgelbes Jackett und bequeme, weiße Hosen zurecht. Nachdem er die Krawatte zu seiner Zufriedenheit gebunden hatte, schlüpfte er in das Jackett und musterte sich eingehend in dem großen Spiegel. Nicht schlecht, dachte er. Sein Gesicht, das er sich vor zwei Jahren hatte liften lassen, sah heute immer noch gut, ja sogar besser aus. Dieser Sonderangebots-Schönheitschirurg hatte damals die Haut so straff gezogen, daß es ihn geradezu geschmerzt hatte, wenn er lächelte.

Das Jackett verbarg seinen Bauchansatz. Plötzlich runzelte er die Stirn. Der zitronengelbe Farbton betonte den Orangestich seiner frisch gefärbten Haare. Die Friseuse in dem Laden auf Deck zwei hatte so viel über das verlorene Armband geplappert, daß sie die Zeit darüber vergessen hatte. Gavin war eingedöst, und als er aufwachte, hatte die Farbe genau zwanzig Minuten zu lange auf sein Haar eingewirkt. Mein Kopf sieht aus wie eine Melone, dachte er verärgert. Ach verdammt, vergiß es! Nächste Woche gehe ich zu meinem Friseur in New York. Bei diesem Gedanken überflutete ihn eine Welle von Angst. Erst im September hatte er ein erneutes Engagement als Animateur. Wenn es ihm nicht gelänge, in den nächsten Tagen an das Armband heranzukommen, wür-

de er keine Chance mehr haben. Dann sähe es böse für ihn aus.
Als er zur Kabinentür ging, spürte er, wie sich das Schaukeln des Schiffs verstärkte. Ob sie wohl wieder rauhe See bekommen würden? Falls ja, so würden doch Lady Exner und ihre Begleiterin bestimmt einen starken Arm benötigen, der sie zur Camelot-Suite zurückgeleiten würde?!

Um neunzehn Uhr saß Regan auf dem Sofa, das sich zu ihrer großen Erleichterung tatsächlich ausziehen ließ, und wartete. Sie trug ein lavendelfarben und weiß bedrucktes Seidenkleid von Mary Beth Downey, einer Designerin, deren Stil ihr ganz besonders gefiel. Während Regan Lady Exner beobachtete, die wie ein aufgescheuchtes Huhn hin und her lief, verschiedene Accessoires anprobierte und ihre Wahl wieder verwarf, dankte sie im Geiste dem Sofahersteller. Regan hatte Lady Exner davon überzeugt, daß auf einem Schiff niemand am ersten Abend festliche Kleidung trägt. Widerstrebend hatte Lady Exner ihr Ballkleid aus Silberlamé, in dem sie ihren großen Auftritt geplant hatte, wieder in den Schrank zurückgehängt. Statt dessen entschied sie sich für ein einfaches blaues Crêpekleid, eines der wenigen Kleidungsstücke, das sie nicht unter dem Einfluß von Drogen ausgesucht zu haben schien.

Veronica besprühte noch einmal hingebungsvoll ihre bereits bombenfeste blonde Frisur. Regan hatte mitgezählt. Dies war nun schon das zwölfte Mal im Laufe der letzten Viertelstunde. Regan wollte Veronica gerade darauf hinweisen, daß es immer später würde, als diese nach ihrer Handtasche griff. Als Regan aufstand, stöhnte Veronica: »Jetzt hätte ich sie doch beinahe vergessen.«

»Was denn, Veronica?« fragte Regan besorgt. »Deine Medizin?«

»Nein. Nein. Meine Zigarettenspitze.« Veronica griff in die oberste Schublade des Sekretärs und holte ein Lederetui heraus. Sie öffnete den Reißverschluß und schüttelte einen glänzend polierten Zigarettenhalter und eine angebrochene Packung Benson & Hedges heraus.

»Veronica, ich wußte gar nicht, daß du rauchst.«

»Natürlich rauche ich nicht. Ich tu nur so«, antwortete Veronica fröhlich, während sie eine vertrocknet wirkende Zigarette in den Halter schob.

»Warum?« fragte Regan verwundert.

»Auf unseren Reisen sitzen Penelope und ich, wenn möglich, immer an einem Rauchertisch. An dem Nichtrauchertisch sitzen immer diese bekehrten Raucher, die nicht fähig sind, ein bißchen Spaß zu haben. Die Leute am Rauchertisch haben so etwas Verwegenes an sich – das gefällt mir viel besser.«

Nicht gerade gute Werbung für die Gesellschaft zur Krebsbekämpfung, dachte Regan und steckte sich eine zweite Tablette gegen Allergien in die Tasche.

Als sie sich auf den Weg zum Fahrstuhl machten, der ausschließlich die beiden Penthouse-Wohnungen bediente, näherte sich ihnen der Steward. Er war dünn wie eine Bohnenstange, trug eine Nickelbrille auf der glänzenden Nase und hatte sich das Haar mit Pomade frisiert. Insgesamt erinnerte er Regan an einen Erstsemestler. Er erkundigte sich, ob sie mit allem zufrieden wären. Regan bemerkte einen ganz leichten Cockney-Akzent. Veronica versicherte ihm, daß alles in Ordnung sei, und fragte ihn nach den Bewohnern der anderen Suite. »Ich würde sie zu gern kennenlernen. Wissen Sie, wer die Leute sind?«

Der Fahrstuhl war angekommen, und der Steward hielt

ihnen die Tür auf. »Die andere Suite steht diesmal leer. Sie werden dort oben also ganz ungestört sein.« Er ließ die Tür los. »Ich wünsche Ihnen ein angenehmes Abendessen.«

Um fünf vor sieben stand Cameron Hardwick auf und verließ die Cocktailbar, die dem *King-Arthur*-Restaurant angeschlossen war. Er wußte, daß die Passagiere vor dem Essen gewöhnlich einen Aperitif nahmen. Auf jeden Fall aber mußte jeder, der im *King Arthur* aß, durch diese Bar. Hardwick wollte unbedingt einen Platz haben, von dem aus er Lady Exner in den Raum folgen und sich, wenn schon nicht direkt neben sie, so doch so nahe wie möglich an sie heransetzen konnte. Ihre Begleiterin, überlegte er, sieht aus als wäre sie Mitte bis Ende zwanzig. Ob es klug wäre, sich bei ihr einzuschmeicheln? Cameron überlegte hin und her.
Aufmerksam musterte er sich im Spiegel und ärgerte sich über eine Falte in seinem Kragen. Kein Mensch weiß mehr, wie man ordentlich bügelt, dachte er. Aber wenigstens hatte der Steward sein Jackett und seine Hose einigermaßen hingekriegt. Er liebte die anscheinend zeitlose Kombination aus blauem Blazer, hellblauem Hemd, gestreifter Krawatte und khakifarbenen Hosen. Seine Slipper glänzten wie neu. Sie waren nicht neu, aber mit seiner Garderobe ging er außerordentlich sorgfältig um. Er war fertig. Er warf einen letzten bewundernden Blick auf den braungebrannten, gut aussehenden Mann, der ihm aus dem Spiegel entgegenschaute. Wie immer gingen ihm dabei die zahllosen Komplimente durch den Kopf, die er im Laufe der Zeit von den Frauen zu hören

bekommen hatte. Er dachte an die Blondine am Croupiertisch in Monaco, die ihm ihre Telefonnummer zugesteckt hatte, während ihr Freund ein weiteres Blackjackspiel verlor. »Hör bloß nie auf, mir diese düsteren Blicke zuzuwerfen, Heathcliff«, hatte sie ihm ins Ohr geschnurrt. Oder die reiche Studentin aus London, die ihm zugeraunt hatte: »Jungen in meinem Alter sind so unreif. Ganz anders als du.« Oder die Witwe um die Fünfzig, die er sich in Portugal geangelt hatte. »Es macht keinen Spaß, allein in die Casinos zu gehen. Mein Mann war auch groß und schlank und gutaussehend ...«

Er hatte sich in den Komplimenten gebadet, mit denen die Frauen ihn berieselten, während er sie zu den Tischen mit den hohen Einsätzen führte. Später hatte er sich vor allem damit beschäftigt, sie über ihre Verluste hinwegzutrösten.

In den letzten Jahren jedoch hatte das Glück ihn immer häufiger im Stich gelassen. Ihm war schon lange kein großer Wurf mehr gelungen. Die Frauen zahlten zwar immer noch bereitwillig für das Essen oder die Suite, aber mit dem Bargeld waren sie lange nicht mehr so großzügig. Er aber brauchte das große Geld, das ihm, wenn er mit den Karten in der Hand am Tisch saß, wieder das Gefühl gab, ein Gewinner zu sein. Das war der Grund, warum er diese Gelegenheit beim Schopf gepackt hatte, als sie sich ihm geboten hatte. Ich brauche mal wieder einen großen Coup, am besten so einen wie damals, dachte er.

Die Trophäe, die ihm dieser Coup eingebracht hatte – eine atemberaubende Taschenuhr mit einer ebenso hinreißenden Kette –, lag in ein Safe eingeschlossen in seinem New Yorker Apartment. Er hatte sie nur einmal in der Öffentlichkeit getragen. Die Uhr und die Kette waren im 16. Jahrhundert für den Dogen von Venedig gefertigt worden und mit alten, unbezahlbaren Edelsteinen besetzt. Sein Argument, daß es zu gefährlich wäre, die Uhr irgendwo zu verkaufen, weil sie weltweit auf jeder Liste gestohlenen Schmucks aufgeführt sei und die Spur unweigerlich zu ihm führen würde, war natürlich nicht wirklich stichhaltig. In Wirklichkeit wollte er die Uhr behalten. Wenn er allein war, zog er sich seinen Hausmantel aus Brokat an, der an die prunkvollen Roben des Dogen von Venedig erinnerte, steckte die Uhr in die Tasche und zog sie ab und zu hervor. Dann stellte er sich vor, der Herrscher von Venedig zu sein, der sich die Sankt-Markus-Kirche als seine Privatkirche hatte bauen lassen.

Cameron wandte sich vom Spiegel ab und ging zur Kommode. Er streifte die Rolex, einen mageren Ersatz für den verborgenen Schatz, über sein Handgelenk und griff nach seinem Kartenetui. Nein, dachte er, und legte es zurück. Diese Karten werde ich niemandem auf diesem Schiff in die Hand geben. Sie waren unauffällig, von ausgesuchtem Geschmack, mit Buchstaben in Reliefdruck und von allerfeinstem Papier, und sie trugen seinen Namen und seine Adresse, 66 Gramercy Park South, New York City. Niemand brauchte zu wissen, daß er in einem mit öffentlichen Mitteln geförderten, bescheidenen Wohnblock lebte. Er war klug genug gewesen, bei seinem Vater wohnen zu bleiben, statt sich eine eigene Wohnung zu suchen. Die böswilligen Eigentümer hatten die Wohnung damals, als der alte Säufer endgültig das Zeitliche gesegnet hatte, nicht wieder für sich in Anspruch nehmen können. Wenn er nach seinem Beruf gefragt wurde, gab er »Privater Investitionsberater« an; damit machte er immer Eindruck und konnte zugleich neugierige Fragen nach einer geregelten Arbeit von vornherein abbiegen. Cameron fühlte sich prächtig. Wahrscheinlich hatte er gerade eine Glückssträhne. Noch vor dem Ende der Überfahrt würden zwei Leichen in den Wellen des Atlantik treiben. Er machte sich auf den Weg in die Cocktailbar und dachte dabei an den Augenblick, in dem ihm zweihunderttausend Dollar bar auf die Hand gelegt würden.

Gavin Gray betrat die Cocktailbar und sah sich mit Kennerblick um. Ziemlich uninteressantes Publikum, dachte er. Die übliche Ansammlung von Paaren, von denen einige den Eindruck routinierter Seereisender machten, während andere für den ersten Abend auf dem Schiff viel zu festlich gekleidet waren. Sie alle strahlten, wahrscheinlich vor Glück, zu dem halben Prozent der Menschen zu gehören, die sich eine Seereise über den Atlantik leisten können. Die haben wahrscheinlich nie etwas Größeres als die Fähre nach Staten Island betreten, dachte Gavin verächtlich. Es würde nicht schwierig sein, dieser Art von Passagieren aus dem Weg zu gehen. Ohne Zweifel würden sie den Großteil ihrer Zeit damit verbringen, Postkarten zu schreiben, die alle mit: »Ich wünschte, Du wärest hier« anfingen.
Verärgert stellte er fest, daß im Salon einige Tische zusammengerückt worden waren. Dort saßen ungefähr sechzehn Leute, und schon jetzt klang ihr Lachen übermäßig laut und dröhnend. In den letzten Jahren waren einige große Unternehmen dazu übergegangen, ihre erfolgreichsten Verkäufer mit Erster-Klasse-Kreuzfahrten zu belohnen. Gavin bedauerte das zutiefst. Er fand es außerordentlich ordinär, auf so engem Raum mit Personen zusammengepfercht zu sein, die nur deshalb an Bord waren, weil es ihnen gelungen war, massenhaft Schneefahrzeuge oder Garagentüröffner an gutgläubige Kunden zu

verhökern. Schließlich waren Seereisen, als sie in den Zwanzigern wirklich modern wurden, zunächst nur für die Creme der Gesellschaft gedacht, für Persönlichkeiten, die mit ihren Hausangestellten reisten und wie Könige behandelt wurden. Während der letzten Reise hatte er diese Gedanken einmal einer sehr attraktiven Blondine vorgetragen. Diese hatte erwidert: »Na ja, das sind wenigstens Leute, die *zahlen.* Einer der Offiziere hat mir erzählt, daß *Sie*, mein Lieber, dafür, daß Sie mit alten Damen mit lavendelfarbenem Haar tanzen und Bingo spielen, *umsonst* mitfahren können.« Gavin hatte leider zu spät herausgefunden, daß die attraktive Blondine die Tochter des korpulenten Direktors des *A-1 Sales Winners Club* war.
Er bestellte einen Gin and Tonic und lehnte sich an die Bar. Ein paar alte Schreckschrauben, die sich in Dreier- oder Vierergruppen zusammengetan hatten und Wodka in sich hineinschütteten, hatten sich ebenfalls dort eingefunden. Er erkannte die kürzlich geschiedene Sylvie Arden, die, in der Hoffnung, einen reichen Mann zu finden, zahllose Seereisen machte. Auf ihrer vorletzten Reise hatte sie ihm anvertraut, daß ihr das Geld ausginge und sie nun unbedingt bald zum Zuge kommen müsse. Bloß nicht so verbissen, meine Gute, hatte er sie ein paarmal gewarnt. Du mußt das Ganze lockerer angehen. Du überrollst deine Kandidaten, anstatt sie zu verführen. Aber er mochte Sylvie. Sie war unterhaltsam, und sie verstanden sich gut. Heimlich vertrauten sie einander an, was sie tatsächlich über die alten Schachteln, mit denen er immer loszog, und die alten Knacker, die sie zu becircen versuchte, dachten.
Gavin seufzte. Zurück an die Arbeit, befahl er sich. Er hatte bemerkt, daß an einem Tisch zwei sechzigjährige,

offensichtlich alleinstehende Frauen saßen und die Menge mit gierigen Augen betrachteten. Rhett Butler ist heute leider verhindert, meine Damen, dachte er und schlenderte auf ein Schwätzchen zu ihnen hinüber. Als sein Blick auf das Paar im Gang zum Salon fiel, blieb er abrupt stehen. Das durfte doch wohl nicht wahr sein! Natürlich war sie das. Nora Regan Reilly. Man konnte sie nicht verwechseln. Die kleine, zierliche Gestalt, das hübsche Gesicht, das kurze, gewellte aschblonde Haar. Sie war mehrere Male in seiner Sendung aufgetreten, kurz bevor sie abgesetzt worden war. Und das war ihr Mann, der Inhaber mehrerer Beerdigungsinstitute. Was für ein Job! Gavin eilte zu ihnen hinüber, um sie zu begrüßen. Als wollte er sie einem Fernsehpublikum vorstellen, rief er triumphierend: »Nora Regan Reilly!«

»Schschsch!« Luke und Nora schauten sich entsetzt um. Gerade eben hatten sie Lady Exner und Regan entdeckt, die aus dem Fahrstuhl gestiegen waren. Sofort hatten sie sich bemüht, einen möglichst großen Abstand von ihnen herzustellen. Ausgerechnet der geschwätzige Gavin muß mir hier begegnen, dachte Nora wütend. Mit meinem Inkognito ist es für diese Reise wahrscheinlich vorbei. Und, o mein Gott, hier kommen auch noch Regan und Lady Exner.

Die beiden waren ihnen mittlerweile bis auf beinahe zwei Meter nahe gekommen. Regan blickte Nora fest ins Auge und machte eine Geste, als wollte sie jemanden fortscheuchen. Zum Glück blieb Lady Exner gerade stehen, um sich eine Zigarette anzuzünden. Dabei wurde ihre ganze Aufmerksamkeit von dem Feuerzeug in Anspruch genommen, dem sie auch trotz heftiger Daumenbewegungen keinen Funken zu entlocken vermochte.

Luke nahm Gavin beim Arm und dirigierte ihn zu einem einzeln stehenden Tisch. »Wir müssen Ihnen etwas mitteilen«, erklärte er leise.
Luke und Nora kamen direkt zur Sache. Ihre Tochter war als Begleiterin einer älteren Dame, deren wesentliches Lebensziel darin bestand, Nora dazu zu bringen, ihre Memoiren zu schreiben, ebenfalls auf diesem Schiff. Aus diesem Grunde wollten sie nicht, daß jemand Mrs. Luke Reilly als die Krimiautorin Nora Regan Reilly erkannte.
»Ich bin überzeugt, daß sie sehr nett ist«, sagte Nora, »aber wir haben diese Reise nun wirklich gebucht, um uns mal richtig zu entspannen und ein wenig Zeit füreinander zu haben.«
Gavin hatte ein Gefühl, als habe er das große Los gezogen. Lady Exners Begleiterin war Nora Regan Reillys Tochter. Und sie wohnten in der Camelote-Suite. Er würde überhaupt keine Schwierigkeiten haben, ihnen näher zu kommen. Gedanken schossen wie Blitze durch seinen Kopf. »Selbstverständlich verstehe ich Ihr Problem. Alle meine berühmten Freunde sind sehr darauf bedacht, ihre Privatsphäre zu schützen.«
Berühmte Leute, dachte Nora. Das sind die einzigen Menschen, die ihn interessieren. Man sollte meinen, er würde die »Tonight-Show« moderieren und nicht diese unbedeutende Radiosendung, mit der er allenfalls drei Zuhörer angelockt hatte. Als sie einmal bei seiner Sendung zu Gast gewesen war, hatte er die Hälfte der Zeit damit verbracht, die Zuhörer zu bitten, anzurufen und Fragen zu stellen. Luke und Regan hatten die ganzen dreißig Minuten vor dem Radio gesessen und vergeblich versucht, den Sender zu finden. Und was Noras und

Lukes Privatsphäre anging – das war eben Pech. Gavin konnte nicht anders. Er liebte es, Namen von Stars fallenzulassen, die angeblich alle seine Busenfreunde waren.

Jetzt stützte Gavin sich auf den Tisch und blinzelte ihnen verschwörerisch zu. »Es wird unser kleines Geheimnis bleiben«, versicherte er ihnen. »Übrigens sitze ich, glaube ich, sogar an ihrem Tisch. Sagen Sie Ihrer Tochter doch bitte, daß ich Lady Exner mit dem größten Vergnügen zu einigen der Veranstaltungen begleiten werde. Eine Hellseherin ist an Bord, und sie hat großen Zulauf, vor allem von seiten der Senioren. Allerdings ist mir schleierhaft, was die Leute an ihr finden.« Gavin leerte sein Glas und brach in das aufgesetzte Lachen des professionellen Showmasters aus. »Ihre Spezialität ist es, die Zukunft vorauszusagen, und da einige von ihnen aussehen, als würden sie den Anblick des Festlandes nicht mehr erleben, sollte sie sich bei ihren Voraussagen auf die Speisekarte am Abend beschränken.« Er stand auf. »Sie sollte eigentlich den Zeitpunkt voraussagen, wann diese alten Leutchen Ihre Dienste in Anspruch nehmen müssen, nicht wahr, Luke?«

Nein, durchaus nicht, dachte Luke. Du bist der einzige hier, der tot ist.

Ein bißchen Nervenkitzel mag ja ganz nett sein, aber für den Augenblick reicht es mir erst einmal, dachte Regan. Ich möchte auch nicht gerade dabeisein, wenn der Chefsteward entdeckt, daß Veronica sein Jackett am Rücken angesengt hat, als er sich über den Plan beugte, um unsere Tischnummer nachzuschauen.

»Folgen Sie mir, meine Schönen«, sagte der Steward lächelnd.

Drei Personen hatten sich bereits an dem großen, runden Tisch niedergelassen: ein Paar im mittleren Alter, das die beiden Neuankömmlinge herzlich begrüßte, und eine bohnenstangendünne, modisch gekleidete Blondine, deren Alter irgendwo zwischen fünfzig und sechzig liegen mußte. Sie saß dem Paar gegenüber. Guter Schachzug, dachte Regan. Zweifellos hatte die alleinstehende Frau deshalb so viele Sitze um sich herum freigelassen, weil sie hoffte, daß sie von jenen auf Kreuzfahrten leider so seltenen Objekten, alleinstehenden Männern, besetzt werden würden.

Der Chefsteward wies Veronica einen Platz an und rückte den Stuhl zu ihrer Linken für Regan zurecht.

Sogleich entwickelte sich ein lebhaftes Gespräch. Mario und Immaculata Buttacavola verkündeten, daß dies ihre erste Kreuzfahrt überhaupt sei und daß sie beschlossen hätten, es sich wirklich schön zu machen, indem sie erster Klasse reisten. »Also, ich sehe die Sache so«, erklärte Mario. »Ich arbeite für ein piekfeines Hotel in Atlantic City und habe mir überlegt, daß es höchste Zeit wäre, daß ich und meine Frau mal die große weite Welt zu sehen bekommen. Und da ich im übrigen für die Planung von Festessen verantwortlich bin, kann ich vielleicht ein paar Extrapunkte ergattern, indem ich einige Ideen mit nach Haus bringe, was Mahlzeiten und den Getränkeservice an Bord anbetrifft. Mir ist jedenfalls erzählt worden, daß man auf einer Kreuzfahrt ununterbrochen ißt.« Er beklopfte seinen gewölbten Bauch. »Also – ich bin bereit.«

Immaculata schaute ihn mindestens so schwärmerisch an wie Nancy Reagan ihren Ronald. »Dies ist für uns wie eine zweite Hochzeitsreise«, sagte sie.

Sylvie Arden kam aus Palm Springs. »Ich liebe es zu reisen«, seufzte sie. »Aber ich hasse das ewige Ein- und Auspacken. Deshalb ist eine Kreuzfahrt für mich der perfekte Urlaub. Man braucht nur einmal auszupacken, und dann kann man sich einfach amüsieren.«

»Guten Abend.«

Regan und die anderen schauten auf. Ein weltgewandter, dunkelhaariger Mann in den Dreißigern war an ihren Tisch getreten. Sylvies Augen leuchteten auf, als er sich dem Stuhl zwischen ihr und Veronica näherte. »Darf ich?« fragte er.

»Ja, bitte«, antworteten Veronica und Sylvie gleichzeitig. Einen Augenblick später war der Stuhl zu Regans Linken besetzt. Ein Herr in einem zitronenfarbenen Jackett, der etwa im selben Alter wie Regans Vater sein mußte, stellte sich als Gavin Gray vor und grüßte die Eisblonde mit einer Vertraulichkeit, als seien sie alte Freunde.

»Wie schön, dich zu treffen, Sylvie.«
»Kennen Sie sich?« fragte Veronica und fuchtelte mit ihrem Zigarettenhalter vor Regans Nase herum.
»O ja«, antwortete Gavin. »Wir haben eine ganze Menge dieser Seereisen zusammen gemacht, wissen Sie. Ursprünglich komme ich aus Manhattan. Viele Jahre lang war ich der Gastgeber von *Gavin's Guests,* einer beliebten Radiosendung in New York. Jetzt, da ich in Rente bin, interessiere ich mich vor allem für Kreuzfahrten – und für die Menschen, die man auf diesen Reisen trifft. Im Augenblick bin ich sozusagen einer Ihrer Gastgeber.«
Gavin Gray, dachte Regan. Gavin Gray. Den Namen habe ich doch schon einmal gehört. Natürlich! Sie war gerade in New York gewesen, als Nora in der Sendung auftrat. Nora nannte ihn Gabby Gavin und sagte, daß sie ihre Zweifel hätte, ob er jemals das entsprechende Buch gelesen habe, bevor er den Autor interviewte. Regan sank der Mut. Wenn Gavin Gray Nora sähe und Veronica von ihr erzählte, dann wäre es mit Noras Inkognito ganz bestimmt vorbei.
Der dunkelhaarige Mann zur Rechten Veronicas stellte sich vor: »Ich bin Cameron Hardwick aus New York.« Sein Lächeln war angenehm.
Veronica sprach für Regan und für sich selbst: »Ich bin Lady Veronica Exner aus Oxford, Witwe des verstorbenen Sir Gilbert Exner, und dies ist meine liebe Freundin, Regan Reilly.«
Immaculata Buttacavola sah Veronica milde und teilnahmsvoll an. »Wann ist Ihr Mann denn gestorben?« fragte sie sanft.
»Vor vierzig Jahren«, antwortete Veronica, fügte dann

aber hinzu: »Manchmal kommt es mir vor, als sei es erst gestern gewesen.«

O mein Gott, dachte Regan. Hoffentlich fragt Immaculata So-und-so Veronica jetzt nicht, wie lange sie verheiratet waren.

»Regan Reilly.« Gavin Gray sah sie nachdenklich an. »Was für ein charmanter Name.« Er zwinkerte ihr zu.

Der Oberkellner kam mit einem Notizblock in der Hand auf sie zu. »Möchten Sie einen Drink bestellen?«

»Ja gern, wunderbar.« Es war offensichtlich, daß Veronica bereits zur selbsternannten Sprecherin des Tisches geworden war. »Aber ... sagen Sie bitte – ob sich hier wohl noch jemand dazusetzt?« Man hörte deutlich die Hoffnung, die in ihrer Frage mitschwang.

Regan bemerkte, daß Sylvie Arden in Erwartung der Antwort förmlich zu zittern begann.

»Ja, gewiß«, rief einer der beiden Männer, die bereits seit einiger Zeit den Tisch umkreist hatten. Er war ungefähr einsachtzig groß, von durchschnittlicher Statur, hatte gelichtetes, graugesträhntes Haar, einen entsprechend grauen Schnauzbart, eine Hornbrille und wunderbar lebhafte, humorvolle Augen. Sein Begleiter war ein Stück größer, ein wenig korpulenter, und sein glänzendes schwarzes Haar war zu einem Pferdeschwanz frisiert, den er mit einer Diamantspange zusammenhielt. Beide schienen ungefähr Anfang vierzig zu sein.

Regan bemerkte, wie Sylvies Hoffnungen wie ein angestochener Luftballon zerplatzten: Die beiden Männer waren offensichtlich ein Paar.

»Oh, das nenne ich perfektes Timing«, schwärmte Veronica. »Wir wollten gerade unseren Sherry bestellen.«

»Ich trinke keinen Sherry«, protestierte Mario.

»Er bekommt Kopfschmerzen davon«, erklärte Immaculata.
»Normalerweise trinken wir einen Cocktail vor dem Abendessen. Manchmal einen Tequila Sunrise oder einen Roggenwhisky mit Ingwerbier oder einen Old Fashioned – zu ganz besonderen Anlässen hole ich den Shaker heraus und mache ... «
»Ob wir wohl unsere Bestellungen aufgeben könnten?« fuhr Cameron Hardwick mit leicht gereizter Stimme dazwischen.
Der erste der Neuankömmlinge saß neben Immaculata. Er wandte sich ihr zu und lächelte herzlich. »Ihr Vorschlag, einen Old Fashioned zu bestellen, ist wunderbar. Trinken Sie einen mit uns zusammen? Was meinst du, Kenneth, hast du auch Lust?«
Nachdem die Bestellungen aufgegeben worden waren, entspannte sich die Atmosphäre wieder ein wenig. Du bist wirklich ein netter Typ, dachte Regan und lächelte den Neuankömmling über den Tisch hinweg an. Und was ist mit dir, Cameron Hardwick? überlegte sie. Du siehst gut aus, bist gut angezogen und in einem Alter, in dem viele Frauen hinter dir her sind – und du reist allein. Warum? Du mußt ein ziemliches Miststück sein.
Wieder stellte man sich einander vor. Regan war erleichtert, daß jedermann einfach seinen Namen nannte. Die zuletzt Angekommenen kamen auch zuletzt dran.
»Ich bin Dale Cohoon«, sagte der mit der Brille, der die ganze Zeit geredet hatte, »und dies ist mein Freund Kenneth Minard.«
»Sehr nett, Sie kennenzulernen.« Kenneth strich sein Haar hinter die Ohren zurück, zog seine Manschettenknöpfe zurecht und lächelte nervös in die Runde. »Mein

Gott, dieses Gehetze. Dale und ich waren draußen auf dem Deck, um ein bißchen Farbe zu bekommen, und sind dabei tief und fest eingeschlafen. Wir hatten nicht einmal genug Zeit, um uns zum Dinner ordentlich umzuziehen.«

»Armer Kenneth.« Dales Stimme klang liebevoll und tröstend. »Ich habe ihn – auf der Suche nach Antiquitäten für meinen Laden – durch ganz Europa geschleift. Wir wohnen in San Francisco.«

»Antiquitäten.« Veronica strahlte. »Ich liebe es, mich in Antiquitätenläden umzusehen.«

Dich umsehen – das ist wahrscheinlich alles, was du machst, dachte Regan. Die einzige wirkliche Antiquität in Llewellyn Hall scheinen die Wasserrohre zu sein.

»Und was machen Sie beruflich, Kenneth?« fragte Veronica.

»Ich bin Coiffeur«, antwortete Kenneth voller Stolz.

Die Getränke kamen. Cameron Hardwick begann, mit Lady Exner zu plaudern. Gavin Gray beantwortete Marios und Immaculatas Fragen über das Unterhaltungsprogramm, das auf dieser Fahrt geboten wurde. Regan sah sich um; sie genoß das sanfte Schaukeln des Schiffes, das ruhig seine Bahn durch die Nacht zog. Das Restaurant war in blauen und grünen Farben gehalten, die an die Schattierungen des Meeres erinnerten. An der Backbord- ebenso wie an der Steuerbordseite war die Wand von riesigen Fenstern durchbrochen, die vom Boden bis zur Decke reichten. Der Mond strahlte hell vom Himmel und glänzte auf den dunklen Wellen. Inzwischen hatten sämtliche Gäste an ihren Tischen Platz genommen, und die Kellner rannten geschäftig hin und her, nahmen Bestellungen auf und trugen mit silbernen Hauben bedeckte

Teller. Der Kellermeister, der einen sehr eindrucksvollen Schlüssel an einer riesigen Kette um den Hals trug, öffnete mit einer dramatischen Geste eine Flasche Dom Perignon. An den Zweiertischen saßen Paare, die sich verliebt anlächelten; andere sahen aus, als hätten sie schon seit zwanzig Jahren keinen Gesprächsstoff mehr gehabt. Ein Geiger, den Bogen fest unter das Kinn geklemmt, schlängelte sich zwischen den Tischen hindurch. Was machen Geiger, die ein kleines Kinn haben? fragte sich Regan. Müssen sie dauernd mit Halsschmerzen leben?

Sie sah über ihre Schulter nach hinten. Von ihrem Platz aus konnte sie Luke und Nora nicht sehen. »Sie sind am Ecktisch hinter der Säule«, flüsterte Gavin.

Regan starrte ihn wütend an. »Entschuldigung.«

Eines seiner Augen verzog sich zu einer schmalen, runzligen Linie. »Ich bin ein Freund Ihres Vaters und Ihrer Mutter«, flüsterte er ihr zu. »Ich habe im Salon mit ihnen einen Drink genommen und verstehe natürlich die mißliche Lage, in der sie sich befinden. Selbstverständlich bin ich absolut diskret.« Er ergriff ihre Hand und drückte sie. Beim nächsten Augenzwinkern fragte sich Regan besorgt, ob er wohl dabei sei, einen nervösen Tick zu entwickeln. Sie zog ihre Hand zurück und versuchte, ebenfalls zu zwinkern, kam sich aber ziemlich lächerlich dabei vor.

»Ist dir etwas ins Auge gekommen, Regan?« fragte Veronica.

»Nein, es ist alles in Ordnung.« Regan griff nervös nach ihrem Weinglas. Ich kann nur hoffen, daß ich ihm vertrauen kann, dachte sie.

Der Oberkellner nahm die Bestellungen für das Abendessen auf. Regan, Lady Exner und Gabby entschieden sich für den Coq au Vin als Hauptgang. Kenneth und Dale bestellten Lammkotelett. Cameron und Sylvie nahmen das Pfeffersteak. Mario und Immaculata hatten die größten Schwierigkeiten, sich zwischen dem Lamm und dem Steak zu entscheiden. Schließlich entschlossen sie sich für Lamm und Steak, um sich das Fleisch dann zu teilen. Zuvor wünschten sie eine Zwiebelsuppe. Als der Kellner gerade flüchten wollte, zog Mario ihn zurück und sagte: »Sie könnten uns aber auch ein paar von den Krabben als Vorspeise geben.«

Während der Mahlzeit wurde das Gespräch meist von allen gemeinsam bestritten, aber bisweilen entwickelten sich auch Zweiergespräche. Sylvie Arden hatte sich von ihrer anfänglichen Enttäuschung über das knappe Angebot passender Männer erholt und unterhielt sich sachkundig mit Dale Cohoon über Regency-Möbel. Mit Ausnahme eines gelegentlichen, zufriedenen Grunzens blieb Mario während der Mahlzeit völlig stumm. Mit einem weichen Brötchen saugte er die Sauce auf seinem Teller bis auf den letzten Tropfen auf.

Kenneth lauschte mit bewundernswerter Geduld Immaculatas Erzählungen über ihre entzückenden Enkelkinder, Concepione, »die sozusagen nach mir benannt ist«, und Mario der Dritte, »das Ebenbild seines Vaters«. Sie forderte Mario auf, seine Brieftasche herauszunehmen und ihre Fotos herumzuzeigen. Regan lächelte und machte ein paar höfliche Bemerkungen über die beiden pausbäckigen Kleinkinder.

Veronica war so beschäftigt, noch eine zweite ihrer vertrockneten Zigaretten anzuzünden, daß sie den Schnappschüssen der jungen Buttacavolas nur einen kurzen Blick widmen konnte. Sie reichte sie an Cameron Hardwick weiter, der irgendwelche Schmerzen zu haben schien und die Sammlung an Sylvie weiterschob. Ein Kellner stürzte herbei, um Veronica zu helfen. Diese sog so lange hektisch an ihrer Zigarette, bis die Spitze am Ende doch noch zu glühen begann. Endlich befriedigt, ließ Veronica sich in schwärmerischen Worten darüber aus, wie sehr der verstorbene Sir Gilbert immer Coq au Vin geliebt habe. Sie begann, sein Leben und seine Taten in allen Einzelheiten wiederzugeben und beschrieb ihn schließlich als einen Mann des Renaissancezeitalters, der die schönsten Verse zu schreiben vermochte. Als sie am Ende fast außer Atem war, gelang es Sylvie, das Thema in eine andere Richtung zu lenken, indem sie Gavin fragte, ob das Armband, das auf der letzten Fahrt verlorengegangen war, inzwischen aufgetaucht sei.

»Soweit ich weiß, nicht«, sagte Gavin mit abweisender Miene.

»Einer der Stewards hat mir alles darüber erzählt«, berichtete Sylvie. »Ich habe verschiedene Kreuzfahrten mit Mrs. Watkins gemacht – sie trägt so viel Schmuck, daß sie aussieht wie ein Christbaum. Aber das Armband, das sie verloren hat, war wirklich etwas ganz Besonderes. Sie haben für den, der es findet, eine Fünfzigtausend-Dollar-Belohnung ausgesetzt.«

»Was ist denn passiert?« fragte Veronica aufgeregt.

»Gavin, du warst doch dabei. *Du* kannst es doch erzählen«, sagte Sylvie.

»Nun ja, ich war auf dem Schiff«, antwortete Gavin mit einem leicht gereizten Unterton in der Stimme. Aber sofort nahm er sich zurück und spielte wieder den charmanten Unterhalter. »Anscheinend ist es ihr vom Handgelenk geglitten. Das war in der Nacht der Käptens

Party. Wer weiß? Wahrscheinlich hat es irgend jemand gefunden und behalten.«

Sylvie ließ sich durchaus nicht vom Thema abbringen. »Der Steward hat mir erzählt, sie hätten auf der Suche danach das ganze Schiff auseinandergenommen. Mrs. Watkins reist ziemlich häufig mit diesem Dampfer«, erklärte sie den Umsitzenden. »Ich hab' sie bestimmt schon ein dutzendmal getroffen. Sie wirft mit dem Geld nur so um sich und bucht immer die Camelot-Suite.«

»Da wohnen *wir* ja jetzt«, rief Veronica. »Regan und ich sind dort oben ganz allein. Ich hatte gehofft, wir hätten ein paar nette Nachbarn, aber die Suite am anderen Ende des Flurs ist leer.« Sie sog heftig an ihrer Zigarette. »Ich werd' mal meine Augen nach dem verlorenen Schatz offenhalten.«

»Der Steward ist überzeugt, daß das Armband schon in irgendeinem Koffer vom Schiff getragen worden ist«, fuhr Sylvie fort. »Wahrscheinlich hat der Finder es behalten. Ich weiß wohl, daß es ein Vermögen wert ist, aber für meinen Geschmack war es schrecklich protzig.«

»Antike Schmuckstücke sind die einzigen, die es wert sind, getragen zu werden«, bemerkte Cameron Hardwick. »Die wirklich guten Juweliere sind schon vor ein paar hundert Jahren gestorben.«

»Ich habe einen Freund, der mit altem Schmuck handelt«, sagte Dale. »Sammeln Sie auch alte Stücke?«

»Ich besitze ein oder zwei interessante Exemplare«, bemerkte Hardwick mit einem blasierten Lächeln.

Erst als Mario und Immaculata den letzten Bissen gegessen hatten, ein Dessert, das auf der Speisekarte als »eine Symphonie frischer Früchte in feinem Blätterteig auf Himbeersauce« beschrieben war, und ihren Cappuccino schlürften, griff Immaculata Sylvies Bericht wieder auf.

»Es gibt nichts Schlimmeres, als bestohlen zu werden. Im letzten Jahr, als wir einmal bei Mario Junior und Roz und den Kindern zu Besuch waren – sie wohnen ungefähr zwanzig Meilen von uns entfernt –, mußten wir unvorhergesehenerweise über Nacht bleiben. Der Wagen sprang nicht an ... Mario Junior bot uns an, uns seinen Wagen zu leihen, aber er hat eine automatische Schaltung, und Mario, der Große, hat so ein Ding in dreißig Jahren nicht ein einziges Mal gefahren. So haben wir schließlich im Gästezimmer übernachtet. Am Morgen haben wir den Wagen reparieren lassen und sind wieder nach Hause gefahren. Die Kleinen lieben es ohnehin, wenn wir dort übernachten. Aber in derselben Nacht ist bei uns eingebrochen worden. Mein Nachbar hat einen Wagen gesehen, der etwa um elf Uhr vor unserem Haus parkte. Genau zu dem Zeitpunkt wären wir auch heimgekommen, wenn unser Wagen angesprungen wäre. Wer weiß? Wenn wir die Diebe überrascht hätten, dann hätten sie uns vielleicht umgebracht. In dem Augenblick, als wir die Auffahrt hinauffuhren, wußte ich, daß etwas nicht in Ordnung war. Auf der Fußmatte lag Marios Gebiß. Sein neues paßt nicht so richtig, deshalb hat er das alte für den Hausgebrauch aufgehoben. Es lag in seinem Schmuckkästchen, zusammen mit seinen Manschettenknöpfen und seiner goldenen Armbanduhr, und wissen Sie was? Schlau wie die Detektive haben wir uns überlegt, daß die Räuber wahrscheinlich ziemlich gute Zähne hatten und deshalb das Gebiß nicht brauchten.« Sie lachte herzlich über ihren eigenen Witz.

»Und sie haben meine sämtlichen Juwelen genommen,

den großen Ring, den Mario mir geschenkt hat, als Mario Junior geboren wurde, und dazu alles Bargeld und sämtliches Silber...« Immaculata schüttelte betrübt den Kopf. »Aber wenn ich mir vorstelle, daß Roz uns nicht überredet hätte zu bleiben... Erst schien es, als wenn der Wagen anspringen wollte, aber dann gab er plötzlich keinen Ton mehr von sich. Mario wollte es natürlich noch einmal versuchen. Aber Roz meinte: »Wenn er euch auf dem Highway stehenbleibt, dann könntet ihr einen schlimmen Unfall verursachen.« Sie wollte auf keinen Fall, daß wir zurückfahren. Und ich glaube, sie hat uns das Leben gerettet. Schrecklich, schrecklich. Wußten Sie, daß, statistisch gesehen, einer von vier US-Bürgern einem Verbrechen zum Opfer fällt?«

Regan wollte gerade die korrekte Zahl nennen, und sei es nur, um Immaculatas Redefluß zu unterbrechen, aber sie verschloß gerade noch rechtzeitig den Mund. Auf dieser Reise sollte sie wohl besser nicht über ihren Beruf sprechen.

Der Kellermeister war an den Tisch getreten. »Darf ich Ihnen einen Magenbitter oder einen Likör anbieten?«

Kenneth, Dale, Sylvie, Cameron und Gavin lehnten das Angebot dankend ab und sprangen so temperamentvoll vom Tisch auf, daß die Stühle fast zu Boden gefallen wären. Nur Veronica akzeptierte die Einladung der Buttacavolas, mit ihnen einen Crème de Menthe zu trinken.

Regan fragte sich, wie viele Meilen sie wohl noch vom Hudson entfernt wären.

Nach dem Dinner flüchtete Cameron Hardwick sich auf das Deck. Er hatte inzwischen wirklich genug von Mario und Immaculata, deren Oohs und Aahs bei jedem Bissen oder jedem kleinen Musikstück. Er hatte auch die Nase voll von der alten Schachtel, die dauernd mit der verdammten Zigarettenspitze vor seiner Nase herumfuchtelte. Bevor sie endlich ihre Zigarette niedergelegt und sich über ihr Dinner hergemacht hatte, war reichlich Asche in seinen Salat und in seine Suppe gerieselt.

Er hoffte inständig, daß dann, wenn endlich der Augenblick gekommen war, sich ihrer zu entledigen, jene Zigarettenspitze und jene scheußlichen, vertrockneten Glimmstengel mit ihr zusammen verschwinden würden.

Draußen wehte eine scharfe Brise. Einige Paare gingen Arm in Arm auf dem Deck spazieren, aber die meisten Frauen strebten, sobald sie die schneidende Kälte durch ihre Kleider hindurch spürten, sofort in die geschlossenen Räume zurück. Die blöden Tussis wollen natürlich nicht, daß ihre Frisur zerzaust wird, dachte Cameron verächtlich, während er sich mit verschränkten Armen über die Reling lehnte und auf das dunkle Wasser hinabstarrte, das an der Seite des Schiffes schäumend und gurgelnd vorbeiströmte. Plötzlich hörte er zu seiner Linken eine inzwischen wohlbekannte Stimme.

»Weißt du, Regan, meine Liebe, gleichgültig, wie scharf

der Wind auch weht, ob nun an Land oder auf See – meinen täglichen Spaziergang lasse ich nie aus. Atme doch nur diesen wunderbar würzigen Duft mal ein. Dir strömt der Geist von Millionen Ebben und Fluten entgegen. ›*I Must Go Down to the Sea again*‹ – oh, wie sehr habe ich das Gedicht immer geliebt!«

»Veronica, wirklich, ich gehe auch sehr gern spazieren. Aber laß uns doch erst einmal nach oben gehen und dir eine Jacke holen.«

»Sieh mal einer an, hier ist unser lieber Cameron Hardwick. Regan, wenn du darauf bestehst, dann hol in Gottes Namen meine Jacke. Ich bleibe hier bei Cameron und plaudere ein bißchen.«

Hardwick spürte eine Hand, die sich auf seinen Arm legte. Er nahm seinen ganzen Charme zusammen und klopfte freundschaftlich auf die mit braunen Flecken übersäte Hand. »Was für eine angenehme Überraschung.« Er fragte sich, ob die Reilly wohl Gedanken lesen könne. Selbst im Dunkeln konnte er sehen, daß sie ihn prüfend betrachtete.

»Es gefällt mir gar nicht, Lady Exner hier draußen allein zu lassen«, sagte sie. »Veronica, ich würde mir wirklich wünschen ...«

»Kein Grund zur Sorge.« Hardwick versuchte, seiner Stimme einen beruhigenden Klang zu geben. »Ich meine allerdings, wir sollten uns ein bißchen bewegen. Wir gehen bis nach Steuerbord und dann kehren wir wieder um. Wir bleiben auf dieser Seite des Decks.«

Veronicas Arm ruhte jetzt fest auf dem seinen. »Mein Gott, was für ein kräftiger Mann«, seufzte sie mit einem koketten Seitenblick.

»Sie schmeicheln mir, Lady Exner«, sagte er scherzend.

»Aber es stimmt. Der liebe Gilbert war leider eher schmächtig. Ein gewaltiger Verstand, aber leider ein sehr kränklicher Körper. Lauf los, Regan«, befahl sie. »Mr. Hardwick ist ein hervorragender Beschützer.«

Es scheint ihm nichts auszumachen, überlegte Regan. Ich bin ja nur für fünf Minuten fort, und so lange wird er es gewiß mit ihr aushalten. Und wenn ich ihr nicht ihre Jacke hole, dann landet sie noch an einem Atemgerät in der Intensivstation. »Wenn es Ihnen nichts ausmacht«, sagte sie und schlüpfte durch die Tür zurück in den Salon.

»Solch ein liebes Mädchen – aber macht sich immer solche Sorgen«, sagte Veronica, während sie und Hardwick sich langsam in Richtung Steuerbord bewegten. »Und wir haben einen so interessanten Tisch. Der liebe Mr. Gavin hat mir angeboten, mich morgen früh zur Sitz-und-sei-fit-Gymnastik mitzunehmen. Der liebe Mr. Cohoon wird mir ein paar Vorschläge machen, wie man Llewellyn Hall ein bißchen auf Vordermann bringen könnte. Er hat mir angeboten, auf seiner nächsten Fahrt nach London, die im September stattfindet, bei uns vorbeizukommen. Ich muß den netten Mr. Kenneth unbedingt wegen meiner Frisur fragen. Diese habe ich jetzt schon seit vier Jahren, und vielleicht sollte ich mal etwas anderes probieren. Ich fürchte, die beiden Buttacavolas mit ihren Geschichten über ihre Enkelkinder könnten auf Dauer ein wenig ermüdend sein, aber wahrscheinlich werde ich auf der Rückreise genausoviel über meine Nichten sprechen. Ich sehne mich so sehr nach ihnen und wünsche mir so sehr, sie in unsere Familie zu integrieren. Philip, mein Neffe, ist ein süßer, unpraktischer Schatz, aber eine Frau wünscht sich doch

im Grunde immer eine Tochter, meinen Sie nicht? Zwar ist Philips Verlobte eine wunderbare Frau – so tüchtig, so umsichtig –, aber ich habe doch das Gefühl, daß ich ihr auf die Nerven gehe. Aber schließlich ist Blut dicker als Wasser, nicht wahr?«
Inzwischen waren Cameron Hardwick und Veronica die einzigen auf dieser Seite des Decks. Es war dunkel. Lady Exner wog gewiß nicht mehr als neunzig Pfund. Im wahrsten Sinne des Wortes im Handumdrehen könnte Cameron sie bewußtlos schlagen, so daß sie nicht schrie, und sie dann über Bord werfen. Wenn Regan Reilly zurückkäme, könnte er behaupten, daß die alte Exner zur Toilette gegangen sei – und sie dann auf die gleiche Weise beiseite schaffen. Wer würde ihn denn schon verdächtigen? Sie hatten sich gerade eben erst getroffen. Er war allein gekommen. Reilly und Exner waren allein aufs Deck hinausgegangen ...
Ob er ...?
Ja!!!
Die perfekte Gelegenheit würde sich nicht ein zweites Mal bieten. Sie waren an der dunkelsten Stelle des Decks. Cameron zog seine freie Hand zurück – und hörte Schritte.
Ein Mann und eine Frau näherten sich von der Steuerbordseite des Schiffes. Bevor er ihre Umrisse erkannte, konnte er bereits ihre Stimmen hören.
»Nora, du bist nicht warm genug angezogen. Laß uns wieder hineingehen.«
Als sie sich näherten, sah Hardwick, daß es dasselbe Paar war, dem er an diesem Morgen aufs Schiff gefolgt war. Als die beiden ihn und Lady Exner an der Reling stehen sahen, zogen sie sich hastig zurück.

Der entscheidende Augenblick war verstrichen. Cameron begriff, daß er es offensichtlich nicht riskieren konnte, Lady Exner und Regan Reilly auf einem der Decks kaltzumachen. Er würde eine andere Lösung finden müssen.

Veronica und Regan betraten die kleine Pianobar, um vor ihrer Rückkehr in die Suite noch einen letzten Drink zu sich zu nehmen. »Jetzt brauche ich irgend etwas, um die Kälte wieder aus meinen Knochen zu vertreiben, und ich glaube, mit einem Schlückchen Scotch wäre das zu schaffen.« Plötzlich bekam Veronica feuchte Augen, denn der mit einem Smoking bekleidete Musiker spielte einige Songs aus der Filmmusik von *Phantom der Oper.* »Ah, Gilbert hätte dies so sehr genossen«, flüsterte sie in Regans Ohr.

Eine halbe Stunde später, nachdem Veronica sich noch »I Love You, Truly« und »Memory« gewünscht hatte, kehrten sie in ihre Kabinen zurück. Der Steward hatte schon die Betten heruntergeklappt.

»Morpheus wird uns heute abend wahrscheinlich beide sofort an seine Brust drücken wollen«, murmelte Veronica schläfrig. »Und da ich für heute nacht noch keine anderen Angebote habe, wird Mr. M. mir genügen müssen.«

Veronica hat die Kälte aus ihrem Körper offenbar wirklich vertreiben können, dachte Regan. Während sie sich auszog und im Bad und Schlafzimmer hin und her ging, fuhr Veronica mit ihrem Monolog fort, ohne sich durch das Rauschen des Wasserhahns stören zu lassen.

»Und bitte schließ auch den lieben Gilbert unbedingt in deine Gebete ein. Ich muß zugeben, er war so etwas wie ein Agnostiker, aber er hat immerhin der Church of England jedes Jahr eine größere Spende zukommen lassen und unserem Dorfgeistlichen regelmäßig ein Weihnachtsgeschenk geschickt.«

Regan stieg die drei Stufen zum Wohnbereich hinauf und schlüpfte dankbar in ihr eigenes Bett. Wie es wohl möglich war, daß Veronica Sir Gilbert so gut kennengelernt hatte, da sie doch nur zwei Wochen lang mit ihm verheiratet gewesen war, überlegte sie.

Veronica selbst hatte ihre Gebete für Sir Gilbert heute abend wahrscheinlich in einer Kurzfassung gesprochen. Ungefähr dreißig Sekunden, nachdem sie ihren Kopf auf das Kissen gelegt hatte, begann das Schnarchen. Wirklich, ein eindrucksvolles Schnarchgeräusch, dachte Regan. Einer Art dumpfem Bellen folgte ein tiefes Gurgeln, das Regan daran erinnerte, daß sie sich unbedingt den Zahnstein entfernen lassen müßte.

Regan drehte und wand sich, um sich in ihre übliche, gewohnte Schlafhaltung zu bringen. Diese Kopfkissen sind wirklich zu dick, dachte sie, und machte einen Versuch, sie mit den Fäusten glattzuklopfen. Aber für Dads Kunden wären sie natürlich perfekt, da man auf ihnen wie hochgestützt lag. Mit einem Ruck zog sie die beiden Kopfkissen unter ihrem Kopf hervor und lehnte sie sich gegen die Ohren. So war sie zu beiden Seiten ein wenig geschützt gegen die Kakophonie, die aus dem King-size-Bett zu ihr herüberschallte.

Gewöhnlich gelang es ihr, sehr schnell einzuschlafen, aber heute abend wollte ihr Gehirn nicht zur Ruhe kommen. Dies war der erste Tag an Bord gewesen, und sie verstand völlig, warum Philip darauf bestanden hatte, daß Veronica nicht allein reisen dürfe. Wäre sie, Regan, nicht in der Nähe gewesen, dann wäre Veronica über die Reling gestürzt. Während der nächsten viereinhalb Tage bis zu dem Augenblick, in dem sie sie bei ihrer Nichte ablieferte, würde entweder sie selbst oder irgend jemand, dem sie vertrauen könnte, fortwährend an Veronicas Seite sein müssen.

Seltsamerweise ging Regan nicht der ereignisreiche Tag, der gerade zu Ende gegangen war, durch den Kopf, sondern sie dachte an Szenen, die sich am Wochenende ereignet hatten. Die Art, wie sie und Kit über Athena Witze gemacht hatten. Ihre anfängliche Vermutung, daß Athena vor zehn Jahren einfach nicht hatte zur Schule zurückkehren wollen. Es war ihr, als könnte sie Athenas Gegenwart spüren, ihre gefühlvolle Stimme mit dem griechischen Akzent hören. Ich würde gern Livingston anrufen, dachte Regan, und erfahren, ob sich etwas Neues ereignet hat. Aber heute abend ist es zu spät.

In einer Embryohaltung zusammengerollt, schlief Veronica fest und tief. Regan aber lag stundenlang wach und starrte mit offenen Augen auf das Terrassendeck, wo sich Schatten wie Gespenster aufblähten und wieder zusammenschrumpften, während das Schiff über den Atlantik glitt. Sie schloß für ein paar Sekunden die Augen, öffnete sie wieder und sah einen Schatten, der nicht einem Gespenst, sondern eher der Silhouette eines Menschen glich. Sie schoß entsetzt hoch und spürte ein heftiges Herzklopfen und eine qualvolle Enge in der Brust. Für den Bruchteil einer Sekunde schaute der Mond hinter den Wolken hervor, und der Schatten verschwand. Regan erschauderte. Sie war nur selten ängstlich, aber jetzt hatte sie einen Augenblick lang wirkliches Entsetzen gespürt. Sie schluckte. War dies das Gefühl,

das Athena in den letzten Minuten ihres Lebens gehabt hatte? Tränen traten ihr in die Augen.
Wer mochte sie ermordet haben? Die lokalen Zeitungen in Griechenland hatten Athenas Ermordung reiflich ausgeschlachtet, zumal das Unglück nur acht Monate nach der Ermordung ihrer Tante geschehen war. Zwei Mitglieder einer reichen, prominenten Familie, die eines gewaltsamen Todes gestorben waren – genau das war es, was den Zeitungen reißenden Absatz verschaffte. Vielleicht könnte ich mir eine Übersetzung der entsprechenden Zeitungsausschnitte beschaffen – das würde mich möglicherweise an etwas erinnern, was ich übersehen habe, ging es Regan plötzlich durch den Kopf. Sie beschloß, Livingston beim Telefongespräch am nächsten Morgen zu bitten, die entsprechenden griechischen Zeitungsartikel übersetzen und an das Schiff faxen zu lassen. Dieser gute Vorsatz beruhigte sie ein wenig. Zumindest war es ein Anfang.
Schließlich fiel sie in einen unruhigen Schlaf. In ihrem Traum verwandelte sich das Ächzen und Stöhnen des Schiffes in die polternden Schritte eines Mannes, der sie verfolgte. Es war Veronica, die sie um acht Uhr am nächsten Morgen weckte.
»Aufwachen, du kleine Schlafmütze. O süße Jugend, ich wünschte, ich könnte so himmlisch schlafen wie du, Liebchen. Ich habe die ganze Nacht wachgelegen.«
Regan öffnete die Augen. Die alte Dame stand in einem orange-weiß gestreiften Jogginganzug mit einem passenden Stirnband neben ihrem Bett.
»Direkt nach dem Frühstück kommt die Sitz-und-sei-fit-Gymnastikstunde. Ich bin wahnsinnig gespannt auf die Leute, die daran teilnehmen. Los, beeil dich und mach

dich fertig. Wir gehen aufs Lido-Deck hinunter und trinken dort unseren Kaffee. Ich möchte keine Minute dieses Abenteuers versäumen.«

Regan ging rasch unter die Dusche; vage erinnerte sie sich an Träume und wirbelnde Gedanken, die mit Athena zu tun hatten. Sie hatte das Gefühl, als stünde sie in einem langen Flur mit vielen, vielen Türen und wüßte nicht, welche sie nun öffnen sollte. Wenn sie es doch nur mit Jeff besprechen könnte. Ein Gespräch mit ihm hatte ihr schon oft geholfen, Klarheit in ihre eigenen Gedanken zu bringen.

Als sie die Badezimmertür öffnete, stieß sie fast mit Veronica zusammen. Die stand mit erhobener Faust vor ihr, offenbar im Begriff, gegen die Tür zu trommeln.

»Dusch dich nicht so lange, Regan. Davon trocknet deine schöne junge Haut aus. Und jetzt laß uns gehen. Unser Publikum erwartet uns schon.«

Dienstag, 23. Juni 1992

Gavin Gray hatte nicht gerade besonders gut geschlafen. In seinen Träumen hatte er ein mit Diamanten und Smaragden besetztes Armband gesehen. Wenn er es endlich geholt und an einen Hehler verkauft haben würde, wäre er um mindestens eine Million Dollar reicher. Steuerfrei. Wenn er das Geld anständig anlegte, dann würde das ein Einkommen von mindestens neunzigtausend Dollar im Jahr bedeuten. Für das Geld könnte er sich ein Schloß mieten und an der Costa del Sol wie ein König leben. Weit, weit entfernt von alten Schabracken wie Veronica Exner und der alten Mrs. Watkins, ganz zu schweigen von diesen Buttinskys, oder wie sie auch immer heißen mochten. Er würde in seinem ganzen Leben keine einzige Bingokarte mehr anschauen müssen.

Um sechs Uhr dreißig, als die ersten Sonnenstrahlen durch den Nebel brachen, stand Gavin auf, duschte sich und zog sich einen Jogginganzug an. Er wollte an dem Frühstücksbüfett teilnehmen, das am Pool aufgebaut worden war. So könnte er es schnell hinter sich bringen. Er brauchte mehrere Tassen starken Kaffee, bevor er die Kraft hatte, sich mit Veronica Exner und den anderen alten Hühnern in der Sitz-und-sei-fit-Gymnastikstunde zu befassen.

Seine Entscheidung war offenbar richtig gewesen. Er stellte vorsichtig den Kaffee, frisch gepreßten Orangensaft und ein ofenwarmes Hörnchen auf ein Tablett und trug es zu einem Tisch in der Nähe der Reling. Ein frischer, kühler Wind wehte, und die würzige, salzige Seeluft blies die beginnenden Kopfschmerzen wieder fort. Gavin ließ seinen Blick über den blaugrünen, mit weißen Schaumkronen übersäten Ozean schweifen und fühlte sich seltsam berührt von dem Gedanken, wie einsam das Schiff doch auf dem riesigen Ozean wirkte. Kein Anzeichen von Leben war auf der riesigen Wasserfläche zu sehen, auf der das Schiff seine Bahn zog. Gavin trank einen Schluck Saft. Kaum zu glauben, daß jetzt überall riesige Dampfer Tonnen von Müll in die Tiefen des Ozeans versenkten.

Einigermaßen gestärkt durch seine zweite Tasse Kaffee, schaute Gavin auf die Uhr. Es war Zeit, sich zum Salon aufzumachen, wo die Gymnastikstunde stattfand. Tatsächlich kam er genau im richtigen Augenblick. Regan Reilly und Lady Exner betraten gerade den Salon durch die gegenüberliegende Tür. Gavin bemerkte, daß Lady Exner geradezu beängstigend munter und unternehmungslustig aussah, während Miss Reilly eher so wirkte, als könnte sie noch ein Stündchen Schlaf brauchen. Nachdem er den beiden Damen mit lauter Stimme einen »Guten Morgen« gewünscht hatte, ergriff er Lady Exners Arm und zwinkerte Regan verschwörerisch zu. Er würde schon gut auf Lady Exner aufpassen, versicherte er ihr.

Als der Gymnastiklehrer in die Hände klatschte und rief: »Bitte an Ihre Plätze, meine Damen und Herren«, verließ Regan hastig den Salon. Nachdem sie sich geduscht hatte, hatte sie von dem kleinen Apparat im Badezimmer aus eine Verabredung mit Luke und Nora getroffen; ihre Eltern erwarteten sie schon in ihrer Kabine.

Nora und Luke nahmen im Wohnzimmer ihrer Suite ein ausgedehntes Frühstück ein. Ein extra Gedeck war aufgelegt worden, und Nora goß eine Tasse dampfenden Kaffee ein, während sich Regan mit einem Seufzer der Erleichterung in einen Sessel fallen ließ. Nora trug einen rosafarbenen Morgenmantel aus Seide. Regan schaute sie an und dachte liebevoll, wie gut ihre Mutter doch aussah, auch ohne jedes Make-up. Luke hatte sich bereits einen marineblauen Jogginganzug angezogen, der an ihm geradezu förmlich wirkte.

Möbel und Wände der Suite waren in Elfenbein- und Pfirsichfarben gehalten. Die Sonne schien durch die großen Bullaugen, und Regan spürte, wie sie sich allmählich entspannte. »Ich habe genau eine dreiviertel Stunde, bevor ich Veronica wieder abholen muß«, sagte sie.

»Und – wie läuft es, meine Süße?« fragte Nora mit einem Lächeln.

»Ach, es kommt mir ein bißchen so vor, wie wenn man eine Verabredung mit einem Mann hat und nach zehn Minuten weiß, daß das ein gewaltiger Fehler war. Und trotzdem muß der Abend dann irgendwie durchgestanden werden.«

»Das Problem ist jedoch, daß diese Verabredung fünf Tage lang dauert«, ergänzte Luke.

»Danke, Dad. Ich dachte, du hättest einen Beruf, in dem du dafür bezahlt wirst, die Leute zu *trösten*«, sagte Regan gähnend. »Veronica kann einem übrigens ganz schön zu schaffen machen. Sie hat an diesem Wochenende eine Party für uns gegeben, und da ist dann etwas ziemlich Unerwartetes geschehen. Erinnerst du dich an meine Zimmergenossin, Athena, von Saint Polycarp's?«

»Schwarze Fingernägel?« murmelte Nora. »Sie ist doch durchgebrannt oder irgend so etwas, nicht wahr?«

»Das ›irgend so etwas‹ bedeutet, genauer gesagt, daß sie ermordet worden ist«, sagte Regan. Während ihre Eltern entsetzt zuhörten, beschrieb Regan in groben Zügen die Einzelheiten der Entdeckung von Athenas Leiche. »Inspektor Livingston hat mich gebeten, mich so gut wie möglich an alles zu erinnern, was Athena mir erzählt hat, vor allem, mit wem sie zusammen war oder wen sie möglicherweise treffen wollte. Irgendwie habe ich da leider eine völlige Mattscheibe, aber ich werde auf dem Dachboden zu Hause nach meinem Tagebuch suchen, vielleicht steht da etwas drin... Und ich habe auch noch eine andere Idee...« Regan erzählte ihren Eltern von ihrem Plan, Livingston anzurufen und ihn zu bitten, ihr die Zeitungsausschnitte, in denen es um Athenas Tod ging, aus Griechenland herüberzufaxen.

»Kein schlechter Schachzug«, sagte Nora nachdenklich. »Es ist so, als würde ein Detektiv die Akte eines ungelösten Kriminalfalls später noch einmal hervorholen und nachsehen, ob er beim ersten Durchgang etwas übersehen hat.«

Regan meldete das Gespräch mit dem Festland vom Apparat ihrer Eltern aus an. Während sie auf die Verbindung wartete, setzte sie sich auf das zweisitzige Plaudersofa. »Laßt mich bitte wissen, wieviel das Telefonat kostet. Ich wollte nur nicht gern, daß das Gespräch mit Llewellyn Hall auf Veronicas Rechnung erscheint.«

Nora und Luke lächelten. »Natürlich schicken wir dir die Rechnung«, sagte Luke gedehnt. »Im übrigen hattest du zwei Tassen Kaffee, einen Orangensaft und ein halbes Kleiebrötchen.«

Regan schaute nervös auf die Uhr, aber schon nach wenigen Minuten meldete sich die Telefonistin, um zu sagen, daß Inspektor Livingston am Apparat sei. Regan stellte sich rasch vor und erläuterte ihm ihre Idee, sich die griechischen Zeitungen schicken zu lassen.

»Sie werden sie umgehend bekommen«, sagte der Inspektor. »Wir werden sie so schnell wie möglich übersetzen lassen – vielleicht gibt es in der Gegend, wo die Familie lebt, auch eine englischsprachige Zeitung. Wir hier sind leider noch nicht auf eine heiße Spur gestoßen. Aber es gibt noch etwas anderes, was Sie wissen sollten. Miss Atwater ist offenbar mit knapper Not einem Mordanschlag entkommen. Man hat in ihrem Mageninhalt Spuren von Gift entdeckt – Gott sei Dank hat sie es überlebt.«

»Man hat versucht, Penelope zu *vergiften?*« Regan umklammerte den Telefonhörer. Sie konnte nicht glauben, was man ihr gerade erzählt hatte. »Aber *wie* denn?«

Livingstons Stimme klang plötzlich vorsichtig. »Anscheinend hat sie einen Teig zubereitet, für eine Art Salzgebäck, das sie auf Lady Exners Cocktailparty anbieten wollte. Sie hat uns erzählt, sie hätte am Sonntagabend den Rest dieser Kekse in ihrem Zimmer gegessen. Das Zimmermädchen hat noch ein paar Brocken in ihrem Bett gefunden. Erinnert mich an den Spruch: Wer nie im Bett gegessen hat, der weiß auch nicht, wie Krümel pieken. Mein Gott, ja. Nachdem das Gift in ihrem Mageninhalt nachgewiesen worden war, haben wir sofort mit

unseren Untersuchungen begonnen – Gott sei Dank ist sie wohl ein wenig schlampig – es lagen nämlich noch ausreichend viele Krümel herum.«
»Könnte sie nicht versehentlich selbst irgend etwas Giftiges in ihren Teig getan haben?« fragte Regan.
»Es gibt wenige Leute, die Arsen in ihrem Küchenschrank aufbewahren«, bemerkte Livingston. »Äußerst mysteriös, diese ganze Angelegenheit. Ich werde Ihnen sofort sämtliche verfügbaren Zeitungsausschnitte durchfaxen; hoffentlich wird das Ihrem Gedächtnis ein bißchen auf die Sprünge helfen.«
Regan hängte ein. Hastig informierte sie Luke und Nora darüber, was Penelope zugestoßen war. Dann sagte sie: »Ich muß zurückgehen. Gabby Gavin bringt Veronica zur Suite zurück, und die Schiffsübung beginnt in fünfzehn Minuten.«
Als sie zur Tür hinauseilte, rief Nora hinter ihr her: »Regan, ich mache mir Sorgen. Athenas Leiche wurde in der Nähe des Anwesens von Lady Exner gefunden, und diese Frau, Penelope, ist dort jetzt fast vergiftet worden. Sei um Gottes willen vorsichtig!«

Pobacken feeest zusammenkneifen. Uund – anhalten. Uuund eins – uund zwei – uund drei. Und jetzt lockern uund zwei und drei. Und drücken und zwei und feest und feester und lockerlassen ...«

Gavin sah sich um. Mein Gott, diese Grufties könnten hier bis zum Jüngsten Tag sitzen und ihre Pobacken zusammenkneifen, aber davon würden ihre Ärsche noch lange nicht knackiger werden. Sitz-und-sei-fit, wie grauenhaft albern. So, als würde man einem schlaffen Sack erzählen, er würde Muskeln bekommen, wenn er mit einer Hand den Knopf der Fernbedienung betätigte und mit der anderen einen Kartoffelchip in den Mund schob. Aber wenn man sich die Gesichter der alten Hühner ansah, die um Gavin herumsaßen, dann merkte man, daß sie offensichtlich glaubten, an einer sehr wichtigen Übung teilzunehmen. Vielleicht kam das durch dieses dauernde Zusammenpressen.

Eine dreiviertel Stunde später rief der junge Bodybuilder: »Daaanke, meine Damen und Herren« und klatschte voller Begeisterung in die Hände. »Wir sehen uns morgen früh – und passen Sie auf mit all dem kalorienreichen Essen, das man Ihnen den ganzen Tag lang serviert. Und amüsieren Sie sich gut! Gehen Sie hinaus und atmen Sie die wunderbare Seeluft ein!«

»Ja, das werde ich tun!« rief Veronica. »Aber zuerst müssen wir uns alle auf die Schiffsübung vorbereiten.« Die anderen Gymnastiktreibenden nickten und bestätigten eifrig, daß dies jetzt das Wichtigste sei. »Gavin, ich werde Sie ganz schnell zur Suite zurückbringen«, sagte Veronica und richtete sich auf. Schnell wie der Blitz war sie verschwunden.

Gavin, der zwar nicht übergewichtig, aber ein wenig steif war, hievte sich vorsichtig aus dem Stuhl und ging eilig hinter ihr her. Veronica schoß im Zickzackkurs in dem rhythmisch knarrenden und hin- und herschaukelnden Schiff erst nach Steuerbord, dann nach Backbord und wieder zurück nach Steuerbord; der Weg durch das Gewirr von Korridoren und Treppen war offensichtlich nicht ganz einfach zu finden. Gerade in dem Augenblick, als sie den Türknauf ergreifen wollte, hatte Gavin sie endlich eingeholt. »Lady Exner, es fällt mir wirklich nicht leicht, mit Ihnen Schritt zu halten«, keuchte er und lachte gezwungen. Die Alte wird mich noch ins Grab bringen, dachte er. Ins Grab oder um den Verstand.

»Durch sportliche Übungen gelangen Endorphine ins Blut, die Ihnen ein Gefühl von Wohlbefinden und Energie geben, durch das dann wiederum neue Energie entsteht. Es ist genau wie das tolle Gefühl, verliebt zu sein, das man auch durch Essen von Schokolade hervorrufen kann. Da fällt mir übrigens ein – ich habe einen Marsriegel – wenn Sie wollen, gebe ich Ihnen die Hälfte ab.« Sie lächelte ihn an.

Vielleicht war meine Exfrau Clovis am Ende doch nicht so übel, dachte Gavin.

Als sie die Suite betraten, begann Gavins Herz sogar noch heftiger zu klopfen. Vielleicht kann ich mir schon jetzt das Armband schnappen, dachte er. Es ist zwar erst Dienstag, aber da die Gelegenheit günstig ist …

»Entschuldigen Sie, aber wie man so schön sagt, ich muß mir mal die Nase pudern.« Veronica errötete. Kichernd schloß sie die Badezimmertür.
Gavin stand mitten im Raum und konnte ein paar Sekunden lang an sein eigenes Glück nicht glauben. Er sah sich um und erblickte den kleinen Hocker vor der Frisierkommode im Schlafzimmerbereich. Dies war seine große Chance. Es würde wahrscheinlich ein paar Minuten dauern, bis Lady Exner diesen Jogginganzug, den sie heute trug, ausgezogen hätte, und dann noch ein paar weitere Minuten, bis sie ihn wieder übergestreift hätte.
Er eilte mit ein paar Sätzen in den Schlafzimmerbereich hinüber, packte den Hocker mit beiden Händen und stürmte die Stufen zum Schrank hinauf. Ha! Natürlich – warum sollte er ihr nicht die Schwimmwesten aus dem Schrank holen. Es war leicht, sie herauszuholen, aber da er das Armband in den hinteren Bereich des oberen Regals geschleudert hatte, müßte er auf irgend etwas hinaufsteigen, um an das Ding ranzukommen. Und das würde natürlich verdächtig wirken, selbst für eine blauäugige alte Schachtel wie Lady Exner.
Er öffnete die Schranktür und wieder starrten ihm die orangefarbenen Schwimmflügel entgegen. Ich hätte wirklich das Armband nicht so weit nach hinten schubsen dürfen, dachte er verärgert. Er zog den Hocker näher an das Regal heran und stellte sich, vorsichtig balancierend, mit beiden Füßen auf das Kissen, das gewöhnlich ziemlich gut betuchten Hinterteilen vorbehalten war. Dann ergriff er den Türrahmen und zog sich im selben Augenblick hoch, als das Rauschen der Toilettenspülung ankündigte, daß Lady Exner in wenigen Sekunden zurückkehren würde. Er streckte den Arm aus

und versuchte, das Schmuckstück zu ertasten. Das Rauschen der Toilettenspülung war noch ein zweites Mal zu hören, und dann erklang die Stimme Regan Reillys vor der Tür. Sie plauderte mit dem Steward und war gerade dabei, den Schlüssel ins Schloß zu stecken. Da Gavin seinen versteckten Schatz noch nicht wiedergefunden hatte, sprang er rasch zu Boden, schloß energisch die Tür und eilte mit dem Hocker zur Couch. Er ließ sich mit einem Schwung in die Polster fallen und streckte sein linkes Bein auf dem Hocker aus.

»Regan, du kommst gerade rechtzeitig. Mr. Gray ist nämlich hier; er will uns ein paar Ratschläge für die Schiffsübung geben. Er ist wirklich außerordentlich freundlich.« Als Veronica das Wohnzimmer betrat, fügte sie hinzu: »Oh, mein Lieber, ist irgend etwas mit Ihrem Bein nicht in Ordnung?«

»Ich glaube, diese Pobackenübung hat mir nicht besonders gutgetan. Ich habe mich früher einmal, als ich bei einer großen Party in den Hamptons Wasserski fuhr, an der Achillessehne verletzt. Aber das wird schon werden.«

Regan fragte sich, ob dies wohl das erste Mal sei. Sie konnte sich nicht vorstellen, daß es außer Gabby Gavin sehr viele andere Leute gab, die sich in einer Sitz-und-sei-fit-Gymnastikstunde irgendeine schmerzhafte Zerrung zuzogen. »Wir könnten uns die Schwimmwesten ja mal probeweise überziehen«, schlug sie vor. »Holen wir die Dinger doch mal aus dem Schrank.«

Cameron Hardwick war nicht gerade sehr erfreut, als er entdeckte, daß Gavin Gray sich am selben Rettungsbootplatz befand, an dem er sich auch einfinden mußte. Hardwick hielt sich bewußt am Rande der Gruppe auf und hörte sich gelangweilt das nervöse Gekicher der anderen Passagiere an, die sich gegenseitig die Gurte der Schwimmwesten festzurrten und dabei Stories von Passagieren zum besten gaben, die sich auf einem Schiff befunden hatten, das geräumt werden mußte. Irgendein Idiot begann zu Ehren der Titanic zu singen »Nearer My God to Thee«, verstummte dann aber nach einem vernichtenden Blick des diensthabenden Offiziers, der seine Anweisungen für den Fall eines Schiffsunglücks herunterleierte.

Gray stand neben dem Offizier. Für Hardwick war dies eine gute Gelegenheit, ihn aufmerksam zu betrachten. Er runzelte die Stirn, als er erkannte, daß Gray rot angelaufen war und es unter seinem Auge nervös zuckte. Irgend etwas scheint ihn wirklich mitgenommen zu haben, dachte Hardwick und fragte sich, was das wohl sein könnte. An diesem Morgen hatte Hardwick Lady Exner und Regan Reilly irgendwo vom Deck aus im Frühstücksbereich gesehen und war ihnen in einiger Entfernung zum Salon gefolgt. Als es offensichtlich wurde, daß Gavin Gray auch während der Turnstunde in Lady Exners Nähe bleiben würde, war er gegangen. Jetzt, da er Grays angespanntes Gesicht betrachtete, verwandelte sich seine Neugierde in Ärger. Er wußte, welche Rolle Gray spielte. Er war einer jener professionellen Begleiter, die von den Kapitänen der Schiffe angeheuert werden, um mit den alten Schachteln zu tanzen. Aber es gehörte keinesfalls zu Grays Aufgaben, seinen Hintern in einer Gymnastikstunde hin und her zu schwenken. Wieso war er überhaupt so sehr an der alten Exner interessiert? Er schien der Alten nicht von der Seite weichen zu wollen. Cameron entschied, daß es Zeit sei, sich einen Schlüssel zu Exners Suite und einen zu der leeren Suite auf der anderen Seite des Flures zu verschaffen. Unauffällig entfernte er sich von den Rettungsbooten und begab sich in den Salon. Wie er gehofft hatte, war dort kein Mensch zu sehen. Er vergewisserte sich, daß niemand ihn beobachtete und stieg dann die Stufen zum oberen Deck hinauf. Oben herrschte völlige Stille, und er konnte sicher sein, daß der diensthabende Steward ebenfalls an der Übung teilnahm. Hardwick schlich lautlos zu der kleinen Kabine, die als Aufenthaltsraum der Stewards diente. Sie befand sich am Ende des gebogenen Ganges, der zu Lady Exners Suite führte. Die Tür war unverschlossen. Er schlüpfte hinein und überflog mit prüfenden Blicken den Schreibtisch, den Stuhl, den Aktenschrank und den Schalter, der aufleuchtete, wenn jemand nach dem Zimmerdienst verlangte.

Cameron durchwühlte hastig die Schreibtischschubladen. Was er fand, war ein ziemliches Durcheinander von Listen und Vorschriften, von Büroklammern, Stiften, Krümeln und Bonbons. In der unteren Schublade lag eine Flasche Jack Daniels. Cameron zog die Augenbrau-

en hoch. Ein Steward, der im Dienst Alkohol zu sich nahm, war wahrscheinlich nicht sehr aufmerksam. Hoffentlich ist es der Nachtsteward, der trinkt, dachte er. Er ging zum Aktenschrank. Dieser war, wie Cameron gehofft hatte, nicht verschlossen. Es standen darin nur ungefähr ein Dutzend Aktenordner und verschiedene Kästen, aber immerhin fand er im letzten das, was er suchte: einen Schlüsselring mit drei Ersatzschlüsseln für die beiden Suiten. Er nahm jeweils einen dieser Ersatzschlüssel an sich. Als er die Kabine der Stewards verließ, hörte er das Summen des Aufzugs. Der Treppenaufgang befand sich am Ende des langen Korridors. Wenn er versuchte, dorthin zu gelangen, würde man ihn wahrscheinlich sehen. Mit drei oder vier Sätzen hastete er zur Tür der leeren Suite und schlüpfte hinein. Im selben Augenblick hörte er Lady Exners hohe Stimme; sie erklärte Regan Reilly, wie wahnsinnig aufregend die Rettungsübung gewesen sei.
Hardwick lehnte sich gegen die Tür und stieß einen geräuschlosen Pfiff aus. Wenn Reilly ihn hier gesehen hätte, dann hätten gewiß sämtliche Alarmglocken in ihrem Kopf zu läuten begonnen. Was er getan hatte, war ziemlich gewagt, aber das wunderbare Gefühl, die Schlüssel in der Hand zu haben, war das Risiko wert gewesen.
Die Vorhänge vor den Bullaugen waren zugezogen, aber der Grundriß der Suite war schwach erkennbar. Er versuchte, ihn sich genau einzuprägen. Zweifellos war dieses Apartment identisch mit dem, in dem die Exner und Reilly wohnten. Es gab nichts, wo man sich hätte verstecken können. Es war nur möglich, zum Ziel zu gelangen, wenn man mitten in der Nacht in die Suite hineinschlüpfte und den Überraschungseffekt nutzte. Mit der

alten Schreckschraube würde man wahrscheinlich leicht fertig werden. Es war Reilly, die zu einem Problem werden könnte.
Er musterte das Sofa. Es war offensichtlich ausziehbar. Genau hier lag wohl in der anderen Suite Regan Reillys Schlafplatz. Möglicherweise würde sie wach sein und ihn hereinkommen hören, aber er könnte die erste Schrecksekunde nutzen, um ihr, noch bevor sie Zeit hätte zu rufen oder die Hand nach dem Telefon auszustrecken, den Schädel einzuschlagen. Vom Sofa würde er dann wieder zurück in den Flur laufen können. Acht Sekunden. Mehr Zeit brauchte er nicht.
Allerdings war da ein kleines Problem. Wenn Blut auf eines der beiden Betten spritzte, dann würde niemand glauben, daß die beiden Frauen deshalb verschwunden waren, weil Reilly versucht hatte, Lady Exner daran zu hindern, vom Terrassendeck zu fallen.
Ein Kissen. Auf ihre Gesichter. Auf die Weise würde er keine Spuren hinterlassen. Cameron Hardwick lächelte im Dunkel des stillen Penthouse zufrieden vor sich hin. Die langsam wirkenden Beruhigungstropfen, die ihm in verschiedenen Casinos so gute Dienste geleistet hatten, würden ihm auch jetzt wieder nützlich sein. Es dauerte ein paar Stunden, bis ihre ganze Wirkung spürbar wurde. Es wäre nicht sehr schwierig, sie beim Abendessen in Exners Drink zu schütten; er könnte sich ihr und Reilly in einem der Salons einfach auf einen letzten Drink anschließen. Die beiden Frauen zugleich unter Medikamente zu setzen, wäre zuviel des Guten. Reilly würde dann wahrscheinlich Verdacht schöpfen.
Cameron hatte vier Nächte, um seine Tat zu vollbringen, aber die letzte, Freitag, wäre die sicherste. In dem Durch-

einander des Anlegens am frühen Samstagmorgen würde man Veronica und Regan nicht sofort vermissen.
Der Plan wäre sicher erfolgreich. Er selbst würde dafür sorgen, daß er es wäre. Und in der nächsten Woche würde er die zweihunderttausend Dollar abholen, die in dem Safe auf ihn warteten.
Hardwick legte das Ohr gegen die äußere Tür der Suite und lauschte. Er hörte ein schwaches Summen und dann die Stimme des Stewards: »Blumen für Sie, Lady Exner.«
Er öffnete die Tür einen Spaltbreit. Während der Rücken des Stewards in die gegenüberliegende Suite verschwand, schlich Hardwick den Korridor entlang zur Treppe – in der Anonymität der Gesellschaftsräume wäre er am besten aufgehoben.

Oxford

Inspektor Livingston im Polizeihauptquartier in Oxford war sehr froh, daß Regan Reilly so bald von sich hatte hören lassen. Nachdem er aufgelegt hatte, drehte er sich in seinem Stuhl herum, so daß er zum Fenster hinausblicken konnte, und lehnte sich zurück. So konnte er am besten nachdenken. Er billigte Regans Vorschlag, sich Kopien der Artikel über Athena Popolous aus den Zeitungsarchiven ihrer Heimatstadt schicken zu lassen. Der Anwalt der Familie Popolous hatte es arrangiert, daß die Leiche nach Griechenland überführt wurde. Offensichtlich lebten die Eltern sehr zurückgezogen. Obwohl es bereits mehr als zehn Jahre her war, daß sie ihre Tochter zum letzten Mal gesehen hatten, hatten sie sich bis zuletzt an die Hoffnung geklammert, daß sie eines Tages wieder zurückkommen würde.

Nachdem Livingston die alte Akte noch einmal durchgesehen und mit dem Anwalt einige Gespräche geführt hatte, war ihm klar, daß die Familie Popolous sowohl wohlhabend als auch einflußreich war. Zweifellos würde die Entdeckung der Leiche des Mädchens in Athen eine wichtige Schlagzeile abgeben und es würden eine Menge Artikel über sie geschrieben. Livingston verdrängte den Ärger darüber, daß er nicht als erster auf den Gedanken gekommen war, die Zeitschriften zu kaufen, und griff noch einmal nach dem Telefon. Als er später sein Büro

verließ, war alles geregelt: Kopien der Zeitungen, in denen über den Fall Popolous berichtet worden war, würden für ihn und für Regan Reilly auf der *Queen Guinevere* übersetzt und herübergefaxt werden.
Nach einer fünfminütigen Autofahrt hielt er an, um Penelope Atwater im Royal Oxford Hospital zu besuchen. Er mußte seinen ganzen Mut zusammennehmen, um sich mit dem unangenehmen Anblick von Penelope zu konfrontieren. Am Abend zuvor hatte er sie in ihrem Krankenhausbett gesehen – mit aschfahlem Gesicht, aufgesprungenen Lippen, mit Infusionen in ihren molligen Armen, in einem Krankenhaushemd, das gefährlich nahe daran war, einiges Unaussprechliche zu enthüllen. Es ging ein übler Geruch von ihr aus, der keinen Zweifel an dem verheerend schlechten Zustand ihrer inneren Organe ließ.
Nachdem er seinen Renault auf dem Parkplatz abgestellt hatte, nahm Livingston einige tiefe Züge frischer Luft und ging dann entschlossen durch die Drehtür in die nahezu leere Vorhalle. Der Hausmeister, der den Kachelboden wischte, benutzte ein dunkelgrünes Putzmittel, von dem Nigels Augen regelmäßig zu tränen begannen. Diesmal kam noch hinzu, daß auf seinem ohnehin wundrasierten Hals kleine Pickelchen erschienen. Er eilte zur Buchhalterin, die für die Pässe der Besucher verantwortlich war. Sie trug eine rot-weiß gestreifte Uniform und eine Armbinde, auf der geschrieben stand, daß sie zehntausend Stunden freiwillige Arbeit im Royal Oxford Hospital geleistet hatte.
Das ist *dein* Leben, dachte Livingston, als er um einen Paß bat und ihn auch erhielt, um die kranke Penelope zu besuchen. Er kratzte sich nervös den Hals und eilte zum

Lift. Wenn ich in jener Vorhalle zehntausend Stunden gesessen hätte, dann hätte ich mich in einen lebensgroßen Bienenkorb verwandelt, dachte er.
Penelope Atwater lag in Zimmer 210. Wenn das überhaupt noch möglich war, so dachte Livingston, dann sah sie heute schlimmer aus als am Abend zuvor. Er zog sich einen Stuhl an das Bett heran und empfand ein wenig Mitleid, daß er sie in diesem Zustand auch noch befragen mußte. Als sie allerdings in seine Richtung ausatmete, wäre ihm fast übel geworden. Er wartete geduldig, während sie, als Antwort auf seine Frage, wie sie sich fühle, ihn mit detaillierten und eher unerwünschten Informationen überschüttete. »Aber«, krächzte sie, »wenigstens lebe ich – und das ist mehr, als man über meine liebe alte Zimmergenossin sagen kann.«
Livingston warf einen Blick auf das abgezogene Bett unter dem Fenster. »Ich dachte, man hätte sie entlassen?«
»Ja, in gewisser Weise kann man es so nennen«, krächzte Penelope.
»Hmmm. Ja. Ich verstehe.« Livingston wandte sich den unmittelbar anstehenden Problemen zu. »Miss Atwater, ich hasse es, Sie in diesem Zustand auch noch aufzuregen, aber ich muß Sie etwas fragen: Sind Sie wirklich absolut sicher, daß Sie auf keinen Fall versehentlich Arsen als eine Zutat in ihre Hors d'œuvres geschüttet haben?«
»Ich nenne sie meine köstlichen Pastetchen«, sagte Penelope mit zitternder Stimme.
»Ja, exakt. Wenn also meine Aufzeichnungen korrekt sind, dann haben Sie die übrigen... äh... köstlichen Pastetchen mit in Ihr Zimmer genommen. Immerhin kamen sie alle von demselben Backblech – wenn sie also

von den Gästen entweder am Samstagabend oder am Sonntagnachmittag völlig aufgegessen worden wären, dann wäre irgend jemand anders auch noch krank geworden. Es ist ziemlich seltsam, daß nur Sie erkrankt sind, nachdem Sie die Reste mit in Ihr Zimmer genommen hatten.«

Livingston zog sein Notizbuch heraus und blätterte es rasch durch. »Sie haben sich am Samstagabend nicht besonders wohl gefühlt, aber Sie haben sich immerhin ausreichend erholt, um am Sonntagnachmittag noch mehr dieser... äh... köstlichen Pastetchen und ein normales Abendessen zu sich zu nehmen.«

»O ja!« Penelope Atwaters Augen leuchteten auf. »Zum Dinner am Sonntag, nachdem Sie und die jungen Damen gegangen waren, haben Lady Exner und Val und Philip und ich köstliche Bratwürstchen und Kartoffelpüree gegessen. Sie sehen also – ich habe am Samstagabend nur unter einer kleinen Unpäßlichkeit gelitten, die für meine zarte Konstitution geradezu normal ist. Sonntagabend – das war etwas ganz anderes. Als ich in mein Zimmer gegangen war und einige jener köstlichen Pastetchen zu mir genommen hatte, wurde mir speiübel.«

Livingston sah sie prüfend an. »Habe ich Sie richtig verstanden – Sie haben die übrigen... äh... leckeren Pastetchen verzehrt, nachdem Sie sich am Sonntagabend zurückgezogen hatten? Wollen Sie damit sagen, daß Sie sie schon früher in Ihrem Zimmer deponiert hatten?«

Penelope sah ihn schuldbewußt an. »Sehen Sie, sie finden *so* viel Anklang, und ich habe wirklich befürchtet, daß die Mädchen sie alle aufessen würden. Deshalb habe ich, als ich einmal für einen Augenblick hinausgehen

mußte, sechs oder sieben davon in meine Serviette gelegt und mit in mein Zimmer genommen.«
»Und so haben sie also ganz offen am Nachmittag und am Abend in Ihrem Zimmer gelegen?«
Endlich schien Penelope zu verstehen, worauf Livingston mit seiner Frage hinauswollte. Sie starrte ihn mit großen Augen an, und ihr Mund öffnete sich zu einem kreisrunden schwarzen Loch. Mit ihren Wurstfingern ergriff sie ihr Krankenhaushemd. »Sie meinen, irgend jemand könnte Arsen darübergestreut haben, während er in meinem Zimmer war? Aber wer? Und warum?«
Livingston stand auf. Er klopfte ihr väterlich auf die Schulter. »Das ist es ja, was ich herausfinden will.«

Als er in seinem Wagen das Gelände des Krankenhauses verließ, überlegte Livingston einen Augenblick lang hin und her. Wenn er den Wagen nach rechts lenken würde, dann wäre er auf dem Wege nach Llewellyn Hall. Führe er dagegen nach links, dann käme er auf die Hauptstraße nach Oxford und zum Kings Arms Pub. Er entschied sich für die zweite Möglichkeit, da ein Sandwich und eine Tasse Tee ihm sicher guttun würden. Danach wollte er Philip Whitcomb, seine Verlobte Val Twyler und das Zimmermädchen noch einmal intensiv befragen. Philip hatte ihnen versichert, daß sie sich den ganzen Tag lang in Llewellyn Hall aufhalten würden.
Zum Mittagessen war es noch zu früh, und der Pub war nahezu leer. Livingston bestellte ein Sandwich mit Käse und Tomaten und ein Kännchen Tee. Der Kellner hatte ihm gerade das Gewünschte gebracht, als die Eingangstür sich öffnete und jemand seinen Namen rief. Claire James eilte an seinen Tisch.

»Hallöchen, hallöööchen, Kommissar! Was für eine Überraschung, Sie hier zu sehen. Ah, Sie essen genau das, was ich auch gerade bestellen wollte. Darf ich mich zu Ihnen setzen?« Ohne sein zustimmendes Nicken abzuwarten, ließ sie sich auf den Stuhl ihm gegenüber fallen.

Livingston hatte sich eigentlich auf eine stille Mahlzeit eingestellt, bei der er in Ruhe nachdenken konnte, aber auf der anderen Seite, so befand er, hatte diese junge Frau hier mit Athena Popolous zusammen das College besucht, und die Gelegenheit, mit ihr unter vier Augen zu sprechen, würde möglicherweise neue Aufschlüsse bringen. Er könnte gewiß selbst den kleinsten Hinweis gut brauchen und im übrigen, so gestand er sich ein, sah Claire James in ihren Synthetik-Radlerhosen sehr attraktiv aus.

Claire winkte dem Kellner und erzählte Livingston, daß sie nach dem Klassentreffen noch ein wenig länger in Oxford bleiben wolle. »Es wird sicher langweilig, nachdem alle anderen fortgefahren sind, aber in ein paar Tagen holt mich mein Verlobter ab, und dann fahren wir zusammen nach Schottland weiter. Ich liebe es zu reisen.«

Der Kellner trat an den Tisch. »Ich nehme das gleiche, was dieser gutaussehende junge Mann hier bestellt hat«, sagte Claire und lächelte Livingston kokett an. Als das geregelt war, beugte sie sich mit einem verschwörerischen Blick über den Tisch. Flüsternd fragte sie den Inspektor: »Haben Sie schon entdeckt, wer die arme, alte Athena erwürgt hat?«

Livingston versuchte, den Ärger in seiner Stimme zu unterdrücken. »Die Ermittlungen laufen noch.«

»Nun, ich möchte wetten, daß die Spur nach zehn Jahren ziemlich kalt geworden ist. Wer weiß, ihr Mörder könnte inzwischen sogar schon tot sein.« Claire riß die Augen auf; offensichtlich fand sie diese Möglichkeit sehr erfreulich.

Livingston biß hastig in das Sandwich, das er eigentlich in aller Ruhe hatte genießen wollen.

»Und ich habe auch von der armen Penelope gehört. Als ich sah, wie sie diese kleinen Pasteten in eine Serviette schaufelte, wußte ich, daß ihr davon schlecht werden würde.«

Livingston sah sie scharf an. »Sie haben sie dabei beobachtet?«

»Wer hätte sie nicht beobachtet? Hinter sich ließ sie eine Spur von Krümeln, um die selbst Hänsel und Gretel sie beneidet hätten.«

Livingston erinnerte sich daran, daß Hänsel und Gretel sich im Wald verlaufen hatten, weil die Vögel die verstreuten Krümel aufgepickt hatten. Welcher Geier war Penelopes Krümeln gefolgt?

Livingston wählte seine nächsten Worte sehr sorgfältig und versuchte, möglichst gleichmütig zu klingen. »Miss James, vor ein paar Tagen haben Sie behauptet, Athena Popolous sei ein wenig in Professor Philip Whitcomb verliebt gewesen. Natürlich hat er das nachdrücklich verneint, und ich habe auch bemerkt, daß die anderen jungen Damen anscheinend nicht Ihrer Meinung waren. Gibt es einen bestimmten Grund für Ihre Vermutung?«

»Es war nicht bloß eine Vermutung. Als ich heute mit dem Fahrrad fuhr, erinnerte ich mich an die Zeiten, als ich mit Athena zusammen Fahrradtouren gemacht habe. Am Sonntag, bevor sie verschwand, fuhren Athena und ich ein bißchen raus und kamen auch an der Llewellyn Hall vorbei. Wie üblich war Philip im Garten und beschäftigte sich mit seinen Blumen. Zwar hatte er in der Schule seine eigene Wohnung, aber jeder wußte, daß man ihn am Wochenende immer dort draußen treffen konnte. Athena hielt an, um ihm ›guten Tag‹ zu sagen. Als ich sie später ein bißchen neckte, daß sie vorsätzlich an ihm vorbeigefahren sei, wurde sie puterrot. Ich bekam plötzlich das Gefühl, daß zwischen den beiden irgend etwas im Gange sei, und im nachhinein fiel mir ein, daß auch er nicht besonders überrascht war, sie dort zu sehen.«

»Und warum haben Sie das nicht schon vor zehn Jahren erwähnt?«

»Um Gottes willen, nein! Jeder dachte, daß nur Athena sich verliebt hätte, aber doch nicht Philip. Er war doch hier nur als Lehrer tätig und hat eben häufig im Garten gearbeitet. Aber jetzt, da man ihre Leiche auf dem Grundstück neben der Llewellyn Hall gefunden hat, macht man sich doch so seine Gedanken, nicht wahr?«

Ja, das ganz gewiß, dachte Livingston, und rief nach der Rechnung. Trotz ihrer halbherzigen Proteste, lud er Claire ein. Er hatte den Eindruck, daß sie sich ihr Sandwich mit Käse und Tomaten wirklich verdient hatte.

Als er sich Llewellyn Hall näherte, verlangsamte Livingston den Wagen und versuchte sich vorzustellen, wie Athena Popolous, in der Hoffnung, Philip Whitcomb zu erblicken, diese stille Landstraße entlang geradelt war. Er, Livingston, würde den Geschmack von Teenagern wahrscheinlich auch beim besten Willen nicht verstehen können. Selbst unter Aufbietung aller seiner Phantasie könnte er sich nicht vorstellen, daß seine fünfzehnjährige Tochter Davinia sich für jemanden wie Philip begeistern würde. »Hör mir bloß von *dem* auf«, würde sie mit verächtlich herabgezogenen Mundwinkeln sagen. Aber immerhin mußte er zugeben, daß Philip im Vergleich mit jenen prähistorisch aussehenden Kreaturen, den sogenannten Rockstars, geradezu wie der Inbegriff von Kultiviertheit wirkte. Die Poster dieser wilden Gestalten bedeckten jeden Quadratzentimeter der Wände in Davinias Zimmer.

Athena Popolous war zuletzt im Pub »Bull and Bear« in der Nähe der Bahnstation gesehen worden. Kein Zeuge hatte sagen können, ob sie im Zug gewesen war – natürlich kein Beweis dafür, daß sie tatsächlich *nicht* mitgefahren war. Jeden Freitagabend fuhren Dutzende von Studenten nach London. Es war allerdings eher wahrscheinlich, daß das, was geschehen war, sich auf dem Weg zwischen dem Pub und der Bahnstation ereignet hatte.

Das Tor zum Anwesen der Exners war offen. Livingston bog in die Auffahrt ein und parkte vor dem Herrenhaus. Als er auf die Klingel drückte, spürte er eine merkwürdige innere Anspannung. Vor nahezu achtundvierzig Stunden war er hierhergekommen, um die Klassenkameradinnen der ermordeten Athena Popolous zu befragen. Lady Exners Gesellschaftsdame, Penelope Atwater, hatte Athena Popolous nicht gekannt, aber jetzt hatte man versucht, sie zu vergiften. Warum? Gab es zwischen den beiden Verbrechen eine Verbindung, und wenn ja, worin könnte sie möglicherweise bestehen?

Das Dienstmädchen öffnete die Tür. Als er in die Vorhalle trat, fiel Livingston auch ihr Name wieder ein. Emma Horne. Rasch ließ er noch einmal die Informationen Revue passieren, die sie ihm am Samstag gegeben hatte. Sie hatte in den vergangenen zwölf Jahren nachmittags immer auf Llewellyn Hall gearbeitet. Ihre Tante war Sir Gilberts Haushälterin gewesen und blieb später, bis sie in Rente ging, bei Lady Exner. Danach hatte Emma Horne die Organisation des Haushalts übernommen.

Livingston entdeckte in den harten Gesichtszügen der Frau eine Spur von trockenem Humor. Bevor er ging, so dachte er, würde er in der Küche noch ein wenig mit ihr plaudern.

Auf seine Frage hin erklärte ihm Emma, daß Professor Whitcomb und Miss Twyler sich in der hinteren Veranda aufhielten und ihn erwarteten.

Die Veranda hätte, so wie alles andere in dem Haus, ein wenig frische Farbe vertragen können. Das Mobiliar bestand aus einer schäbigen Hollywoodschaukel, passenden Schaukelstühlen und einem wackeligen runden Glastisch, auf dem stapelweise Zeitungen lagen. Val

Twyler saß zurückgelehnt in der Hollywoodschaukel und stieß sich mit ihrer Schuhspitze leicht vom Boden ab. Sie trug einen khakifarbenen Rock und eine passende Bluse, die Livingston irgendwie an eine Pfadfinderuniform erinnerte. Die Pfadfinder – noch eine von den Gruppen, denen sich seine Tochter nicht anschließen wollte. Als Val Twyler ihn begrüßte, lächelte sie ihn zwar höflich, aber nicht besonders freundlich an.

Philip Whitcomb war dagegen offensichtlich bekümmert. Sein sandfarbenes Haar sah zerzaust aus, so, als hätte er es eine lange Zeit nicht gekämmt. An den Knien seiner hellblauen Baumwollhosen waren Spuren von Schmutz erkennbar; wahrscheinlich hatte er im Garten gearbeitet. Seine Gesichtszüge waren ebenmäßig und langweilig, und er fuhr sich fortwährend mit der Zunge über die Lippen.

»Wirklich, Inspektor, ich bin entsetzt.«

Livingston sah ihn schweigend an.

»Penelope hat uns vom Krankenhaus angerufen, nachdem Sie sie verlassen hatten. Das Labor *muß* sich einfach irren. Sie können doch nicht ernsthaft glauben, daß irgend jemand versucht hat, die arme alte Frau zu vergiften. Sie hat ohnehin dauernd Magenbeschwerden.«

»Nicht so schlimm wie jetzt«, sagte Livingston mit ruhiger Stimme.

»Aber wer sollte denn einen Grund gehabt haben, sie zu ermorden?!« Val Twylers Stimme klang verächtlich. »Es ergibt einfach keinen Sinn.«

»Anscheinend nicht«, stimmte Livingston ihr zu. »Deshalb möchte ich ja auch unbedingt die Lösung des Rätsels finden, wenn es eine gibt. Da niemand sonst von ihren komischen Pastetchen krank geworden ist, sieht

alles danach aus, daß das Gift erst hinzugefügt worden ist, nachdem sie sechs oder sieben dieser Dinger sozusagen als Betthupferl in ihr Zimmer gebracht hat. Ich würde mir das Zimmer gerne einmal anschauen.«
Livingston kam es so vor, als würde Philips zuvor betrübtes Gesicht jetzt einen eher ärgerlichen Ausdruck annehmen. »Ich hatte den Eindruck, daß die Untersuchung, die Ihre Leute gestern abend vorgenommen haben, bereits sehr gründlich war.«
»Professor Whitcomb, wenn wir vom Krankenhaus einen Bericht bekommen, daß im Blut eines Patienten Spuren von Gift nachgewiesen worden sind, dann müssen wir der Sache sehr gründlich nachgehen. Das Labor hat heute morgen bestätigt, daß in den Keksen, die man in Miss Atwaters Bett gefunden hat, Spuren von Arsen enthalten waren. Wenn es Ihnen also nichts ausmacht, würde ich mir das Zimmer jetzt gern einmal vornehmen.«
»Natürlich, nat-t-türlich.« Philip öffnete die Tür und rief nach Emma.
Es war günstig, so dachte Livingston, daß weder Whitcomb noch seine Verlobte ihn begleiten wollten. Er kletterte, vor Anstrengung leicht keuchend, die gewundene Treppe zum zweiten Stock hinauf. Ihm fiel auf, daß der alte Teppich ziemlich fadenscheinig war und daß an den Wänden der geräumigen Eingangshalle breite Streifen Tapete fehlten. »Ja, es ist alles ziemlich heruntergekommen«, sagte Emma Horne mißbilligend. »Lady Exner wollte es immer so lassen, wie es war, als Sir Gilbert noch lebte, und Philip hat überhaupt keinen Sinn dafür. Er merkt gar nicht, daß um ihn herum alles verkommt.«
Oben auf dem Treppenabsatz ging sie rechter Hand voran. »Alle bewohnten Schlafzimmer sind in diesem Flü-

gel«, erklärte sie. »Erst kommt das von Lady Exner, dann das von Philip, danach ein Gästezimmer und am Ende liegt das von Penelope. Die Tür dahinter ist die Toilette.«

»Die Toilette!« rief Livingston. »Hat Lady Exner denn kein eigenes Bad?«

»Nein«, sagte Emma mißbilligend, als sie auf dem Weg in Penelopes Zimmer voranging. »Jeder andere hätte einen dieser riesigen Wandschränke oder vielleicht ein Gästezimmer in ein Bad umgebaut, aber was gut genug für Sir Gilbert war, ist auch gut genug für sie. Es ist nicht wirklich wichtig. Sie und Penelope teilen sich ein Bad. Es gibt zwei Toiletten im anderen Flügel und zwei im Erdgeschoß, aber augenblicklich ist dies die einzige, die funktioniert. Lady Exner hat jetzt endlich einen Klempner bestellt, der die Reparaturen in Angriff nehmen soll, aber es wird noch einige Monate dauern, bis die neuen Installationsteile geliefert werden.«

Sie standen an der Tür von Penelopes Schlafzimmer. Das Bett war wieder gemacht worden. Das Gepäck, das Penelope mit auf die Reise hatte nehmen wollen, stand in einer Ecke. Auf der Frisierkommode lagen alle möglichen kleinen Dinge herum, die Livingston an einen Laden für Geschenkartikel erinnerten. Teddybären in verschiedenen Formen und Größen saßen auf dem Bett und auf Kommode und Stühlen. Das Bett und der Nachttisch daneben waren vom Eingang aus deutlich sichtbar.

Livingston trat ein paar Schritte zurück und stand wieder in der Vorhalle. »Wollen Sie damit sagen, daß jeder, der am Sonntag nachmittag die Toilette benutzen wollte, hier heraufkommen mußte?« Er deutete mit der Hand auf die Toilette, die rechts von Penelopes Zimmer lag.

»Ja, Sir. Lächerlich, nicht wahr? Sie müssen wissen, wie

wertvoll dieser ganze Besitz ist. Eine Hotelkette hat versucht, Lady Exner dazu zu bewegen, wenigstens die Hälfte zu verkaufen. Sie könnte dadurch ein Vermögen machen – und dann dieses Haus ordentlich renovieren und sich endlich ein wenig daran erfreuen. Philip ist genauso nachlässig. Er denkt nur an seinen Garten! Ich muß allerdings sagen, er scheint mit dem Älterwerden ein wenig mehr Wert auf Bequemlichkeit zu legen.«

»Den Eindruck habe ich auch.« Livingston kehrte ein paar Schritte zurück und ging noch einmal den Vorraum hinunter, so, als wolle er zur Toilette gehen. Er wußte, daß die meisten Menschen, wenn sie eine offene Tür sehen, instinktiv einen Blick in das Zimmer hineinwerfen. Das bedeutete, daß jeder, der am Sonntag hier gewesen war und die Toilette benutzen wollte, die bewußten Pastetchen auf Penelopes Nachttisch hatte sehen können. Er betrachtete sich den Raum in allen Einzelheiten. Ziemlich nachdenklich kehrte er nach unten zurück. Er wußte jetzt, welche Gelegenheit der Übeltäter genutzt hatte, aber er hatte keine Ahnung, welches sein Motiv gewesen sein könnte.

Als Livingston wieder zu Miss Twyler und Philip Whitcomb auf die Terrasse hinaustrat, bemerkte er, daß sie sich gestritten hatten. Philip Whitcombs normalerweise blasses Gesicht war rot angelaufen. Seine Stirn war zerfurcht, was den Eindruck des zerstreuten Professors noch stärker betonte. Allerdings, so dachte Livingston, ist er augenblicklich ein ziemlich wütender zerstreuter Professor – oder aber er schauspielert nur. Livingston fragte sich, warum jener Gedanke so plötzlich aus seinem Unterbewußtsein aufgestiegen war.

Valerie Twyler schien nicht so besonders ärgerlich, aber

außerordentlich energiegeladen zu sein. Sie lehnte sich mit ineinander verschränkten Händen in ihrem Stuhl nach vorn und blickte unverwandt in Philips Gesicht. Sie schien Livingstons Rückkehr nicht bemerkt zu haben. »Philip, mein Lieber, ich weiß, wie unangenehm und schrecklich dies für dich ist, aber du *mußt* einfach zugeben, daß dies durchaus eine Möglichkeit ist, und anstatt nun Livingston nach einem potentiellen Mörder suchen lassen, sollten wir diesen Unsinn von vornherein beenden.«

»Aber Val, ich f-f-finde es ist so illoyal.«

Ist es denn möglich, daß keiner von beiden meine Schritte gehört hat? dachte Livingston. Er fragte sich, ob dieser Wortwechsel wohl für ihn inszeniert worden sein könnte. »Es wäre wohl besser, wenn ich ein wenig fester auftreten würde«, bemerkte er lächelnd. Philip und Val sahen mit entsetzten Gesichtern zu ihm hoch. »Ich habe zufällig mit angehört, was Sie gerade gesagt haben, und ich muß Sie in aller Deutlichkeit auffordern, mir alles, was ein wenig Licht auf diese Ermittlungen werfen könnte, sofort mitzuteilen.«

»Philip, nun sag's schon.«

Miss Twyler klopfte Philip aufmunternd auf die Schulter.

»Also g-g-gut, wenn es denn sein muß. Aber Inspektor«, Philip stand auf und schob die Hände in seine Taschen, »dies m-m-muß absolut vertraulich bleiben. Ich meine, Sie würden doch eine achtzigj-j-jährige Frau sicher nicht ernsthaft vor ein Gericht bringen wollen, nicht wahr?«

»Eine achtzigjährige Frau?« Aus Livingstons Stimme klang Erstaunen.

»Mmmm.« Philip schüttelte den Kopf. »Für sie war es natürlich ein Jux, ein ... ich w-w-weiß nicht.«

»Philip, bitte erlaub mir ...?« Val wandte sich Livingston zu. »Inspektor, wieviel Arsen wurde in jenen leckeren Pastetchen gefunden und wieviel in Penelopes Körper?«

»Eine Spur«, sagte Livingston. »Eigentlich sehr wenig.«

»Ganz bestimmt nicht genug, um sie vorsätzlich zu töten.«

»Vorsätzlich – das ist schwer zu sagen. Sehen Sie, Mrs. Atwater ist eine stark übergewichtige Frau, die nicht sehr gut auf sich aufgepaßt hat. Sie hat Verdauungsprobleme, Bluthochdruck, ein überanstrengtes Herz und einen sehr hohen Cholesterinspiegel. Durch die starke physische Belastung, der sie jetzt ausgesetzt war, hätte sie sehr leicht einen Herzanfall erleiden können, und die Person, die den Pastetchen Arsen hinzugefügt hatte, hätte sich des Mordes schuldig gemacht. Man kann nur von Glück sagen, daß sie sich erholen wird. Also – was war es, was Sie mir sagen wollten?«

»Veronica – Lady Exner – wollte diese Reise unbedingt ohne Penelope machen. Um ehrlich zu sein – Penelope ist ihr in letzter Zeit ziemlich auf die Nerven gegangen. Sie sind in den letzten Monaten ziemlich viel zusammen gereist, und während Lady Exner ihre Gesellschaft in mancherlei Hinsicht sehr schätzte, ist ihr Miss Atwater doch wiederum oft auf die Nerven gegangen. Je älter Penelope wird, desto mehr ißt sie. Sie hat in der Tat in den letzten zehn Monaten vierzehn Kilogramm zugenommen. Veronica hat bereits gesagt, Penelope käme ihr vor wie ein Müllschlucker. In der letzten Woche war Veronica mit Philip draußen im Töpferschuppen. In einem der vielen Gefäße, die dort herumstehen, wird auch Arsen aufbewahrt. Es ist für jedermann sichtbar mit einem Etikett versehen, und Veronica empfahl, daß sie das nächste Mal, wenn Penelope ihre kleinen Pastetchen backen würde, doch vielleicht eine Spur Arsen hineinmischen könnte. So hätte sie, wenn sie die ganze Nacht lang zur Toilette rennen und dauernd die Spülung betätigen würde, zumindest einen *Grund*, krank zu sein.«

»Sie wollen doch damit wohl nicht sagen ...«

»... daß sie eine kleine witzige Bemerkung in die Tat umgesetzt hat«, unterbrach Philip. »Val, ich habe dir das doch als einen W-w-witz erzählt. Veronica hat das doch gar nicht ernst gemeint.«

»Ich weiß, daß sie es damals nicht ernst gemeint hat, aber am Sonntagmorgen, als Penelope in die Kirche ging, sagte Veronica, daß sie sicher sei, daß ihre Nichte es wahrscheinlich furchtbar lästig fände, wenn ihr einen ganzen Monat lang auch noch Penelope auf der Pelle säße. Sie überlegte ernsthaft, Penelope allein in die Ferien zu schicken und ohne sie in die Staaten zu fahren. Philip wollte davon nichts hören. Dann, als Penelope eilig ins Krankenhaus gebracht werden mußte, sagte Veronica etwas in dem Sinne, wie leid es ihr täte, aber daß im Leben doch hinter jeder Wolke auch die Sonne scheine. Jetzt könne sie wenigstens ohne Penelope verreisen, ohne daß diese sich gekränkt fühle.«

»Und jetzt haben Sie Regan Reilly als Veronicas Begleiterin angeheuert«, sagte Livingston.

»Ja«, sagte Philip. »Tatsächlich hat meiner Tante das üb-b-berhaupt nichts ausgemacht. Sie findet Regan lustig, und in den USA wird natürlich meine Cousine auf Veronica aufpassen. Ich habe Regan gesagt, daß Veronica ziemlich unberechenbar ist und daß man auf sie aufp-p-passen muß wie auf ein Kind.«

»Sie sehen, daß Veronica erreicht hat, was sie wollte«, sagte Val.
»Ja, das sehe ich tatsächlich.« Livingston ging zum Geländer der Veranda und schaute in den sorgfältig angelegten, ländlichen Garten hinaus. Wieviel Arbeit das wohl gekostet haben mochte! Er selbst fand Gartenarbeit eigentlich todlangweilig. »Da steckt aber wirklich viel Liebe drin«, sagte er anerkennend.
»Wir haben dreimal im Jahr Blütezeit«, sagte Philip und stellte sich neben Livingston. »Es macht wirklich Freude, mit den Händen zu arbeiten, die Erde zwischen den F-F-Fingern zu spüren und zu sehen, wie die Sämlinge sprießen.«
Livingston sah ihn an und folgte dann seinen Blicken. Er sah nicht die Blumenbeete an, sondern schaute über sie hinweg nach links, dort, wo der Wald begann und wo man leise Baugeräusche hörte. Dort waren die sterblichen Überreste von Athena Popolous entdeckt worden.
Philip, der Livingstons nachdenklichen Blick anscheinend gespürt hatte, wandte sich ihm zu. »Ich hätte gern eine Tasse Tee«, erklärte er. »Inspektor?«
Die Einladung war nicht gerade sehr liebenswürdig formuliert, aber Livingston nahm trotzdem an. Allerdings schien Whitcomb darüber nicht erfreut zu sein.
»Ich werde Emma bitten, ihn einzuschenken.« Val erhob sich aus ihrer Schaukel. Offensichtlich war sie ebensowenig wie Philip darüber erfreut, daß Livingston noch länger bei ihnen blieb.
Als sie die Veranda verließ, sagte Livingston: »Professor Whitcomb, es gibt etwas, das ich Sie fragen muß, und ich ziehe es vor, dies in Miss Twylers Abwesenheit zu tun. Mir ist erneut zugetragen worden, daß Athena Popolous

schwärmerisch in Sie verliebt war. Ich muß Sie bitten, ganz und gar aufrichtig zu mir zu sein. War sie hinter Ihnen her, hat sie Sie in irgendeiner Weise verfolgt oder hat sie vielleicht versucht, Sie zu ihrem Vertrauten zu machen?«

Philip bekam einen roten Kopf. »G-g-ganz und gar nicht. Ich w-w-wollte nichts von ihr wissen.«

»Aber sie war tatsächlich hinter Ihnen her«, sagte Livingston rasch.

»S-s-sie hatte sich angewöhnt, am Sonntagnachmittag, wenn ich im Vordergarten war, hier vorbeizuradeln. Es war äußerst l-l-lästig.«

»Wie oft ist sie vorbeigeradelt, und wie oft hat sie angehalten?«

»Mehrmals. Ich habe versucht, sie s-s-sofort loszuwerden. Sie tat mir leid. Es war ganz offensichtlich, daß sie unglücklich war. Ich hätte strenger zu ihr sein sollen.«

»Professor, bitte verstehen Sie mich richtig. Ich möchte einfach nur wissen, ob Athena Popolous Ihnen irgend etwas über eine unglückliche Liebesaffäre mitgeteilt oder mitzuteilen versucht hat, oder ob sie sonst irgendein Problem erwähnte, das uns helfen könnte, ihren Mörder zu finden.«

Philip kaute nervös an seiner Unterlippe. »Immer wenn sie es wieder einmal geschafft hatte, mir aufzulauern, erzählte sie mir, daß sie über den Tod ihrer Tante nicht hinwegkommen könne. Natürlich mußte ich ihr in solchen Momenten zuhören. Ich habe ihr gesagt, sie sollte Kontakt mit den anderen Studentinnen suchen ... sich mit jemandem anfreunden, dem sie auch wirklich vertrauen kann. Aber als ich ihr sagte, es sei unp-p-passend, mich außerhalb von Saint Polycarp's zu besuchen, ist sie

ganz einfach trotzdem aufgetaucht. Das p-p-passierte mit kurzen Unterbrechungen fünf- oder sechsmal, wenn ich am Sonntagnachmittag im Vordergarten arbeitete.«
»Dann haben Sie sie also das letzte Mal gesehen, als...«
»Am Sonntag, bevor sie verschwand.«
»Warum haben Sie mir das nicht gleich am Samstag erzählt, als Claire James sagte, Athena sei in Sie verliebt gewesen?«
»Weil *ich* nicht in sie verliebt war und weil ich das Ganze als sehr peinlich empfand.«
»Leider ist die Frage, ob etwas peinlich ist oder nicht, in einem Mordfall irrelevant. Professor, wenn Sie versuchen könnten, sich auch nur an ein einziges Gespräch mit Athena Popolous zu erinnern, in dem sie einen Namen erwähnte oder auch Pläne, die sie möglicherweise hatte, dann wäre ich äußerst dankbar. Ah, dort kommen Miss Twyler und Miss Horne mit dem Tee. Ich kann leider doch nicht bleiben.«
Livingston drückte Val sein Bedauern aus und war sich dabei bewußt, daß das gänzlich unnötig war. Als er mit seinem Wagen am Ende der Auffahrt angekommen war, zögerte er ein paar Sekunden. Was sollte er als nächstes tun? Er wollte unbedingt wissen, ob im Laboratorium noch weitere Ergebnisse der Untersuchungen, die mit Athenas Körper vorgenommen worden waren, vorlagen. Er wollte aber auch unbedingt dem Direktor von St. Polycarp's einen Besuch abstatten.
Der Direktor gewann.
Livingston hatte schon immer das Gefühl gehabt, daß Reginald Crane ein Mann war, der sich für seinen Beruf außerordentlich gut eignete. St. Polycarp's war schließlich eine Schule, die man nur für ein Jahr oder sogar nur

für ein Semester besuchte. Studenten kamen und gingen; einige waren geradezu süchtig nach dem kulturellen Kick, in Oxford studieren zu können. Andere, wie Athena Popolous, waren einfach trotz ihrer Proteste hingeschickt worden und nahmen nie wirklich an dem, was in Oxford vor sich ging, teil. Reginald Crane kannte die Studentenwitze über die schmalen Betten, die fadenscheinigen Wolldecken und das veraltete Mobiliar. Er wies die Beschwerden gelassen von sich. »Das macht die verwöhnten Kinder ein bißchen robuster«, hatte er Livingston einmal gestanden. »Das Budget ist ja klein genug. Ich würde es lieber darauf verwenden, ihnen mehr Kurse anzubieten.«

Jemand anders als Reginald Crane wäre vielleicht unzufrieden gewesen über den fortwährenden Wechsel unter den Studenten und über die Unmöglichkeit, einen wirklichen Geist der Kameradschaft zu schaffen, so wie er sich etwa in einem vierjährigen College entwickeln konnte. Und dennoch: Viele der Studentinnen fühlten sich offenbar an St. Polycarp's gebunden. Die meisten waren zu ihrem zehnjährigen Klassentreffen tatsächlich aufgetaucht. Wenn sie kamen, dann rissen sie zwar immer noch ihre alten Witze über die Betten und die schäbigen Zimmer, aber sie schienen dennoch überzeugt zu sein, daß das Studium in St. Polycarp's eine bereichernde Erfahrung gewesen war. Crane war es trotz der relativ schlechten Bezahlung gelungen, einige hervorragende Lehrer für die Schule zu gewinnen.

Livingston wurde in Cranes privates Büro geführt, einen holzverschalten Raum voller Bücherborde. Die dicken Wälzer schienen zu demonstrieren, daß der Direktor ein wirklich gelehrter Kopf war. Crane war Anfang sechzig

und sah aus wie ein Thermometer; er hatte einen außerordentlich schmalen Körper, eine rötliche Gesichtsfarbe und einen vollen, silbergrauen Haarschopf.
Livingston entschuldigte sich für seinen unangemeldeten Besuch. »Ich platze nicht gern einfach so herein«, erklärte er und setzte sich in einen relativ bequemen Stuhl in der Nähe von Cranes Schreibtisch. Im Laufe der acht Jahre, die Livingston schon in Oxford arbeitete, waren er und Crane enge Freunde geworden.
»Du platzt nie herein, Nigel«, entgegnete Crane. »Du kommst, ohne vorher anzurufen, weil es etwas zu tun gibt, was nicht aufgeschoben werden kann.« Er lehnte sich in seinem weißen Lederstuhl zurück und faltete seine langen, knochigen Hände. »Also, meine amerikanischen Studenten würden jetzt sagen: ›What's up?‹ «
Livingston entschloß sich, ohne Vorrede auf den Punkt zu kommen. »Ich möchte deine ehrliche, absolut vertrauliche Meinung über Philip Whitcomb.«
Crane zuckte mit den Achseln. »Absolut vertraulich?«
»Natürlich.«
»Also – das ist nicht so einfach zu sagen. Ein guter, sogar ein sehr guter Lehrer. Er kennt seinen Stoff. Er liebt ihn. Wenn der Mann über Dichtung spricht oder Gedichte vorliest, dann ist er plötzlich wie verwandelt. Er hat fast etwas Schwärmerisches. Zu viel für meinen Geschmack. Schließlich waren die Dichter sterblich, wie alle anderen Menschen auch. Ich möchte bezweifeln, ob sie ihre Gedichte mit all dem theatralischen Getue vorgetragen haben, das Philip an den Tag legt. Aber ich weiß, daß er es geschafft hat, Studenten beizubringen, was ein Gedicht zu einem Klassiker macht. Dafür bin ich dankbar, und die Studenten sollten es auch sein.

Außerhalb des Klassenzimmers finde ich ihn allerdings ziemlich langweilig. Er kann nicht sprechen, ohne rot zu werden oder zu stottern, und meist ist er in seinem Blumengarten beschäftigt. Ich bin sicher, daß er es vorzieht, Blumen zu pflanzen, als Nahrung zu sich zu nehmen. Wie er es geschafft hat, sich eine Verlobte und zukünftige Ehefrau an Land zu ziehen, werde ich nie verstehen. Ich vermute, es war Valerie, die sich um ihn bemühte, nicht umgekehrt.«
»Das ist auch mein Eindruck.« Livingston überlegte sich seine nächste Frage sehr genau. »Wenn Philip im Klassenzimmer so viel Eindruck macht, hat er dann vielleicht auch einigen Ärger mit Studentinnen, die sich in ihn verlieben?«
Cranes Gesicht verdunkelte sich. »Jetzt nicht mehr.«
»Nicht mehr?« Livingston griff die Formulierung sofort auf. »Was meinst du damit?«
Der Direktor bereute es offenbar, daß er so offen gesprochen hatte. »Vielleicht bin ich unfair. Schließlich ist das Ganze schon sehr lange vorbei. Genau elf Jahre. Damals war Philip noch ziemlich jung; so Anfang dreißig. Eine Studentin begann, ihm wie ein Hündchen überallhin zu folgen. Er fühlte sich geschmeichelt, nehme ich an, und verbrachte auch privat Zeit mit ihr – etwas, was absolut verboten ist. In Saint Polycarp's darf es keine persönlichen Beziehungen zwischen Studentinnen und Lehrern geben. Anscheinend wurde Philip des Mädchens sehr bald müde und begann, es zu meiden. Du kannst dir wohl vorstellen, wie ich mich fühlte, als sie in mein Büro platzte und verkündete, sie sei schwanger und er sei der Vater.«
Livingston stieß einen geräuschlosen Pfiff aus. »Und – war sie es?«

»Nein. Sie war ein extrem emotionales, ja geradezu hysterisches Geschöpf. Gott sei Dank für uns hatte sie einen Lehrer in einer Schule, die sie zuvor besucht hatte, ebenfalls beschuldigt, sie geschwängert zu haben. Es war nicht schwierig, die Wahrheit von ihr zu erfahren. Ihre Beziehung zu Philip hatte sich auf einige Fahrradtouren und Picknickausflüge beschränkt. Dennoch hätte es ein Skandal, sogar eine Katastrophe für die Schule werden können, wenn sie auf ihren Anschuldigungen beharrt hätte. Fast hätte ich Philip entlassen, aber er wollte seinen Job unbedingt behalten. Du mußt wissen, daß er sich hier außerordentlich wohl fühlt. Er unterrichtet einen Stoff, den er liebt, er hat viele Quadratmeter Grundbesitz, auf denen er seine Gartenarbeit machen kann, und er ist offensichtlich Lady Exners Erbe.«
»Ja, das nehme ich auch an«, sagte Livingston zustimmend.
»Ich habe ihn ausdrücklich gewarnt, daß er sofort entlassen würde, wenn es auch nur das geringste Anzeichen dafür gäbe, daß er sich wieder mit einer Studentin eingelassen hätte, und zwar mit einem Zeugnis, das ganz und gar nicht gut ausgefallen wäre.«
»Ah, so. Du bist also sicher, daß sich diese Affäre vor elf Jahren abgespielt hat.«
»Völlig sicher. Ich erinnere mich ganz genau daran, weil es das Jahr war, bevor diese kleine Popolous verschwand. Damals standen in den Zeitungen all diese unschönen Berichte über das ›Griechische Mädchen, das nie zur Schule zurückkehrte‹. Ich mußte immer daran denken, daß es wahrscheinlich das Ende von Saint Polycarp's gewesen wäre, wenn ein Jahr zuvor eine Studentin durch einen Lehrer geschwängert worden wäre oder auch nur

steif und fest behauptet hätte, daß dies der Fall gewesen sei. Wie die Dinge liegen, bin ich in dieser Woche mehrmals von den Lokalzeitungen angerufen worden; man wollte meine Meinung zur Entdeckung von Athena Popolous' Leiche hören.« Der Direktor sah Livingston durchdringend an. »Ich sehe ein, daß du nicht verraten willst, warum du nach Philip gefragt hast, aber ich hoffe, du verstehst, daß ich für fünfhundert Studentinnen verantwortlich bin. Vielleicht solltest du dir einmal vor Augen halten, daß es zu meinen Pflichten gehört, zu wissen, was los ist.«

Livingston zögerte keinen Augenblick. Zweifellos empfand Direktor Crane noch eine Menge alten Ärger über Philip, und zwar auf Grund des Skandals, den er in St. Polycarp's hätte verursachen können. Ohne Beweise war es unfair, auch nur anzudeuten, daß er irgendeine Beziehung mit Athena Popolous gehabt haben könnte. »Im Augenblick machen wir nur Routinebefragungen.«

Das wissende Lächeln des Direktors vermittelte Livingston den Eindruck, daß das Wort »Routinebefragung« nur verschleierte, um was es sich eigentlich handelte, nämlich eine gezielte Ermittlung. Zum zweiten Mal an jenem Nachmittag hatte Livingston den deutlichen Eindruck, daß seine Abwesenheit mehr als seine Gegenwart geschätzt wurde.

In der Hauptwache wurde Livingston darüber informiert, daß es im Fall Popolous weitere Erkenntnisse gegeben habe. Die Taschen von Athenas Jacke waren mit Synthetikstoff gefüttert gewesen. Eine dieser Taschen hatte innen ein Loch. Die Gerichtsbeamten hatten eine Streichholzschachtel vom »Bull and Bear« gefunden, die durch das Loch gefallen war und sich tief im Futter jener

Jacke verfangen hatte. Sie war sehr gut erhalten geblieben. In das Streichholzmäppchen waren zwei Buchstaben – B. A. – und drei Zahlen – 315 – hineingekritzelt worden. Livingston ging in sein privates Büro, setzte sich an seinen Schreibtisch und strich sich müde über die Stirn. Athena Popolous war in der Nacht, in der sie verschwunden war, im »Bull and Bear« gewesen. War es am selben Abend gewesen, daß sie etwas in das Streichholzmäppchen gekritzelt hatte, oder hatte dieses schon seit Monaten in ihrer Tasche gelegen? Waren die Buchstaben vielleicht jemandes Initialen und bedeuteten die Ziffern den Zeitpunkt für ein Treffen? Oder bedeuteten sie die Aufschrift auf einem Nummernschild?

Intuitiv spürte Livingston, daß die Antworten auf jene Fragen mit Athenas Verschwinden und Tod in Zusammenhang standen.

Auf See

Veronica ergriff den Programmzettel, der auf der Kommode lag, und setzte sich auf ihr Bett. »Regan, wir müssen schnell entscheiden, bei welchen Aktivitäten wir heute mitmachen wollen. Es ist fünf vor elf, und es gibt hier einiges, was um elf anfängt.«

»Was steht denn zur Auswahl, Veronica?« fragte Regan und stellte sich sehnsüchtig vor, sich irgendwo mit einem Buch in einem Liegestuhl am Schwimmbecken zu aalen. Es war amüsant, von dort aus in aller Ruhe die Aktivitäten der Mitbewohner dieses Mikrokosmos namens Queen Guinevere zu beobachten.

»Also – schauen wir mal nach. Es gibt einen Vortrag über Bridge, der mich nicht interessiert, einen Vortrag über Computer, der mir bestimmt nicht guttun würde ... wie man ein Hühnerauge bereits im Frühstadium erkennt, Vortrag von einer Fußpflegerin ... ah, aber bitte nicht vor dem Mittagessen. Aha! Dies ist vielleicht etwas. Ein Seminar über Finanzplanung, beziehungsweise die verschiedenen Möglichkeiten des Geldmanagements. Wie Sir Gilbert immer zu sagen pflegte, mit Geld kann man kein Glück kaufen, aber zumindest alles andere.« Veronica lachte, sprang auf und schnappte sich ihr Haarspray.

»Ich weiß wirklich nicht so besonders viel über Geld. Philip hat einen Buchhalter angestellt, der sich um mein Scheckbuch kümmert. Aber es wird höchste Zeit, daß ich ein bißchen mehr darüber erfahre. Im übrigen ist dies wahrscheinlich einer der wenigen Vorträge, in dem mehr Männer als Frauen sind.«

»Aha, darauf läuft es hinaus, Veronica«, sagte Regan schmunzelnd, öffnete die Terrassentür und blinzelte in das gleißende Sonnenlicht hinaus.

»Ah, ja, hinterher können wir draußen auf dem Lido-Deck zu Mittag essen und dann die Sitzung der Hellseherin besuchen«, fuhr Veronica fort. »Ich habe mir meine Karte von verschiedenen Astrologen berechnen lassen, und ich bin immer froh, wenn mir jemand Neues die Zukunft vorhersagt. Und natürlich wird um vier Uhr dreißig in der Knights Lounge auch wieder Bingo gespielt.«

Jede Minute verplant – das erinnerte Regan an die Zeit, als sie bei den Pfadfinderinnen war. Vor zwanzig Jahren waren sie und ihre Freundin Sally von ihrer Pfadfinderführerin getadelt worden, weil sie länger als auf dem Plan vorgesehen gebraucht hatten, um Holz zum Anzünden des Lagerfeuers zu sammeln. Und als sie dann wieder an den Busen der Zivilisation zurückkehrten, wurden Luke und Nora von der neurotischen Leiterin, die leider ihrer eigentlichen Berufung als Marineoffizier nicht hatte Folge leisten können, informiert, daß Regan beim Sammeln der Zweige für das Lagerfeuer nicht sehr tüchtig gewesen war. Wenn man daran dachte, daß Regan eine der beiden in der Truppe war, die sich mit Rekordzahlen beim Verkauf von Pfadfinderinnen-Keksen brüsten konnte! Die andere war eine zierliche Nervensäge, die steif und fest behauptete, es sei unfair, daß Regan die Kekse an Leute verkauft hatte, die zur Totenwache in die Beerdigungshalle kamen. Regan hatte näm-

lich das Glück gehabt, daß in der Verkaufswoche einer der Uralten aus dem Shea-Clan gestorben war.
Unten im Sitzungssaal warteten bereits etwa ein Dutzend Leute auf den Vortrag über Finanzen, und weitere strömten herein. Während Veronica zur vorderen Reihe strebte, drehte sich Luke herum und zwinkerte Regan kurz zu.
»Ich glaube, der nett aussehende Mann da flirtet mit dir«, flüsterte Veronica.
Ihr entgeht aber auch nichts, dachte Regan, während die beiden sich auf zwei Stühle in der ersten Reihe setzten. Luke saß zwei Plätze hinter ihnen, und Regan konnte förmlich fühlen, daß er in sich hineingrinste. Okay, Dad. Jetzt wartest du mal ab. Du wirst sehen.
Hand in Hand betraten Mario und Immaculata das Konferenzzimmer und winkten den anderen zur Begrüßung zu.
»So, ihr seid also auch gekommen, um zu sehen, wie ihr eure Travellerschecks verbraten könnt?« fragte Mario grinsend. »Die Missis und ich haben gestern abend im Casino ein paar Scheinchen gewonnen, und wir dachten, wir informieren uns jetzt einmal darüber, wie wir das Geld verwalten.«
»Nämlich die drei Dollar, die davon übrig sind«, sagte Immaculata strahlend und hielt eine Tragetasche in die Höhe. »Mario hat mir oben auf der Promenade ein paar neue Kleidungsstücke gekauft. Ich wollte ein paar Sachen für Concepcione und Mario den Dritten erstehen, aber der große Mario sagte, das käme nicht in Frage, er wolle das ganze Geld für mich ausgeben.«
»Könnten die Herrschaften sich wohl setzen?« Ein junger Mann mit Brille, blondem Haar und einem dunklen Anzug von Brooks Brothers begann, während er sich vor-

stellte, an alle Anwesenden Schnellhefter zu verteilen. »Mein Name ist Norman Bennett, ich bin Finanzberater und Budgetverwalter. Ich werde die nächsten paar Tage mit Ihnen zusammen verbringen, um Ihnen zu helfen, Ihre Investitionen optimal zu plazieren.«

Veronica beugte sich vor und flüsterte mit einer Souffleurstimme, die wahrscheinlich sogar noch im Maschinenraum zu hören war: »Er sieht ziemlich gut aus, Regan. Vielleicht ist er sogar noch frei.«

Peinlich berührt sah Regan zu Boden und durchblätterte den Fragebogen in dem Schnellhefter. Ich weiß nicht recht, was ich langfristig über den Zustand der US-Wirtschaft denke. Es ist schon genug der Herausforderung, meine eigenen Steuern in den Griff zu bekommen. Was würde ich tun, wenn ich heute eine Million Dollar erben würde? Ich würde ein See-Wasserflugzeug mieten, das mich abholen käme.

Sie sah sich im Zimmer um, um herauszufinden, was für Passagiere es waren, die etwas über finanzielle Zauberkünste erfahren wollten. Einige junge Paare, wahrscheinlich Hochzeitsreisende, befanden sich hier und da unter den Zuhörern. Aber Veronica hatte recht. Von den etwa zwei Dutzend Personen im Raum waren zumindest drei Viertel Männer. Regan schaute Luke noch einmal kurz in die Augen. Er lächelte und deutete diskret auf Norman Bennett. Offensichtlich hatte er mitgehört, wie Veronica den finanziellen Guru als potentiellen Partner für Regan vorgeschlagen hatte.

Veronica zischelte: »Regan, Liebes, Mr. Bennett will gerade anfangen. Paß doch bitte auf.«

Ich kann es gar nicht erwarten, dachte Regan. Cameron Hardwick war, wie sie bemerkte, gerade hereingekom-

men und ließ sich in der letzten Reihe nieder. Wahrscheinlich versucht er, die Konkurrenten einzuschätzen, überlegte sie. Norman Bennett räusperte sich.
»Bei einer größeren Menge an Kapital ist die Auswahl der Investitionsobjekte nicht nur wichtig, sondern von vitaler Bedeutung. Ja, von vitaler. Dieses war jedoch, historisch gesehen, außerordentlich kompliziert, und zwar auf Grund von Mißverständnissen, die zurückzuführen sind auf...«
O mein Gott...! dachte Regan.
Eine halbe Stunde später, während der Mann, unterbrochen nur durch kurze Pausen, die genutzt wurden, um Graphiken an die Tafel zu zeichnen, seinen Vortrag herunterspulte, kauerte Veronica noch immer auf dem Rand ihres Stuhles und stimmte sämtlichen Ausführungen Norman Bennetts mit heftigem Nicken zu. Regan bemühte sich krampfhaft, die Augen offenzuhalten.
»Und jetzt kommt unsere Frage-und-Antwort-Stunde. Bitte, Sie können mich gern ein wenig löchern.« Bennett schob die Lippen vor und sah plötzlich aus wie ein Karpfen, der nach Luft schnappt.
Keine Fragen mehr, bitte, bitte, betete Regan insgeheim und trommelte mit dem Fuß auf den mit Auslegeteppich belegten Boden des Konferenzzimmers.
Veronica sprang begeistert auf.
»Mr. Bennett, Sie haben gerade über die attraktive Dividende von Bonds mit zwanzigjähriger Laufzeit gesprochen. Wären die nach Ihrer Meinung eine sichere Anlage für mein späteres Alter?«
Regan hörte ein Kichern von einem der männlichen Hochzeitsreisenden, drehte sich abrupt herum und starrte ihn wütend an.

Bennett räusperte sich erneut. »Es gibt so viele herrliche Möglichkeiten zu investieren, daß ich es vorziehen würde, wenn Sie den Fragebogen völlig ausfüllten und ihn mir wiedergeben, bevor wir uns mit Einzelheiten befassen.«
Einen Punkt für Bennett, dachte Regan.
Die nächste Frage kam von Mario Buttacavola. »Sie haben einige interessante Dinge über die Möglichkeiten gesagt, in Osteuropa zu investieren. Ich habe etwas über eine große russische Lastwagenfirma gehört, die ausländisches Kapital haben will. Glauben Sie, daß das sicher ist?« Er ließ Bennett nicht die Möglichkeit zu antworten. »Sagen wir einmal, ich hätte eine gute Idee«, fuhr er fort. »Hier ist noch jemand, Cameron Hardwick, der an unserem Tisch sitzt. Er ist ein großer Finanzexperte. Vielleicht könnten Sie beide uns einmal Ihre Meinung sagen. Das wäre wirklich interessant.«
»Sie spielen jetzt natürlich auf die Boris & Vanya-Lastwagenfirma an, die dem Beispiel unseres größten Konkurrenten folgt, indem sie anbietet, neunundvierzig Prozent ihrer Aktien an fremde Investoren zu verkaufen. Es würde mich sehr interessieren zu erfahren, was Mr. Hardwick darüber zu sagen hat.« In Bennetts Stimme schwang Begeisterung mit.
Mario war offensichtlich erfreut, daß jetzt sein großer Moment gekommen war. »Nun, Cameron ist gerade von einer Reise in die osteuropäischen Länder zurückgekommen, auf der er sich über Investitionsmöglichkeiten für seine privaten Kunden informiert hat. Was meinen Sie dazu, Cameron?« fragte er mit Blick auf den hinteren Teil des Raumes.
Alle wandten ihre Köpfe und starrten Hardwick an. Die-

ser blieb sitzen und machte eine abwehrende Handbewegung. »Ich würde mir lieber anhören, was *Sie* darüber zu sagen haben.«
Mario sagte mit einschmeichelnder Stimme: »Oh, kommen Sie, Cameron. Das soll doch durchaus nicht heißen, daß Sie über Ihre Kunden reden sollen. Ich will es einmal so formulieren: Würden Sie dies, allgemein gesprochen, als eine gute Investitionsmöglichkeit betrachten?«
Hardwick stand auf und ergriff den Stuhl, der vor ihm stand. »Ich befasse mich mit jedem meiner Kunden individuell, und soviel ich weiß, ist Mr. Bennett derjenige, den Sie hören wollten.« Das Lächeln, das er aufsetzte, wirkte äußerst gezwungen. »Wenn Sie mich jetzt bitte entschuldigen würden.« Er schlenderte aus dem Zimmer.
Bennett brach das peinliche Schweigen, das darauf folgte. »Ich habe die Erfahrung gemacht, daß die meisten meiner Kollegen aus dem Finanzberatungsbereich sich freuen, wenn sie um einen Ratschlag gebeten werden. Wir müssen jedoch Mr. Hardwicks Wunsch, sich nicht zu äußern, selbstverständlich respektieren. Also meiner Meinung nach ...«
Als sie zehn Minuten später den Konferenzraum verließen, schlossen sich Mario und Immaculata Regan und Lady Exner an. »Ist dieser Typ, dieser Hardwick, irgendwie ein bißchen verklemmt oder was?« fragte Mario stirnrunzelnd.
»Wenn Sie es wissen wollen – ich wette Dollars gegen Doughnuts, daß er noch nie von dieser russischen Firma gehört hat. Nach meiner Meinung ist der Typ entweder ein bißchen blöd oder ein Betrüger.«

Sylvie schlenderte durch den Astolat-Salon, den Rittersaal und die Lancelot-Bar. Auf dem Wege entdeckte sie Milton Wanamaker und seine allgegenwärtige Schwester Violet Cohn, die in dem verglasten Teil des Lido-Decks eine Bloody Mary schlürften. Als sie die kleine Gruppe gewollt beiläufig musterte, begegnete sie endlich Miltons Blick. Mit einem strahlenden Lächeln ging sie schnurstracks zu seinem Tisch.

»Ist das nicht ein herrliches Wetter?« fragte sie und legte eine Hand auf den leeren Stuhl zwischen Milton und seiner Schwester.

»Das Pflaster hinter meinem Ohr ist letzte Nacht abgefallen, und als ich aufwachte, war mir ziemlich schlecht. Es gibt nichts Schlimmeres als Seekrankheit. Ich habe mich immer noch nicht an das ewige Schaukeln gewöhnt«, klagte Violet.

Hoffentlich muß sie ins Bett gehen, dachte Sylvie, während Milton sich erhob.

»Bitte, trink doch etwas mit uns.« Mit einer Hand zog er ihr einen Stuhl heran, mit der anderen winkte er nach dem Kellner.

»Was möchtest du, Sylvie?«

»Das gleiche wie du. Ich würde gern eine Bloody Mary trinken.«

»Unsere ist ohne Alkohol«, verkündete Violet mit einem deutlich mißbilligenden Tonfall und Gesichtsausdruck.

»Das nennt man Bloody Shame«, erwiderte Sylvie lächelnd.
»Ja, das stimmt«, bestätigte Milton. Als der Kellner kam, bestellte er zwei Bloody Marys. Er sah seine Schwester an. »Violet?«
»Ich möchte nur einfachen Tomatensaft. Dieser ist viel zu stark gewürzt. Letzte Nacht ist mir das Pflaster vom Ohr gefallen ...«
Sylvie bemerkte deutlich den Ausdruck von Resignation auf Miltons Gesicht. »Und wir nehmen auch einen einfachen Tomatensaft«, sagte er.
Letzte Nacht hatte Milton sie zum Tanzen aufgefordert, während seine Schwester in der Damentoilette war. Sylvie betrachtete prüfend seinen schlanken Körper unter dem teuren Sporthemd, die intelligenten blauen Augen und das kurzgeschnittene weiße Haar mit der kahlen Platte, die er Gott sei Dank nicht zu verstecken versuchte. Sylvie hatte nur allzu viele Männer gesehen, die sich seitlich oder von hinten das Haar lang wachsen ließen und es sich dann, bei dem Versuch, die Natur zu besiegen, wieder über die Platte bürsteten und festklebten. Hoffentlich hatte Milton nicht vor, das Seminar über Haarausfall und seine Bekämpfung mitzumachen, das an diesem Nachmittag stattfand. Plötzlich wurde ihr bewußt, daß er sie bewundernd anblickte.
Er mag mich, dachte sie, und ich mag ihn. Jetzt mach dir nicht gleich alles kaputt, ermahnte sie sich selbst. Gestern nacht, als sie zu ›Satin Doll‹ getanzt hatten, hatten sie kaum gesprochen. Sylvie hatte das seltene Vergnügen genossen, mit einem attraktiven Mann zu tanzen, der *nicht* zwei linke Füße hatte. Sie hatte intuitiv gewußt, daß Milton Wanamaker es nicht gern hatte, wenn eine

Frau beim Tanzen redete. Danach hatten sie sich beide an seinem Tisch, der an der Tanzfläche stand, niedergesetzt und erste Informationen ausgetauscht: daß sie aus Palms Springs und Witwe sei und er aus Beverly Hills und Witwer. Das Gespräch war angenehm und angeregt verlaufen, bis plötzlich seine Schwester Violet, von der er gerade erzählt hatte, daß sie in Miami lebe, aus der Damentoilette auftauchte.

»Ich glaube, ich bin gegen das Pflaster allergisch, Milton«, sagte sie, ohne Sylvie einen Blick zu schenken. »Auf dem Beipackzettel stand, daß es Schwindel und Sehstörungen verursachen kann. Genau das habe ich jetzt, glaube ich. Bringst du mich bitte zurück in meine Kabine?«

Das war fürs erste das Ende ihrer romantischen Begegnung gewesen. Sylvie hatte das gleiche schon zuvor einmal erlebt: Schwestern als selbsternannte Wachhunde für ihre heiratsfähigen Brüder! Auch als sie mit Harold verheiratet war, hatte Sylvie nie das Eis zwischen sich selbst und seiner Schwester Goldie brechen können. Eine Schwägerin konnte noch schlimmer sein als jede Schwiegermutter. Und sie war fast immer und überall dabei.

Gestern abend hatte Violet sich beklagt, daß das Pflaster keine Wirkung zeigte. Heute morgen beklagte sie sich, weil es heruntergefallen war. Sylvie betrachtete Violet mit einem Ausdruck geheuchelten Wohlwollens. Sie versuchte sie einzuschätzen. Die alte Dame mußte etwa Anfang siebzig sein, gut zehn Jahre älter als ihr Bruder. Sie trug ein teures grau-weißes Baumwollkleid, das in einer Linie von der Schulter bis zur Mitte der Waden herunterfiel. Es sieht aus wie ein Überzug für ein Bügel-

brett, dachte Sylvie und begann im selben Moment, das Kleid in höchsten Tönen zu loben. Mich wirst du nicht beiseite drängen, meine Beste, triumphierte sie insgeheim, da Violet einen flüchtigen Augenblick lang sichtbar dahinschmolz.
»Grau ist meine Lieblingsfarbe«, sagte sie und zeigte in Richtung Bar. »Der junge Mann kommt mir bekannt vor. Ich bin sicher, wir haben ihn irgendwo schon einmal gesehen.« Sylvie und Milton drehten sich um, um dem ausgestreckten Zeigefinger mit ihren Blicken zu folgen. Es war Cameron Hardwick, der Violets Aufmerksamkeit auf sich gezogen hatte.
Phantastisch, dachte Sylvie. Soll er sie nur ordentlich beschäftigen. Sie sprang auf und bedeutete Cameron mit energischen Handbewegungen, daß er zu ihnen an den Tisch kommen solle. Er nahm seinen Drink und schritt quer über das Deck auf sie zu.
»Cameron sitzt an unserem Tisch«, erklärte Sylvie.
»Ich kann mich gar nicht an ihn erinnern, Violet«, entgegnete Milton.
Als Hardwick an ihren Tisch trat, begann Sylvie mit dem Vorstellen. »Und Mrs. Cohn ist sicher, daß sie Sie von irgendwoher kennt.«
Violet starrte ihn an wie ein Falke, der im nächsten Moment auf seine Beute hinabstürzt. »Ich vergesse niemals ein Gesicht. Man hat behauptet, Herbert Hoover habe die seltene Eigenschaft gehabt, einen Menschen, den er als Baby von vierzehn Monaten gesehen hatte, zwanzig Jahre später, als er im wahlberechtigten Alter war, wiederzuerkennen. Und wie mein Bruder Ihnen bestätigen wird, habe ich das gleiche Talent.«
Und ich möchte wetten, daß sie es auch nie und nimmer

vergißt, wenn sie einen Streit mit jemandem gehabt hat, dachte Sylvie.
Violet musterte ihn mit zusammengekniffenen Augen. »Das war vor zehn oder zwölf Jahren. Welche Reise? Oh, ich weiß. Erinnerst du dich an unsere Griechenlandreise, Milton?« Sie wandte sich Sylvie zu. »Das war vor elf Jahren. Bruce, mein lieber Mann, war gerade gestorben.« Sie strahlte. Auf Sylvie wirkte Violets Lächeln wie ein triumphierendes Zähnefletschen. »Sie haben im Hotel Olympic als Kellner gearbeitet!«
Hardwicks Gesicht lief zuerst karmesinrot, dann purpurrot an. »Ich bin noch nie in Griechenland gewesen. Vielleicht sollten Sie Ihr Gedächtnis einmal überprüfen lassen.«
Er sprang empört auf, stieß seinen Stuhl zurück und ging mit langen Schritten davon. »Bleiben Sie doch hier...«, protestierte Milton. Sylvie legte ihre Hand auf seinen Arm. »Es tut mir so leid, daß ich ihn herübergebeten habe. Ich hatte ja keine Ahnung...«
Violet sah außerordentlich zufrieden aus. »Offensichtlich mag er es nicht, wenn man ihn daran erinnert, daß er mal als Kellner gearbeitet hat. Wahrscheinlich tut er immer so, als habe er blaues Blut in den Adern. Milton, erinnerst du dich daran, wie Sir John und Lady Victoria sich immer über die Leute lustig machten, die dauernd mit ihren guten Beziehungen angaben?«
Sylvie bemerkte, mit wieviel Stolz Violet selbst die Namen ihrer adligen Freunde erwähnte. »Mir ist gerade eingefallen...« Sie zögerte. Sollte sie den alten Drachen nun Violet oder Mrs. Cohn nennen? »Also ... Violet, ich habe gerade gedacht, daß Sie es sicherlich sehr schön fänden, Lady Exner, die auch an meinem Tisch sitzt, ken-

nenzulernen. Wir haben uns ein wenig angefreundet, und sie hat schon vorgeschlagen, daß ich sie einmal auf ihrem Anwesen in Oxford besuchen solle. Es heißt…«
Verdammt, wie heißt es denn eigentlich? Sylvie überlegte krampfhaft. »Lolly? Louie? Lew … Lew … Llewellyn Hall!«
Violet war begeistert; ein Drink mit Lady Exner auf der Käpten's Cocktail-Party heute abend – das wäre gewiß sehr vergnüglich. Aber sogleich begann sie wieder zu stöhnen: ihr Magen werde mit dem Schlingern des Schiffes hin- und hergeschaukelt – ob wohl Milton so gut sein könnte, sie in ihre Kabine zu begleiten, damit sie sich vor dem Mittagessen kurz hinlegen könne?
Warum steigst du nicht einfach auf deinen Besen, alte Hexe, und fliegst davon? dachte Sylvie.

Lady Exner und Regan nahmen ihr Mittagessen auf dem Privatdeck ihrer Suite ein. »Veronica«, sagte Regan, »du hast jetzt den Sitz-und-sei-fit-Kursus mitgemacht, du hattest heute morgen schon eine Rettungsübung, du hast dir einen Vortrag über Finanzen angehört, und jetzt ist es ein paar Minuten nach zwölf. Warum bestellen wir nicht ein paar Salate und nutzen die nächsten Stunden, um uns zur Abwechslung mal zu entspannen?«

»Eine hervorragende Idee«, sagte Veronica fröhlich. »Die Sitzung der Hellseherin beginnt um halb drei, und bevor man eine Hellseherin konsultiert, sollte man eine Weile lang zur Ruhe kommen und meditieren. In Kontakt kommen mit dem eigenen Innenleben, den tiefsten Gefühlen, den starken, unausgesprochenen Emotionen.«

Was soll in *deinem* Leben wohl unausgesprochen geblieben sein? dachte Regan und ergriff die Menükarte für den Zimmerservice. »Was meinst du zu Geflügelsalat?«

»Köstlich. Perfekt für diesen milden, sonnigen Tag. Und vergiß nicht eine Flasche Dom Perignon.«

»Ich hoffe nur, Philip und dein Buchhalter werden nicht denken, der Dom Perignon sei meine Idee gewesen«, erwiderte Regan.

»Es geht sie nicht die Bohne an, ob ich Spülwasser oder Dom Perignon trinke«, erwiderte Veronica. »Im übrigen unterschreibe ich jedes Jahr die Rechnung für mehrere Quadratmeter von Blumen, die die Winterkälte nicht überleben.«

Sie ist weltgewandter, als ich vermutet hatte, dachte Regan.

»Dich legt man so schnell nicht rein, Veronica.«

»Da hast du völlig recht, meine Liebe.«

Der Champagner hatte eine doppelt positive Wirkung: Er hielt Veronica während des Mittagessens bei Laune und bewirkte, daß sie, sobald sie die Gabel niedergelegt hatte, auf ihrer Liege auf dem Deck einschlief. Regan trank das zweite Glas und blickte über das Meer zum Horizont hinüber.

Das leise Läuten des Telefons konnte Veronicas wunderbar gleichmäßiges Atmen nicht unterbrechen. Regan beeilte sich, den Hörer abzunehmen. Wer in aller Welt rief jetzt wohl an? Gewiß nicht Luke oder Nora. Livingston? »Hallo?« Regan war sich bewußt, daß ihre Stimme sehr belegt klang.

Sie hörte ein Knacken. »Bleiben Sie bitte am Apparat, ein Gespräch aus New York.«

»Regan!« dröhnte eine Stimme. »Wie war das Klassentreffen? Ich habe gehört, Athena ist auch aufgetaucht.«

»JEFF.« Regan lachte zögernd. »Ich nehme an, Kit hat dich darüber informiert.«

»Ich habe gestern abend mit ihr darüber gesprochen. Ich hatte in New Jersey angerufen, weil ich erwartet hatte, daß du in ›Ruhe sanft!‹ die Kunden deines Vaters betrauerst.« Plötzlich veränderte sich seine Stimme; er klang nicht mehr übermütig, sondern besorgt. »Wie geht es dir? Wie Kit mir erzählt hat, hast du dir ganz schön was vorgenommen.«

Veronicas gleichmäßiges Atmen verwandelte sich in ein Kurz-lang-kurz-Schnaufen. Regan beobachtete sie besorgt durch die offene Tür des Sonnendecks. »Also, im Augenblick sitze ich hier und trinke Dom Perignon.«

»Laß ein bißchen für mich übrig.«

»Zu spät. Die Flasche steckt bereits umgekehrt im Eiskübel. Was machst du denn in New York?«

»Ich arbeite seit ein paar Wochen hier an einem Film.«

»Oh. Etwas Interessantes?« fragte Regan.

»Na ja, ein Action-Film. Ich spiele einen Terroristen, der, wie sich herausstellt, am Ende dann doch ein goldenes Herz hat.« Nach ein paar Sekunden fügte Jeff hinzu: »Er wird wahrscheinlich schnurstracks in die Videothek wandern.«

»Ich werde mal im Disney Channel danach Ausschau halten«, ergänzte Regan mit einem glucksenden Lachen. Sie nannte ihm die voraussichtliche Ankunftszeit und die Anlegestelle. Plötzlich sah sie ihn vor sich: die in tiefer Konzentration gerunzelte Stirn, das volle, dunkelbraune Haar, die haselnußbraunen Augen, der Schnauzbart, den er regelmäßig abrasierte und wieder wachsen ließ, den muskulösen Körper des Footballspielers. Keine Frage, er war wirklich sexy. »Okay, bis Samstag dann«, sagte Regan und merkte, wie ihr warm ums Herz wurde. »Ich habe dir eine Menge zu erzählen.«

»Ich freue mich schon darauf«, erwiderte Jeff.

»Ich mich auch.«

Als Regan den Hörer wieder auf die Gabel legte, erhob sich Veronica aus ihrer Liege. »Mein Gott, du hättest mich rufen sollen. Wer war das?«

»Ein Freund, den ich in New York treffen werde.«

»Hoffentlich ein *Mann*?«

»Ja, in der Tat, ein Mann.«
»Ich bin so froh, Regan, mein Liebes. Ihm muß wirklich viel an dir liegen, wenn er dich von New York aus hier auf dem Schiff anruft.«
»Glaub mir, Veronica, das braucht nicht notwendigerweise etwas zu bedeuten. Ich habe schon Typen gekannt, die mich vom anderen Ende der Welt angerufen haben, aber dann, nachdem sie heimgekommen waren, nichts mehr von sich hören ließen. Manchmal denke ich, eine gewisse Distanz ist sogar besser, als zu oft zu nahe beieinander zu sein.«
»Was sind das bloß für Einstellungen?« seufzte Veronica.
»Nun ja, Männer wie Sir Gilbert sind wahrscheinlich wirklich rar. Also, jetzt gehen wir erst mal zu der Hellseherin und schauen, ob sie für unser liebevolles, sehnsüchtiges höheres Selbst irgendwelche Überraschungen bereithält.«
Regan hatte das Gefühl, als bliebe der Hühnersalat ihr im Halse stecken.

Die Sitzung mit Madame Lily Spoker begann genau um vierzehn Uhr dreißig im Theaterraum des Schiffes. Regan schätzte, daß Madame Spoker so um die Fünfzig sein mußte. Sie hatte große dunkle Augen, eine kräftige, römische Nase, einen breiten Mund und ein messingfarbenes Haar, das in Löckchen und Strähnen unter einem schimmernden Turban hervorlugte. Sie trug eine rostfarbene Satinbluse mit V-Ausschnitt, die den Blick auf ihren üppigen Busen freigab, und einen weiten, bunten Rock, der im Gleichklang mit dem unverwechselbaren Geräusch einer sich aneinander reibenden Strumpfhose auf ihrem Weg zum Rednerpult vernehmlich raschelte und knisterte.

Regan hatte bemerkt, daß auch Nora irgendwo rechts hinten saß und steuerte zielstrebig mit Veronica auf die beiden leeren Stühle in der Nähe von Kenneth und Dale zu, die sich in der ersten Reihe links niedergelassen hatten. Dale lehnte sich zu ihnen hinüber und hob die Augenbrauen. »Wir hatten das Gefühl, daß dies einfach *zu* gut wäre, um es auszulassen.«

»Ist es nicht fas-zi-nie-rend?« zwitscherte Veronica. »Schhhh. Sie fängt an.«

Madame Spoker sah ihr Publikum mit strahlenden Augen an. »Ich kann spüren, daß dies eine äußerst interessante und produktive Sitzung wird. Meine Schwingungen sind sehr stark. Viele Menschen kommen zur Sitzung eines Hellsehers, um sich lustig zu machen. Sollte irgend jemand von Ihnen das ebenfalls vorhaben, dann kann ich Ihnen versichern, daß Ihnen später, wenn Sie gehen, ganz gewiß nicht mehr der Sinn danach stehen wird.

Unsere Seele wird von Kräften bewegt, von denen der Verstand nichts weiß. Vor vielen Jahrmillionen wurde unser Schicksal in die Sterne geschrieben. Was Sie waren und was Sie werden würden, all das war bereits festgelegt.« Sie breitete die Arme aus und schloß die Augen.

»Ich kenne die Frage, die Ihnen jetzt durch den Sinn geht. Warum bin ich überhaupt hier?«

Das frage ich mich auch, dachte Regan.

»Ich sage Ihnen warum – weil wir alle, und zwar an bestimmten festgelegten Punkten unseres Lebens, an einem Scheideweg stehen. Wenn wir das eine tun, dann wird sich daraufhin ein bestimmtes Szenario entwickeln. Wenn wir etwas anderes tun, dann wird ein weitaus weniger günstiges, vielleicht tragisches Resultat die Folge sein. Ich kann mir nicht vorstellen, daß nicht jeder einzelne von Ihnen zu irgendeinem Zeitpunkt seines Lebens eine Vorahnung hatte, daß ihn nicht eine innere Stimme, die aber meist ignoriert wird, vor etwas warnte. Das war Ihr Unterbewußtsein, das versucht hat, Sie auf den richtigen Weg zu führen.«

Ihre Stimme erstarb zu einem Flüstern.

»Bei den meisten von uns ist jene geheime innere Stimme zu leise; sie ist nur ein schwacher Schrei gegen die Flut.« Sie warf ihre fleischigen Arme mit einer ausholenden Geste nach vorn, als wolle sie ihre Zuhörer an den üppigen Busen drücken. »Heute werden Sie mit meiner Hilfe die geheimen Warnungen Ihres Unterbewußtseins

vernehmen können.« Sie ließ ihre Arme seitlich herunterfallen, sah sich im Raum um und wartete auf Applaus. Veronica enttäuschte sie nicht.
»Fangen wir an, Madame Spoker«, rief Veronica lebhaft klatschend.
»Ich möchte, daß Sie alle auf diese Zettel, die ich gleich verteilen werde, eine Frage zu Ihrem Leben stellen. Ich werde Sie dann nacheinander zu mir rufen, und Sie werden mir das zusammengefaltete Papier geben und hier Platz nehmen.« Madame Spoker wies auf einen verloren wirkenden Stuhl auf der leeren Bühne. »So werde ich fähig sein, Ihre ganz persönlichen Schwingungen aufzufangen. Ich werde mir die Frage nicht ansehen – ich werde sie fühlen.«
Veronica begann, sehr energisch etwas auf das Stück Papier zu kritzeln, während Regan sich fragte, was zum Teufel man diese Voodoo-Frau wohl fragen könnte. Dann wurde auch ihr ein Stück Papier gereicht. Sie legte das Papier auf ihre Brieftasche und schrieb: »Werden wir jemals Athenas Mörder finden?« Sie faltete das Papier zusammen und wurde sich plötzlich bewußt, daß sie in den Jahren, in denen sie als Detektivin arbeitete, noch nie etwas Derartiges gemacht hatte.
Madame Spoker konnte gar nicht anders, als Veronica als erste auf den heißen Stuhl zu rufen. Veronica packte ihn mit beiden Händen – so, als wäre er der letzte in dem Spiel »Die Reise nach Jerusalem«.
»Was fühlen Sie?« fragte die Hellseherin.
Madame Spoker knüllte Veronicas Papier in ihrer Handfläche zu einem Ball zusammen, schloß die Augen und begann, vorwärts und rückwärts zu schaukeln. »Sie sind eine sehr kluge Frau, Miss ...«

»Exner. Lady Veronica Exner, Witwe des verstorbenen Sir Gilbert.«

»Ja, ich kann die Verwandtschaft fühlen. Sie sind ein sehr großzügiger Mensch und sehr viel gescheiter, als die meisten Menschen wissen. Sie haben ein langes Leben hinter sich ...«

Sie machte eine Pause, schüttelte den Kopf und öffnete die Augen.

»Aber was ist mit meiner Frage?« fragte Veronica.

Madame Spoker wirkte beunruhigt. »Es wäre am besten, wenn Sie zu meiner nächsten Sitzung am Freitag kommen könnten. Ich kann im Augenblick keine deutlichen Schwingungen von Ihnen empfangen. Ich brauche mehr Zeit, um mich auf Ihr Magnetfeld zu konzentrieren, und die habe ich heute leider nicht. Hier sind so viele Leute versammelt, und ich möchte Ihnen allen, wenn möglich, eine Chance geben, nach vorn zu kommen. Ich verspreche Ihnen, daß Sie am Freitag als erste drankommen.«

Veronica sah ein wenig enttäuscht drein, wollte aber kein Spielverderber sein und kehrte zu ihrem Stuhl neben Regan zurück.

Das ist ja eine nette Art und Weise, dafür zu sorgen, daß die Leute zur nächsten Abrakadabra-Stunde wiederkommen, dachte Regan. Abrakadabra. Es klang wie Abra-Kadaver.

Andere Passagiere kamen und gingen in den vorderen Bereich des Raumes, und Madame Spoker begann wieder mit ihren medialen Schüttel- und Zitterbewegungen. Unter den Teilnehmern war auch eine Gruppe junger Frauen von einer Kosmetikfirma, die die Reise gemeinsam gebucht hatten. Sie hatten eine Kreuzfahrt gewonnen, weil sie massenweise teure Kosmetikköfferchen, gefüllt mit allem möglichen, von Lippenglanz über Augenbrauenstifte bis zu den beliebten Pickel-Abdeckstiften, verkauft hatten. Eine von ihnen, ein Mädchen um die Zwanzig, mit toupiertem Haar, das von jedem Quadratzentimeter ihrer Kopfhaut senkrecht emporstand, trug einen diamantenen Verlobungsring an der Hand. Madame Spoker warnte sie davor, ihren Verlobten zu heiraten.

»Ich sehe Probleme auf Sie zukommen. Es gibt da etwas, was Sie nicht wissen. Vielleicht nimmt er sie auf schöne Reisen mit, aber er ist ein *Lügner!* Es tut mir leid, aber das Gefühl, das ich jetzt habe, ist so stark, daß ich Sie warnen muß!«

Als die betrübte junge Dame, wütend ein Kaugummi kauend, auf ihren Platz zurückkehrte, hörte Regan sie murmeln: »Ach zum Teufel, was weiß *die* denn schon?« Aber sie sah dennoch besorgt aus. Der arme Junge, dachte Regan. Er hat wahrscheinlich seine ganzen Ersparnisse für diesen Verlobungsring ausgegeben, aber wenn seine Angebetete sich entschließt, dem Ratschlag von Madame Spoker zu folgen, dann wird er ihn wahrscheinlich nie mehr wiedersehen.

Irgendwo in den hintersten Reihen stand Immaculata Buttacavola auf und kam nach vorn. Nervös setzte sie sich auf den heißen Stuhl.

Madame Spoker strahlte, da sie endlich einmal ein paar gute Nachrichten hatte. »Ich glaube, Ihre Familie wird sich sehr bald vergrößern. Im nächsten Jahr, würde ich sagen.«

Immaculata klatschte in die Hände und rief: »Meine Schwiegertochter Roz ist seit einem Monat mit ihrer

Periode überfällig. Vielleicht hat sie, wenn wir zurückkommen, uns etwas Wichtiges mitzuteilen.« Sie stand von ihrem Stuhl auf. »Danke, Madame, danke«, sprudelte es aus ihr hervor, während sie wieder auf ihren Platz zurückkehrte. »Mario, ich habe dir doch gesagt, daß wir jenes süße Babyhemdchen mit dem Abzeichen des Schiffes hätten kaufen sollen. Komm, laß uns schnell sehen, ob noch welche da sind.«
Veronica wandte sich zu Regan um. »Ist das nicht schön? Wie sie das Baby wohl nennen werden?«
Ja, dann werden sicher bald neue Familienfotos gemacht werden, dachte Regan.
»Regan«, sagte Veronika mahnend, »du warst noch gar nicht an der Reihe. Madame Spoker ...«
»Natürlich. Bitte, Miss, kommen Sie doch zu mir ...«
Na, zumindest hat sie mich nicht ›Madam‹ genannt, dachte Regan. Sie stand auf und gab Madame Spoker den Zettel mit der Frage.
Madame Spoker schloß die Augen und begann abgehackt zu summen, eine Art leises Stakkato, das wie eine Maschine klang, die nicht richtig funktionierte. Regan wartete gespannt, was sie bei einer Frage nach einem Mörder wohl »fühlen« würde.
»Irgend etwas ist in der Nähe ... Ich fühle, daß Sie irgend etwas oder irgend jemandem näher sind, als Sie es sich überhaupt träumen lassen. Aber ich spüre eine Gefahr. Sie müssen der Gefahr aus dem Wege gehen.« Madame Spoker rollte das zusammengeknüllte Papier wieder und wieder in ihrer Hand herum. Plötzlich stieß sie einen leisen Schrei aus. »Autsch, verdammt, jetzt habe ich mich an dem Papier geschnitten ... !« Sie schüttelte den Kopf und begann wieder zu summen.

Einen Augenblick später öffnete sie mit einem Ruck die Handfläche. Verzweifelt versuchte sie, den gefalteten kleinen Zettel wieder zu umschließen, aber ihre Finger waren wie erstarrt. Der Papierball fiel zu Boden. Die Hellseherin sprang auf und wich entsetzt davor zurück, gerade so, als sei er eine Zeitbombe. Sie begann zu zittern. »Ich habe noch nie zuvor bei einer Frage die Kontrolle verloren. Die Kraft und die Schwingungen, die von jenem kleinen, quadratischen toten Baumstück ausgehen, überwältigen mich nahezu. Miss, Sie haben mir eine sehr ernste Frage gestellt, und ich muß sie warnen: Sie müssen sehr vorsichtig sein. Sie sind von gefährlichen Menschen umgeben. Sie werden gewiß finden, was Sie suchen, aber der Preis, den Sie zahlen müssen, ist möglicherweise *zu* hoch.«

Oh, wenn meine Mutter sich doch für den Bridge-Vortrag um vierzehn Uhr dreißig entschieden hätte, dachte Regan.

Cameron Hardwick schwamm mit kräftigen Stößen von einer Seite des verlassenen Schwimmbeckens im Fitneßbereich zur anderen. Es war klein, aber er konnte es nicht ertragen, in dem größeren Becken auf dem Lido-Deck zu schwimmen, wo es von Kindern nur so wimmelte und die Kleinen von ihren vertrottelten, überängstlichen Eltern ständig überwacht wurden. Es sollte gesetzlich verboten sein, daß auf diesen Schiffen Kinder mitfahren. Er zuckte vor lauter Abscheu zusammen, als er an die Familienfotos der Buttacavola dachte.

Dieser Küchenchef von Atlantic City ist wohl doch nicht so blöd wie er aussieht, dachte er und tauchte mit einem Schmetterlingsschlag unter Wasser. Mein Gott, es war wirklich ein gutes Gefühl, die Muskeln zu trainieren. An diesem Morgen war innerhalb von fünfzehn Minuten die von ihm gewünschte Anonymität zweimal gebrochen worden. Er hatte das Gefühl, als hätte er Knoten im Bauch. Er atmete den Chlorgeruch ein und fühlte, wie das Wasser über seinen Rücken perlte. Ich muß meine Nerven beruhigen, dachte er.

Er erreichte den Rand des Beckens, machte eine Wende unter Wasser und tauchte wieder auf, um auf dem Rücken zurückzuschwimmen. Wer hätte gedacht, daß er während eines blöden Vortrags über Finanzen in eine Situation geraten würde, in der dieser Mario, dieser

Idiot, die Aufmerksamkeit sämtlicher Anwesenden auf ihn lenken würde. Hardwick hatte das Gefühl, als würde sein Blut bei diesem Gedanken zu kochen beginnen. Verdammtes Pech aber auch! Er hätte ihn erwürgen können. Und jetzt mußte er ihm auch noch jeden Abend zum Abendessen begegnen. Allerdings war er fest entschlossen, sein heftiges Temperament zu zügeln. Er mußte die Sache mit seinen Tischgenossen unbedingt auf die Reihe bringen. Er konnte nicht warten, bis dieser Job erledigt wäre. Ob mein alter Herr jetzt nicht endlich mal stolz auf mich wäre? dachte er wütend. Ich mache Geld, Dad, aber nicht auf die Weise, wie du es dir vorgestellt hast. Die Tatsache, daß er vor zwanzig Jahren in seiner Prep- School mit großem Profit Drogen verkauft hatte, hatte ihn ein für alle Male für wirkliches, diszipliniertes Arbeiten verdorben. Sicher, dies war ein ziemlich hohes Risiko, aber die Dividenden waren sogar noch besser. Im übrigen machte es ihm Spaß, gefährlich zu leben.

Heute war Dienstag. Die erzwungene Tatenlosigkeit fiel ihm auf die Nerven. Er begann nachzudenken. Ob es wohl möglich wäre, schon früher als Freitag zum entscheidenden Schlag auszuholen? Muß ich denn unbedingt auf die eine, einzige Gelegenheit warten? Am Freitag abend würde das ganze schwere Gepäck in die Flure hinausgestellt werden, damit die Ausschiffung am Samstag morgen möglichst reibungslos vonstatten ginge. Hardwick grinste. Er hatte eine Geschichte über eine Gruppe betrunkener Stewards gehört, die während einer Überfahrt in der Nacht vor der Ankunft die Flure entlanggetorkelt waren, sich aus einem Dutzend Koffer das herausgeholt hatten, was sie wollten, und die

Koffer selbst dann im Übermut über Bord geworfen hatten. Allerdings waren sie geschnappt worden. Das durfte ihm keinesfalls passieren. Die Koffer der Reilly und Exner würden ebenfalls geholt werden, und man würde die beiden nicht vermissen, bis das Schiff fast leer war. Dann würde das Gepäck irgendwo auf dem Pier herumliegen, ohne daß jemand danach gefragt hatte, und er selbst wäre längst über alle Berge. Hardwick stemmte sich vom Rand des Pools nach oben und entschied, daß es am Ende doch am besten wäre, bis Freitagabend zu warten. Je weniger Zeit man hätte, dem Verschwinden der Passagiere der Camelot-Suite nachzugehen, desto besser.
Lady Exner würde zweifellos eine Kosmetiktasche mit Hautcreme und Gott weiß welchen anderen nutzlosen Pflegemittelchen beiseite legen, um am Samstagmorgen wie üblich den hoffnungslosen Kampf gegen das Altern aufzunehmen. Den würde sie natürlich eigenhändig vom Schiff tragen wollen. Er, Cameron Hardwick, würde die Kosmetika einfach hinter ihr her ins Wasser befördern, zusammen mit der Kleidung, in der sie ihre geldgierigen Nichten zu begrüßen gedachte. Um ihre vertrockneten Zigaretten könnten sich die Haie streiten.
Hardwick griff nach dem Handtuch und begann, seine muskulösen Arme zu trocknen. Reilly war diejenige, die ihm möglicherweise einige Schwierigkeiten bereiten würde, dachte er. Sie sah aus wie eine Kämpferin, und da sie Detektivin war, war sie wahrscheinlich auch ganz schön schlau. Aber wenn er sie in der REM-Phase überwältigte, dann würde selbst ihre Schläue ihr wahrscheinlich nicht weiterhelfen. Er würde es keinesfalls zulassen,

daß irgend so ein blödes Weib seine Pläne durchkreuzte. Er stand vor dem Spiegel am Ausgang und kämmte sein glänzendes schwarzes Haar zurück. Befriedigt über sein Aussehen beugte er sich nieder, um die limonengrünen Wasserschuhe überzustreifen, die er zum Windsurfen gekauft hatte. Als er sie einmal am Strand von Jersey getragen hatte, hatte irgendein Idiot gerufen: »Hey, Kermit, wo ist Miss Piggy?« Cameron hatte sich zusammenreißen müssen, um ihm nicht eins über den Schädel zu geben. Das einzige, was ihn davon zurückgehalten hatte, war der Anblick einer Gruppe von Bierbäuchen, die sich auf ihren Handtüchern ausgestreckt hatten. Die Männer grinsten und beobachteten seine Reaktion, offenbar bereit, ihrem Anführer sofort zu Hilfe zu kommen.

Hardwick straffte die Schultern und zog sich den Bademantel an. Er verknotete den Stoffgürtel und verzog dabei gequält das Gesicht, da er das Gefühl hatte, daß der Gürtel ein wenig mehr an Umfang umschloß als gewöhnlich. Die paar Pfündchen waren mit bloßem Auge kaum erkennbar, aber ihm selbst war das außerordentlich lästig. Er haßte es, irgendwo ein Gramm zuviel zu haben, vor allem um seinen Magen herum. Die Rettungsringe sollte man lieber den Marios dieser Erde überlassen.

Als er auf dem Rückweg zu seiner Kabine langsam die Treppe hinaufstieg, dachte er an seinen großen Coup. Endlich war alles bis ins einzelne durchgeplant. Auf dem Deck wäre er fast in eine Gruppe kichernder, stark geschminkter junger Mädchen hineingeraten, die ihn mit Chicago-getuschten Wimpern voller Bewunderung anklimperten. Schade, schade, daß ich mich nicht mit einer von ihnen einlassen kann, dann wäre es nicht so langweilig, dachte er, während er vor der Tür seiner Kabine ankam. Drinnen klingelte das Telefon. Hastig zog er den Schlüssel aus seiner Tasche und stürzte hinein.

Der Anruf kam aus Oxford.

Ich kann einfach nicht glauben, daß es erst Dienstag ist, dachte Regan. Sie begleitete Veronica gerade auf ein Bingospiel in den Rittersaal. Plötzlich kam ihr das entsetzte Gesicht in den Sinn, das ihre Mutter gemacht hatte, als die Hellseherin ihren merkwürdigen Anfall bekommen hatte. Für Nora war das ein Moment des Schreckens gewesen.

Regan hatte Schuldgefühle, weil sie ihrer Mutter, die sich eigentlich hatte erholen wollen, jetzt auch noch Sorgen bereitete. »Solange wir unter demselben Dach leben, mache ich mir Sorgen, wenn du spät heimkommst, gleichgültig, wie alt du bist«, pflegte Nora zu sagen. »Wenn du in Kalifornien bist, dann weiß ich nicht, was du treibst – und das ist ja auch gut so.« Und dann hatte sie hinzugefügt: »Aber ich bete sehr viel.«

Ich hätte diesen Job niemals annehmen dürfen, dachte Regan. Es brennt mir auf den Nägeln, mich mit Athenas Fall zu beschäftigen. Ich hätte direkt nach New Jersey fliegen und mein Tagebuch heraussuchen sollen. Einmal hatte Athena sehr viel über den letzten Sommer gesprochen, den sie mit ihrer Tante, ihrem Onkel und ihren Cousinen verbracht hatte. Ich habe alles niedergeschrieben, was sie mir erzählt hat.

»Regan, Liebes, laß uns doch diesen Tisch hier nehmen!« Veronica wies auf einen niedrigen runden Tisch am Rande der Tanzfläche, um den vier Stühle standen.

»Da dies der Rittersalon ist, werden sich uns vielleicht ein paar Ritter in glänzenden Rüstungen anschließen.«
»Oh, ich glaube, die salzige Luft würde ihren Rüstungen nicht guttun, Veronica.« Regan lächelte, da ihr eingefallen war, wie sie und Kit einmal eine Fabrik für Ritterrüstungen in Graz besucht hatten. Kit hatte den Führer gefragt, ob die Fabrik wohl die Produktion eingestellt habe, weil die weibliche Bevölkerung in Hunderten von Jahren keinen einzigen Ritter gesehen hatte.
Als sie sich auf die braun gepolsterten Drehstühle setzten, sah Regan Kenneth und Dale in den Salon treten. »Ich hätte nie gedacht, daß ich euch beide hier treffen würde.«
»Oh, warum nicht?« antwortete Dale fröhlich. »Der Himmel ist bewölkt, und also dachten wir, wir gehen mal rein, nehmen ein paar Drinks und gewinnen hoffentlich ein bißchen Kleingeld.«
»Entzückend«, zwitscherte Veronica. »Setzen Sie sich doch.«
»Nur, wenn Sie meine Bingokarten heraussuchen, Lady Exner«, sagte Dale augenzwinkernd. »Ich weiß, daß Sie mysteriöse Kräfte haben. Das einzige, was Kenneth und ich je gewonnen haben, war ein Sechs-Monate-Abonnement für eine spanische Zeitung, und, überflüssig zu sagen, ›hola‹ und ›adios‹ sind die einzigen Wörter, die wir verstehen.«
Kenneth ergänzte: »Schließlich haben wir sie auf unsere Freundin Carmen überschrieben. Sie ist unsere Nachbarin, eine Spanierin aus Madrid. Am Sonntag kommt sie immer herüber, um mit Dale den exotischen Kaffee zu trinken, den niemand so wie er zubereiten kann, und sie liest uns die Überschriften vor.«

»Also war der Gewinn nicht ganz umsonst«, sagte Dale lachend und strahlte Kenneth an.
Veronica fegte das Geld der am Tisch Sitzenden mit der Hand zusammen und stellte sich erwartungsvoll an, um die Karten zu kaufen. Nach und nach begann der Raum sich mit Grüppchen von zwei oder drei Personen zu füllen. Auch ein paar Singles kamen, um die Gelegenheit zu nutzen, an diesem unterhaltsamen Spiel, einem der ältesten an Land oder auf dem Meer, teilzunehmen. Regan fragte sich, wie viele Kirchgänger wohl bis zum heutigen Tag jeden Freitag jemanden »N-thirtythree« oder »Zero-seventy-seven« rufen hörten. Am Ende rief immer jemand »Bingo!«. Bingo war stets das Lieblingsspiel von Regans Großmutter gewesen.
Der Schiffsdirektor, Duncan Snow, dessen Dauerlächeln Regan an eine Kürbislaterne erinnerte, nahm das Mikrophon in die Hand und kündigte an, daß sie sogleich beginnen würden. Die Spieler sollten doch freundlicherweise ihre Plätze einnehmen.
Veronica lehnte sich in ihrem Sitz zurück, mischte die Karten, die eigentlich kleine Zettelchen waren, und teilte sie mit der Geschicklichkeit eines Las-Vegas-Händlers aus. »Los geht's. Für die erste Runde zwei für jeden. Und hier sind einige Bleistifte. Keine Chips. Umrahmen Sie nur die Zahlen, die aufgerufen werden. Oh, hier ist die Kellnerin. Bestellen wir ein paar Drinks.« Sie wandte sich Kenneth und Dale zu. »Was hätten Sie gern?«
Die Kellnerin, eine Brünette in den Zwanzigern, sah aus, als hätte sie bis zum frühen Morgen in der Disco der Schiffsmannschaft getanzt. Sie nahm die Bestellung – vier Gin Tonic – auf und verschwand wieder.
»... six and six clickety click. Das ist richtig, Ladies und

Gentlemen. Zero-sixty-six clickety click«, rief Duncan Snow, während »Oohs« und »Aaahs« durch den Raum hallten.
Während er weitere Zahlen ausrief, wurde Regan sich darüber klar, daß sie nicht stolze Besitzerin einer Gewinnerkarte war. Die anderen in ihrer Gruppe hatten auch kein Glück. Duncan sagte »B-twelve« an.
Eine Kinderstimme am nächsten Tisch schrie: »Das ist meine, Mom! Bingo!« Der zweite Schiffsdirektor, Lloyd Harper, der, so schätzte Regan, ungefähr in ihrem Alter sein mußte, lächelte sie freundlich an, während er an ihrem Tisch vorbeiging, um die Karte des Jungen zu überprüfen. Regan lächelte zurück; sie war dankbar, daß Veronica noch immer vornübergebeugt dasaß. Diese tüftelte die verschiedenen Möglichkeiten aus, wie sie ein Bingo hätte machen können, wenn sie nur eine einzige Zahl mehr gehabt hätte.
Mehr Karten wurden gekauft und mehr Spiele mit verschiedenen Gewinnmöglichkeiten wurden gespielt. Der erste, der auf seiner Karte eine Reihenfolge von Zahlen, die ein X bildeten, umkreist hätte, würde den ganzen Gewinntopf einstreichen. Oder der erste, der sämtliche Zahlen am Rande umkreist hätte. Oder der erste, der ein L bilden konnte. Schließlich sagte Duncan an, daß das nächste Spiel das letzte sein würde und daß der Jackpot diesmal der größte des gesamten Tages sei. Alles rannte durcheinander, da die Leute, in der Hoffnung, das große Geld zu gewinnen, unbedingt noch zwei oder drei zusätzliche Karten kaufen wollten.
»Diesmal wird der Gewinner derjenige sein, der zuerst sämtliche Zahlen auf seiner Karte einkreist. Ja, genau. Sie müssen jede Zahl eingekreist haben.« Duncan strahlte.

Ich frage mich, ob es irgendeine Möglichkeit gibt, das Ganze zu türken, dachte Regan. Sie hatte gehört, daß der Schiffsdirektor mit irgendeinem Flittchen gemeinsame Sache mache. Die Frau tat so, als hätte sie gewonnen, und beide teilten sich dann den Gewinn. Sie schaute sich den Zehnjährigen an, der die gewonnenen Scheine mit beiden Händen festhielt. *Der* würde seine einhundert Dollar bestimmt mit niemandem teilen.

Duncan begann erneut, die Nummern auszurufen, wobei er bei jeder ein paar Worte oder einen kleinen Singsang hinzufügte. »N-twenty-six, let's pick up sticks. Let's pick up sticks, N-twenty-six.«

An der entgegengesetzten Seite des Salons saß Gavin zwischen zwei Frauen, deren Alter schwer zu schätzen war. Die Frau zu seiner Rechten hatte ihre Knie in seine gerammt. Die zu seiner Linken hatte eine verwirrende Art, ihn mit dem Ellenbogen gegen den Arm zu stoßen, sobald eine der Zahlen auf ihrer Karte genannt wurde. Sie wiederholte jede Zahl mit einer lauten, fragenden Stimme. Gavin mußte ihr bestätigen, daß das tatsächlich die genannte Zahl sei, aber da sein Blutdruck vor lauter Ärger ständig stieg, überhörte er gelegentlich die nächste ausgerufene Zahl. Das wiederum zwang ihn, die Leute am nächsten Tisch danach zu fragen, wodurch das ganze Spiel von neuem begann. Unangenehmerweise schrie die Dame zu seiner Linken auch mehrfach »Bingo«, wenn die genannte Zahl sich der ihren noch nicht einmal annäherte.

Sehr viel länger halte ich das nicht aus, dachte Gavin. O Gott, bitte laß dies die letzte Kreuzfahrt sein, an der ich teilnehmen muß. Zumindest füllt sich meine Karte schnell mit Kreisen. Es sind nur noch zwei Zahlen übrig.

Als die nächste Zahl aufgerufen wurde, und er energisch das vorletzte leere Quadrat auf der Karte einkreiste, hörte er Lady Veronicas vertrautes Trällern. »Ooh, ooh, mein Gott. Bingo! Ist das nicht toll?« Wer hat, dem wird gegeben, dachte er verärgert. Veronica war aufgesprungen und machte, während sie ihre Karte aufgeregt hin und her wedelte, im Rhythmus der Mikrophonstimme ein paar Tanzschritte. Dann stürmte sie nach vorn und nahm den Schiffsdirektor voller Begeisterung in die Arme. Lloyd Harper überprüfte ihre Zahlen und verkündete, daß sie vierhundertzweiundsechzig Dollar gewonnen habe. Die Anwesenden standen auf und applaudierten. Der eine oder andere äußerte mit halblauter Stimme seine Bereitschaft, morgen wiederzukommen und noch einmal sein Glück zu versuchen. »Ich habe dir doch gesagt, du solltest ein paar zusätzliche Karten kaufen«, hörte Regan einen alten Mann mit seiner Frau schimpfen. »Sie war direkt hinter uns, und wir hätten die Gewinnsträhne mitbekommen.«

»Ah, halt den Mund, Henry, du machst mich aber auch für alles verantwortlich«, zischte die alte Frau ihn an. »Im übrigen hast du mehr Geld, als du überhaupt verbrauchen kannst. Der Himmel weiß, daß du davon nie einen Pfennig für mich ausgegeben hast.«

Veronica ging zum vorderen Teil des Raumes und unterhielt sich mit Duncan, während Lloyd das Geld abzählte. Dale lachte und sagte: »Ich wußte, daß sie eine Gewinnkarte herausholen würde – ich hatte nur gehofft, daß es meine wäre. Übrigens, Regan, sie hat mit mir darüber gesprochen, ein paar Antiquitäten für Llewellyn Hall zu kaufen. Ob sie es wohl ernst meint, oder ob das nur so eine Art Cocktailgeschwätz war?«

»Na ja, sie hat vor zehn Jahren darüber gesprochen, ein paar Abflußrohre und Elektrizitätsleitungen erneuern zu lassen, und jetzt allmählich ist der Zeitpunkt gekommen, zu dem sie es endlich realisiert. Man muß so eine Art Marco Polo sein, um die einzige Toilette in dem Gebäude zu finden, die funktioniert, und dann stöhnt und ächzt es noch zwanzig Minuten, nachdem du die Spülung betätigt hast, durchs ganze Haus. Ich glaube, wenn sie es sagt, dann meint sie es auch wirklich, aber ich möchte bezweifeln, daß sie es noch zu ihren Lebzeiten schafft, die Räume renovieren zu lassen.«

»Oje!« jammerte Kenneth, »da geht unser Vorwand flöten, in diesem Herbst noch einmal nach London zurückzufahren.«

»Das wäre wirklich mal nett gewesen«, ergänzte Dale. »Aber das war der Grund, warum sie mich eigentlich eingeladen hat. Wo genau in Oxford befindet sich Llewellyn Hall?«

»Am Rande der Stadt, in einem sehr vornehmen Viertel«, antwortete Regan.

»Oh, es ist schön dort. Wieviel Landbesitz hat sie denn?«

»Etwas über fünfhundert Acres.«

»Du machst wohl einen Witz?« sagte Dale, dem vor Erstaunen der Mund offenstehen blieb.

»Nein, warum?«

»Vor ungefähr sechs Jahren habe ich mit einem Innenarchitekten zusammengearbeitet, der dort ein Haus eingerichtet hat. Die Leute hatten für nur zwanzig Acres ein Vermögen bezahlt. Veronica hat so viel Geld, und sie macht einen Luftsprung, wenn sie nur ein paar hundert Dollar gewinnt?«

»Veronica und ihr Neffe sind zwei der seltsamsten Men-

schen, die ich jemals getroffen habe«, antwortete Regan. »Außer für ihre Reisen verbraucht Veronica nicht viel Geld, und ich glaube nicht, daß sie weiß, wieviel Wert das Anwesen hat. Und alles, was ihren Neffen interessiert, ist, möglichst viele Blumen in den Garten zu pflanzen.«
»Wer wird denn das Ganze eigentlich erben?« bohrte Kenneth.
Regan zuckte mit den Achseln. »Ich nehme an der Neffe.«
»Sie hat mir erzählt, sie wolle irgendeine Nichte besuchen«, fuhr Kenneth fort. »Sie bat mich, ihr die Haare zu machen, bevor sie in New York an Land geht.«
»Eigentlich ist es eine Cousine zweiten Grades; sie fing an, an Veronica zu schreiben und hat ihr Familienfotos geschickt. Veronica hat sie nie getroffen, aber sie hat ihr Bilder von sich, ihrem Neffen, seiner Verlobten und Llewellyn Hall geschickt.«
»Was *macht* denn diese zweite Cousine eigentlich?« fragte Dale.
»Ich nehme an, sie hat gerade ihren Job verloren – so hat sie Zeit, um Veronica herumzuführen.« Regan runzelte die Stirn. »Veronica hat mir erzählt, sie habe in einem Maklerbüro gearbeitet.«
Kenneth zog zum zweiten Mal in jener Stunde die Augenbrauen in die Höhe, und Dale biß sich auf die Lippen.
»Nun, irgend jemand scheint hier sehr viel Sinn für die Realitäten zu haben«, bemerkte Dale. »Wenn ich der Neffe wäre, rein theoretisch, dann würde ich ziemlich nervös werden.«

Sylvie tänzelte in ihrer Kabine herum, sprühte sich Parfüm auf den Puls und sang aus voller Kehle den Schlager »Money, money, money ...«, ohne allerdings genau den Text zu kennen.
Als sie in ihr cremefarbenes Cocktailkleid stieg, wurde ihr plötzlich klar, daß sie seit langer Zeit vor einer Verabredung mit einem Mann nicht mehr so aufgeregt gewesen war. Seit allzulanger Zeit. Milton war wirklich unglaublich nett. Und was für ein Gentleman! Allerdings hatte sie bisher, wenn sie mit ihm zusammen gewesen war, immer sehr gemischte Gefühle gehabt; einerseits war sie sehr glücklich gewesen, und andererseits hatte sie sich plötzlich an das erinnert gefühlt, was sie seit Harolds Tod immer vermißt hatte. Den anderen Trottel, der ihr Ehemann gewesen war, vergaß sie besser. Er zählte nicht. Aber die Jahre, die sie mit Harold verbracht hatte, waren etwas ganz Besonderes gewesen.
Diesen Nachmittag hatte Milton, ohne es zu wissen, in ihr endlich wieder einmal das Gefühl erweckt, wie gut es sein kann, wenn man mit einem Menschen zusammen ist, den man wirklich mag. Als Violet, die alte Schreckschraube, sich für ein Schläfchen zurückgezogen hatte, waren Sylvie und Milton zu einem Spaziergang um das Deck herum gegangen. Ein kühler Wind wehte, und er hatte seinen Pullover ausgezogen und ihn ihr um die Schultern gelegt. Sie hatte sich gefühlt wie ein Cheer-

leader-Mädchen an der High-School, das gerade die Fußballjacke von ihrem Freund bekommen hat.
Jetzt laß dir die Sache bloß nicht gleich zu Kopf steigen, dachte Sylvie, während sie den Haken an ihrem Kleid schloß. Aber hoffentlich ist ein bißchen von meinem Parfüm in seinem Pullover haften geblieben. Wenn er ihn wieder trägt, wird er sich an mich erinnert fühlen. Nichts ist so gut wie ein Duft dazu geeignet, Erinnerungen zurückzubringen.
Sylvie schaute auf ihre Uhr. Sechs Uhr fünfundvierzig. Ich sollte jetzt besser losgehen, dachte sie, und plötzlich mußte sie an die vielen Gelegenheiten denken, als sie sich auf den Käpten-Parties so schrecklich allein gefühlt hatte. Wie deprimierend das gewesen war. Nun, heute abend würde es anders sein. Sie wollte sich oben mit Milton und Violet treffen und würde Violet dann den Leuten an ihrem Tisch, vor allem Lady Exner, vorstellen. Wenn Violet dort nicht hängenblieb, würde sie Gavin bitten, Violet ein wenig zu unterhalten. Als sie das für sich so weit geklärt hatte, trug sie neuen Lippenstift auf und begann zu singen: »Tonight, tonight won't be just any night ...«
Nora half Luke mit den Manschettenknöpfen an seinem Smokinghemd.
»Ich weiß nicht, wie die Typen, die allein leben, das hinkriegen«, sagte er.
»Nun, ich werde dir keine Chance geben, das herauszufinden«, sagte Nora und strahlte ihn an. »Du siehst so gut aus – vor allem in Schwarz.«
»Also, Regan würde jetzt sagen: ›Das ist gut fürs Geschäft.‹« Luke lächelte sie ebenfalls an und beugte sich zu ihr herunter, um sie zu küssen.

Nora runzelte die Stirn. »Luke. Ich mache mir solche Sorgen um sie.«

Luke wurde plötzlich bewußt, daß er Regans Namen auf keinen Fall hätte erwähnen dürfen. Nach der Sitzung der Wahrsagerin an jenem Nachmittag war Nora völlig mit den Nerven fertig gewesen. Mit großer Mühe hatte er es geschafft, sie ein wenig zu beruhigen, und jetzt schien sie sich erneut schrecklich zu ängstigen.

»Liebes, wir werden doch nur noch ein paar Tage hier auf dem Schiff verbringen, und dann wird sie wieder arbeiten und sich wieder mit richtigen Kriminellen befassen. Danach ist es dann noch genug Zeit, sich Sorgen zu machen. Nicht, wenn sie eine harmlose alte Frau in der besten Suite des Schiffes betreut.« Er nahm sie in die Arme. »Jetzt überleg dir doch noch mal, wen sie eigentlich hätte heiraten sollen.«

Nora lachte ein wenig zögernd und knuffte ihn zärtlich in die Seite. »Okay, du altes Ekel. Aber ich werde wirklich erleichtert sein, wenn wir alle dieses Schiff sicher verlassen haben.«

»Ich auch. Ich bin neugierig, Regans Meinung über den grünen Aufbahrungssaal zu erfahren.«

Regan folgte Veronica aus ihrer Suite heraus. Da Regan eigentlich nicht erwartet hatte, die Heimreise auf einem Luxusdampfer zurückzulegen, hatte sie nur ein einziges elegantes Kleid dabei. Es war ein einfaches schwarzes Cocktailkleid, das sich deutlich von Veronicas silbernem Taftballkleid abhob, demjenigen, das sie am Abend zuvor nicht hatte anziehen können. Was ich jetzt noch brauche, ist eine weiße Schürze, und die Leute werden denken, daß ich ihr Zimmermädchen bin, dachte Regan. Als sich der Reifrock von Veronicas Kleid unglücklicherweise in der Fahrstuhltür verfing, drückte Regan hektisch sämtliche Knöpfe. Sie hätte sich keine Sorgen zu machen brauchen. Als sie es schließlich geschafft hatte, den festen, steifen Stoff aus der summenden, klingelnden Tür zu befreien, sprang der Reifen sofort in seine ursprüngliche Form zurück. Aha, knitterfest, dachte Regan erstaunt. Das müssen die Geister der Modepolizei gewesen sein, die versucht haben, das kunstvolle Gebilde zu zerstören.

»Oje!« rief Veronica. »Danke, Regan. Ich bin so froh, daß es nicht zerrissen ist.«

Zerrissen? dachte Regan. Das Ding ist aus US-Stahl. »Kein Problem. Du siehst wirklich hübsch aus, Veronica.«

»Du auch, meine Liebe. Aber ich würde dich zu gern mal zum Einkaufen mitnehmen und dir etwas wirklich Elegantes kaufen. Du würdest beispielsweise in einem solchen Kleid wirklich hübsch aussehen. Kaum zu glauben, daß ich es von der Stange gekauft habe, nicht wahr?«

Doch, dachte Regan. Das glaube ich dir aufs Wort.

Gavin betrat ziemlich nervös den Queens-Salon. Im Hintergrund spielte leise die Band. Der Kapitän und seine führenden Mitarbeiter, wie aus dem Ei gepellt in ihren weißen Uniformen, standen in einer Reihe, um die Erste-Klasse-Passagiere zu begrüßen. Der Schiffsfotograf hielt seine Ausrüstung bereit, um die Passagiere, die an dem Kapitän vorbeidefilierten, zu fotografieren. Solche Fotos waren auf diesen Kreuzfahrten eine prächtige Geldquelle. Obwohl sie unverschämt teuer waren, konnten nicht viele Touristen widerstehen, ein solches Erinnerungsstück zu kaufen. Einige Leute kauften die Fotos allerdings vor allem deshalb, damit sie aus den Schaukä-

sten, wo sie den kritischen Blicken der Mitreisenden ausgesetzt waren, verschwanden.
Heute abend sollte ich mich mal mit ein paar netten Leuten zusammentun, dachte Gavin. Wenn ich das Armband nicht bald bekomme, dann werde ich eine Menge Zeit nur mit Veronica verbringen müssen. Eine Welle von Angst durchlief seinen Körper. Er zwang sich zu lächeln und ging zum Kapitän hinüber, um ihn zu begrüßen. Er streckte ihm die Hand hin. »Guten Abend, Sir.«
Da Veronica sich so sehr beeilt hatte, rechtzeitig zu der Party zu kommen, waren sie und Regan unter den ersten in der Schlange von Personen, die der Kapitän begrüßte. Innerhalb weniger Minuten nach ihrer Ankunft erstreckte sie sich bis hinter die Tür und an der Lancelot-Bar vorbei. Pflichteifrig legte der Kapitän die Arme um Veronica und Regan; Veronica zwitscherte »Cheese«. Obwohl der Kapitän wirklich seinen ganzen Charme aufbot, war Regan froh, als der Austausch von Höflichkeiten vorüber war. Da Veronica versuchte, sich noch ein wenig in seiner Nähe aufzuhalten, nahm Regan ein Glas Champagner von einem vorbeigehenden Kellner und sah sich um. Die zuerst Angekommenen hatten bereits die Sessel und Sofas, die in Hufeisenform um die Tanzfläche angeordnet waren, in Beschlag genommen.
»Oh, Regan, komm hier herüber!« Regan wandte sich nach links und sah Sylvie, die zu ihnen herüberwinkte. Sie saß auf einem der Sofas neben einer älteren Dame.
»Veronica, laß uns hinübergehen und Sylvie guten Tag sagen.«
»Ja, Liebes, gute Idee.«
Als sie hinübergingen, begann die Band eine Version

von »Chattanooga Choo-Choo« zu spielen, begleitet durch reibende Geräusche, die von dem Schlaginstrument eines Trommlers, das wie ein Miniaturbesen aussah, gemacht wurden. Zwar haßten die meisten jungen Leute diese Art von Musik, die gewöhnlich auf Hochzeiten gespielt wurde, aber Regan erschien sie plötzlich irgendwie reizvoll. Sie sah, daß ein Paar sich auf die Tanzfläche begeben hatte; die beiden alten Leutchen begannen mit einer einfachen Schrittfolge, faßten sich an den Händen und wirbelten herum. Jeder kannte, ohne hinschauen zu müssen, die Bewegungen des anderen, und sie tanzten so harmonisch miteinander, wie sie es wahrscheinlich schon in den letzten vierzig Jahren getan hatten. Wenn ich erst einmal meinen vierzigsten Hochzeitstag mit jemandem feiere, dachte sie, dann wird wahrscheinlich die einzige Möglichkeit, wie wir uns über die Tanzfläche bewegen, die sein, daß uns jemand im Rollstuhl vor- und zurückschiebt. Auf dem Wege zu Sylvies Tisch stolperten ein Tänzer und ein Kellner über Veronicas Reifrock.

»Lady Exner.« Die Dame, die neben Sylvie saß, sah voller Bewunderung hoch.

»Ja, Sir Gilbert Exners Witwe.« Veronica liebte es, wenn sie als Sir Gilbert Exners Witwe vorgestellt wurde.

Man machte sich gegenseitig bekannt, und Veronica setzte sich auf den Stuhl, der Violet am nächsten stand. Sylvie glüht ja richtig, dachte Regan, als sie sich in den Stuhl gegenüber von Veronica und neben Milton setzte. Nach und nach füllte sich der Raum. Kellner mit weißen Handschuhen reichten Champagner, die Band spielte unablässig, und der Lärmpegel ähnelte bald dem auf einer Hauptverkehrsstraße. Lachen und Stimmengewirr erfüllten den Raum; die Gäste bewunderten gegenseitig ihre Kleidung und nahmen endlich, in dieser Atmosphäre von heiterer Geselligkeit, die Chance wahr, mit Mitreisenden, die sie noch nicht offiziell kennengelernt hatten, ins Gespräch zu kommen.

Cameron Hardwick lehnte gegen eine Säule und trank seinen Champagner in kleinen Schlucken. Ab und zu sah er verstohlen zu Veronica und Regan hinüber. Das zukünftige Treibgut, dachte er. Hoffentlich trägt sie am Freitag abend nicht dieses komische Kleid. Es würde auf dem Weg seitlich am Schiff hinab als eine Art Fallschirm dienen. Sie würde tagelang auf der Wasseroberfläche treiben. Er sah, daß die alte Tucke von heute nachmittag und Veronica zu ihm herüberschauten; offensichtlich sprach man über ihn. Mein Gott, dachte er wütend, das ist das letzte, was ich brauchen könnte.

»... ich weiß nur, daß der junge Mann uns vor über zehn Jahren in einem Hotel als Kellner bedient hat«, vertraute Violet Veronica an. »Das war, nachdem mein lieber Bruce gestorben war. Heute nachmittag, als ich ihn daraufhin ansprach, behauptete er steif und fest, daß er nie in Griechenland gewesen sei, aber ich bin sicher, daß das nicht stimmt. Es war im August neunzehnhunderteinundachtzig. Wir hatten einen Tisch am Fenster und bestellten gefüllte Garnelen, aber es waren keine mehr da. Als ich mich nicht entschließen konnte, was ich bestellen wollte, wurde er sehr ungeduldig. Wenn ich daran denke, wieviel Geld wir bezahlt haben, um in jenem Hotel zu wohnen«, sagte Violet naserümpfend.

»Wir haben gestern abend beim Abendessen über Griechenland gesprochen, und er hat behauptet, er sei dort nie gewesen«, erwiderte Veronica.

»Ich sag' Ihnen, ich weiß, daß er es war«, erklärte Violet mit Nachdruck. »Ich habe noch nie ein Gesicht vergessen.«

Veronica lächelte. »Im Grunde ist er ganz nett. Gestern abend hat er mich auf dem Deck spazierengeführt und mir sogar seinen Arm angeboten. Er hat so etwas Beschützendes! Vielleicht fragen Sie ihn einfach noch einmal am Donnerstagabend. Ich denke, ich werde vor dem Dinner eine kleine Cocktailparty in unserer Suite geben. Ich lade jeden an unserem Tisch ein, und ich wäre entzückt, wenn Sie und Ihr Bruder sich uns anschließen würden. Ich würde Ihnen zu gern Bilder von Sir Gilbert und Llewellyn Hall zeigen.«

Violet sah aus, als wäre das Furunkel auf ihrer Pobacke endlich aufgegangen. »Es wird uns ein Vergnügen sein.«

Mir kommt es vor, als wären wir überhaupt nicht von unserem Stuhl aufgestanden, dachte Regan, als sie zum Abendessen ihren Platz einnahm. Hier sind wir also alle wieder versammelt, um unsere Erfahrungen vom ersten Tag unserer Kreuzfahrt auszutauschen. Tatsächlich dauerte es nicht allzulange, bis sich ein lebhaftes Gespräch entwickelte.

»Sind Sie jemals in Seetang eingewickelt worden?« sagte Immaculata. »Ich kann es Ihnen nur empfehlen. Es ist ein herrliches, prickelndes Gefühl.«

Veronica sah sie fasziniert an. »Das klingt ja wunderbar. Und wie geht das?«

Man muß zuerst einmal die sieben Meere auch noch der allerletzten Pflanzenreste berauben, damit die Körper von Menschen, die zu faul sind, um ordentlich Gymnastik zu machen, damit zugedeckt werden können, dachte Gavin.

»Also«, begann Immaculata aufgeregt, »Sie müssen zunächst einmal im Schönheitssalon ein Stockwerk tiefer einen Termin machen. Am besten machen Sie das bald, denn die sind immer ziemlich ausgebucht.«

»Regan, wir dürfen nicht vergessen, morgen früh als erstes anzurufen«, rief Veronica begeistert und wedelte mit dem Zigarettenhalter hin und her.

»Es riecht zwar ein bißchen nach Fisch«, sagte Immaculata naserümpfend, »aber das ist die Sache wert. Die

Kosmetikerin schmiert Sie von Kopf bis Zeh mit einer cremigen grünen Paste ein, wickelt Sie in Plastiktücher und Wärmedecken und läßt Sie eine halbe Stunde zum Ausruhen liegen, während der Seetang die Gifte aus Ihren Poren zieht. Nachdem die Paste dann mit der Dusche abgespült worden ist, bekommen Sie eine Massage, während Sie sich Musik Ihrer Wahl anhören. Ich kann Ihnen sagen, Sie fühlen sich wie neugeboren.«

»Ich hab' ihr gesagt, das wäre schon in Ordnung, solange sie in ihrem tiefsten Herzen dieselbe Marie Immaculata bleibt, die ich geheiratet habe«, erklärte Mario, während er sein Brötchen mit Butter bestrich. »Ich möchte wirklich nicht, daß du mir jetzt mit einem der jungen Schiffsoffiziere davonläufst.«

Die Wahrscheinlichkeit ist nicht allzugroß, dachte Hardwick.

Immaculata klopfte ihm liebevoll auf den Rücken und lachte. »O Mario!« Dann beschrieb sie in allen Einzelheiten ihre Gesichtsmaske. »Das, was mich so ärgert, ist, daß sie glauben, wenn sie etwas Schlechtes über deine Haut sagen, dann kriegen sie dich dazu, alle ihre Produkte zu kaufen. Das Mädchen hat mir erzählt, ich hätte Probleme mit meinen Kapillargefäßen und hat mir dann eine Creme vorgeschlagen, die fünfundsiebzig Dollar kostet. Kannst du dir das vorstellen?«

Mario murmelte: »Nun, du hast sie doch *gekauft,* nicht wahr, Liebling?«

»Was hätte ich denn anderes tun sollen? Sie haben mir garantiert, daß meine Haut, wenn die Tube aufgebraucht wäre, babyweich und glatt sein würde.«

Leider kannst du sie ja nicht zurückgeben, wenn sie nicht wirkt, dachte Regan. Wenn du schließlich herausgefunden hast, daß die Probleme mit deinen Kapillargefäßen noch immer bestehen, dann schwimmt das Schiff irgendwo in der Südsee.

»Wußten Sie«, fuhr Immaculata unbeirrt fort, »daß es sehr wichtig ist, sich jeden Morgen von Kopf bis Fuß mit einer Bürste aus Naturborsten abzubürsten? Unsere Haut sollte mehr als zwei Pfund tote Zellen pro Tag abwerfen.«

»So haben sie ihr also eine von diesen Bürsten verkauft, die zufällig gerade für fünfunddreißig Dollar im Sonderangebot zu haben sind«, murmelte Mario und betrachtete prüfend eine Sesam-Knabberstange.

»O Mario«, sagte Immaculata und tätschelte seine Wange. »Nein, wirklich, es ist *so* wichtig, daß wir die Haut abbürsten. Vor allem dort, wo sie rauh ist, wie an den Ellenbogen, den Hacken, den Knien. Man sollte sich morgens, wenn man aufsteht, und abends, wenn man ins Bett geht, wie eine Schlange häuten. Das Mädchen hat mir erzählt, daß eine Matratze, wenn sie ein paar Jahre lang gebraucht worden ist, zwanzig Pfund mehr wiegt als zu der Zeit, als sie neu war. Das kommt von den vielen toten Hautzellen, die sich darin angesammelt haben. Stellt euch vor, es ist, als schliefe man mit einer Leiche«, beendete Immaculata ihre Erzählung mit glänzenden Augen.

Immerhin aufregender, als mit meiner Exfrau zu schlafen, dachte Gavin.

Cameron Hardwick lag etwas sehr Zynisches auf der Zunge. Er preßte die Lippen aufeinander.

»Cameron, mein Lieber«, flötete Lady Exner. »Ich habe es den anderen auch schon gesagt. Am Donnerstag abend werden Regan und ich in unserer Suite eine Cocktailparty geben. Ich hoffe, Sie können kommen. Wir haben eine phantastische Aussicht...«

Nicht mehr lange, meine Beste, dachte Hardwick düster. Er lächelte sie an. »Danke. Ich werde kommen.« Geradezu perfekt. Die Suite auf der anderen Seite des Flures hat wahrscheinlich denselben Grundriß, aber unter diesen Umständen weiß ich natürlich noch genauer, was ich am Freitag abend zu erwarten habe.

»Wunderbar«, rief Veronica. »Das bedeutet, daß jeder hier kommen wird, zusammen mit ein paar anderen netten Leuten, die wir heute abend kennengelernt haben, und vielleicht noch einigen, die wir noch kennenlernen werden. Nach dem Abendessen werde ich schnurstracks nach oben gehen, um zu planen, welche Hors d'œuvres es geben soll.«

»Das ist meine Spezialität.« Gavin bebte wie ein Wasserkessel, bevor er endlich zum Kochen kommt. »Ich habe viele der Parties für berühmte Leute organisiert, die mein Radiosender gesponsert hat. In der Tat« – er wandte sich um und zwinkerte Regan zu – »eine berühmte Autorin, die hier nicht genannt werden soll, hat immer ganz besonders für die Kammuscheln auf Schinken geschwärmt, die ich alle Jahre wieder für unsere Weihnachtsparty bestellt habe...«

Ich glaube, Nora ist tatsächlich mal zu so einer Party gegangen, dachte Regan.

»Und natürlich habe ich an Bord unseren Gästen sehr häufig geholfen, private Soirees zu planen. Lady Exner, ich wäre glücklich, Ihnen heute abend ein wenig zur Seite stehen zu können. Ich bin sicher, Regan würde sich gern ein wenig unter das jüngere Völkchen in der Disco mischen...«

Welches *jüngere Völkchen?* dachte Regan.

Gavin bemerkte, daß seine Achseln tropfnaß waren. Er fühlte sich ein wenig schwindlig. Veronica war einverstanden. »Sie sind wirklich zu freundlich«, rief sie. »Wir haben Glück gehabt, daß wir mit Ihnen an einen Tisch gesetzt worden sind. Findest du nicht auch, Regan?«

»Sehr viel Glück.«

»Ich bin sicher, Regan wird mit Freuden die Gelegenheit wahrnehmen, ihren Horizont zu erweitern, indem sie sich heute abend mal die Disco anschaut, nicht wahr, Regan?«

»Ich bin immer darauf aus, meinen Horizont zu erweitern.«

»Gut. Das wäre also geregelt. Mr. Gray wird mit mir zusammen unsere Party planen, und du wirst dich unter das Völkchen mischen.« Veronica machte eine weit ausladende Geste mit der Hand. »Vielleicht tanzt du ja mal mit dem jungen Mann, der dich beim Bingo angelächelt hat.«

Schweinelendchen in Blätterteig sind schon immer eines meiner Lieblings-Hors d'œuvres gewesen«, sagte Veronica und ließ sich neben Gavin auf die Couch plumpsen. »Leider finden einige Leute sie ziemlich ordinär. Sir Gilbert mochte sie auch immer so gern. Ich werde es nie vergessen, wie er einmal eines in den Mund gesteckt hat und seine Augen plötzlich ganz glasig wurden. Ich kriegte es mit der Angst zu tun und begann, ihm wie wild auf den Rücken zu klopfen.«

Gavin wartete gespannt auf das Abschlußkapitel aus Sir Gilberts Leben.

Veronica seufzte. »Aber er war völlig in Ordnung. Er hatte nur mit offenen Augen ein kleines Nickerchen gemacht. Wenn man älter wird, dann kommt das häufiger mal vor. Das war kurz vor seinem Tode, und die Gesundheit des armen Kerls verschlechterte sich rapide. Ich war nur froh, daß er, ein paar Tage bevor er diesen Planeten zu einem unbekannten Ziel verließ, die Gelegenheit hatte, eine seiner Lieblingsspeisen zu genießen.« Veronica hielt inne, öffnete die Spezialspeisekarte für private Parties und lächelte in sich hinein. »Glücklicherweise hat er seine Lieblingsspeise nur ein paar Augenblicke, bevor er starb, noch ein letztes Mal genießen können.«

Sie wandte sich Gavin zu und sah ihn mit leuchtenden Augen an. »Sie sind ein sehr attraktiver Mann, Gavin.«

Mein Gott, genau das habe ich befürchtet, dachte Gavin. Ich muß sie unbedingt davon ablenken. Verdammt noch mal, jeder einzelne Penny, den ich für das Armband bekomme, ist wirklich sauer verdient. Er sah an der Bar eine Flasche Mineralwasser.

»Apropos Gesundheit«, stotterte er und erhob sich aus seinem Sessel. »Ich wette, Sie haben heute noch nicht ihre sechs bis acht Gläser Wasser getrunken. Darf ich Ihnen etwas einschenken?«

»Zu solchen Anlässen ziehe ich Champagner vor«, gurrte Veronica.

Gavin ging zur Bar, öffnete eine dunkelgrüne Flasche Pellegrino und goß hastig deren prickelnden Inhalt in zwei Gläser. Das Mineralwasser schäumte auf und floß über den Rand. Er nahm eine Papierserviette und tupfte die Feuchtigkeit auf. Als Veronica das Glas mit strahlendem Lächeln entgegennahm, lachte er nervös. Er dachte daran, daß sie ein paar Whiskys, einige Gläser Wein und einen Cappuccino zum Abendessen getrunken hatte. Wenn sie jetzt noch ein paar Gläser Wasser zu sich nähme, dann würde sie früher oder später zur Toilette gehen müssen, und wenn er Glück hätte, dann würde es Minuten dauern, bis sie das Kleid um die Toilettenbrille herumdrapiert hätte.

Veronica lehnte sich auf der Couch zurück, klopfte auf das Kissen neben sich und winkte Gavin zu sich heran. »Außer den Schweinefilets in Blätterteig sollte man auf jeden Fall ein Rad Brie bestellen – meinen Sie nicht?«

Regan, endlich einmal allein, schlenderte durch das Casino und hoffte, irgendwo ihre Eltern zu entdecken. Als sie selbst und ihre Tischnachbarn aufgestanden waren, hatten Luke und Nora den Eßsaal schon verlassen. Regan hatte versucht, sie anzurufen, aber wie erwartet, waren sie nicht in ihrer Kabine. Als Regan an den Spielautomaten vorbeiging, hörte sie ein lautes Klingeln und das metallische Rasseln von Münzen, die in das Auffangtablett des Automaten hineinprasselten. Gerade hatten sich drei Kirschen als Gewinnkombination gezeigt. Ein teilnahmslos aussehender Mann, eine Zigarre im Mundwinkel, fegte die Münzen mit der Hand in einen Pappbecher. Wieviel auch immer man an diesen Dingern verlieren mag, dachte Regan, die meisten Spieler können nicht aufhören, bevor sie nicht ihr ganzes Kleingeld verspielt haben. Regan hatte gehört, daß es am besten wäre, an den Automaten in der Nähe der Eingänge zu spielen. Dort konnte man angeblich am meisten gewinnen. Das Geräusch der Glöckchen, die bei jedem Gewinn klingeln, zieht die Passagiere an, die gerade vorbeikommen, und die Schiffahrtsgesellschaft hofft wahrscheinlich, daß sie wie der Pawlowsche Hund reagieren. Die Siebzehnundvier-Tische waren alle besetzt. Regan bemerkte, daß auch Cameron Hardwick sich bereits an einem dieser Tische niedergelassen hatte und die Kellnerin ihm gerade einen Drink servierte. Mit *dem* möchte ich wirklich nichts zu tun haben, dachte sie. Sie verließ das Casino und schlenderte durch den Korridor, in dem die Schaukästen für die Fotos hingen. Morgen würden sie mit den Bildern der Passagiere gefüllt sein, die heute abend an der Käptens-Party teilnahmen. Sie erinnerte sich daran, daß Veronica unbedingt noch einen Satz Bilder zusätzlich bestellen wollte; sie sei sicher, hatte sie gesagt, daß ihre neuen Verwandten ebenso wie Philip und Val auch ein paar Abzüge haben wollten. »Val hat kürzlich auf dem Dachboden ein paar alte Familienfotos entdeckt«, hatte Veronica erzählt, »die sie jetzt rahmen läßt. Die Porträts von Sir Gilberts erster Frau möchte ich natürlich nicht immer vor der Nase haben. Sie sah wirklich recht nett aus, aber ich habe keine Lust, mich immer wieder daran erinnern zu lassen, daß es in Sir Gilberts Leben noch eine andere Frau gegeben hat. Schade eigentlich, denn es gibt ein wunderschönes Foto von Sir Gilbert, als er jung war, aber sie ist auch drauf...«

Regan stand im Türrahmen des Rittersalons und sah hinein. Seltsam, wie verändert der Salon am Abend aussah. Das elektrische Licht war gedämpft, auf allen Tischen flackerten Kerzen, und die Passagiere, die noch vor wenigen Stunden im selben Raum in Sportkleidung Bingo gespielt hatten, waren nun ausnahmslos gut angezogen. Kein Wunder, daß romantische Beziehungen vor allem am Abend angeknüpft werden, dachte Regan. Die Leute sehen bei Kerzenlicht einfach besser aus. »Wirst du mich auch morgen noch lieben?« – so oder so ähnlich lautete der Text vieler Schlager. Hmm, wahrscheinlich nicht.

Ein Zauberer hatte gerade seine letzte Nummer vorgeführt und kündigte an, sich in wenigen Minuten in Luft aufzulösen. Die Band begann zu spielen, und mehrere Paare begaben sich auf die Tanzfläche. Eine Sängerin gurrte: »Ha-hast du ihr gesa-agt, daß du sie lie-iebst?... und daß du sie so sehr vermi-ißt...« Es ist Zeit, in die Disco hinunterzugehen, dachte Regan, und sich mal das ›jüngere Völkchen‹ anzuschauen.

Auf dem Weg ergriff sie hastig das Treppengeländer, da das Schiff mit einem Ruck zur Seite abzusinken drohte. Sie fühlte sich wunderbar entspannt. Es war herrlich, einmal allein zu sein und ein wenig Zeit zum Nachdenken zu haben. Das Abendessen hatte sich furchtbar lange

hingezogen, und sie hatte keine Lust gehabt, noch länger Konversation zu machen.
Sie nahm an einem der Tische Platz, die ein paar Reihen von der Tanzfläche entfernt standen. Verspiegelte Kugeln drehten sich wie Kreisel und malten farbige Kreise und Punkte auf Decke, Fußboden und Wände. Als wenn man durch das ewige Schaukeln nicht schon schwindlig genug wäre, dachte sie. Die Discomusik dröhnte ihr in den Ohren. »So many men, so little time...« Das ist hier ganz bestimmt nicht das Problem, dachte Regan und ließ ihre Blicke durch den Raum schweifen. Vielmehr: So wenige Männer und so viel Zeit. Auf dem Festland hätte sie den Gedanken, allein in eine solche Disco zu gehen, abscheulich gefunden, aber das Leben auf dem Schiff schien manches auf den Kopf zu stellen. »Wir haben uns auf dieser Reise zu einer großen Familie zusammengefunden; wir knüpfen neue Freundschaften und werden einigen unserer neuen Freunde bis zum Ende unseres Lebens Weihnachtskarten schicken«, hatte der Kapitän in der Kaminstunde verkündet. Offensichtlich war er in den Klang seiner eigenen Stimme verliebt. Die Passagiere hatten schon eine ganze Serie solcher Monologe über sich ergehen lassen müssen, und dies war erst der zweite Tag auf See. Bei jeder Gelegenheit griff er zum Mikrophon, und sei es nur, um den Passagieren zu sagen, wo das Schiff sich augenblicklich befand und wie viele Seemeilen bereits zurückgelegt worden waren, wie weit entfernt die nächstliegende Küste war und so weiter. Wenn Regan aus dem Fenster blickte, dann sah sie immer dasselbe, gleichgültig, welche Information der Kapitän dazu zum besten gab. Die Musik spielte gerade: »Eine Seefahrt, die ist lustig...«

»Ein Drink, Madam?«
Regan schaute auf. Madam. Ich könnte ihm den Hals umdrehen. Sie bestellte bei dem jungen Kellner, der sich mit seinem Bürstenschnitt und dem Schnauzbart offenbar außerordentlich männlich fühlte, einen Wodka und Tonic. Sie hatte sich angewöhnt, sich einige ihrer Gedanken und Überlegungen in ein Notizbuch zu schreiben. »Livingston/Beileidsbrief« schrieb sie. Morgen würde sie Livingston um die Adresse von Athenas Eltern bitten. Sie wollte ihnen schreiben.
»Hallo.«
Regan blickte auf und lächelte Lloyd, den Bingo-Spielhelfer, an. Er stand vor ihr und sah in seiner weißen Kleidung strahlend und jungenhaft aus. Es geht doch nichts über einen Mann in Uniform, dachte sie.
»Darf ich mich zu Ihnen setzen?«
»Ja, sicher, gern«, antwortete sie und ließ ihr Notizbuch wieder in ihre Handtasche gleiten.
Mein Gott, sie säuft ja wie ein Kamel, dachte Gavin und schenkte Veronica noch ein weiteres Glas Wasser ein. Ihre Blase schien jedoch keinerlei Überlastung zu registrieren. Es könnte natürlich auch sein, daß sie sich Windeln besorgt hatte. Er selbst war vor einer halben Stunde geradezu wie ein Pennäler zur Toilette gestürzt, aber Veronicas Blase schien den Naturgesetzen zu trotzen.
Schließlich waren Veronica und Gavin mit dem Auswählen der Speisen und Getränke für ihre Privatparty zum Ende gekommen. »Ich hoffe wirklich, daß diese Hors d'œuvres einigermaßen schmecken. Da ich meine Geheimrezepte zu Hause habe, werde ich hier kaum etwas daran verbessern können. Aber ein richtiger Küchenchef weiß, wie man einem Gericht die letzte

Würze gibt. Und jetzt, Mr. Gray, müssen wir nachzählen, wie viele Leute ich eingeladen habe, so daß wir entsprechend bestellen können. Meinen Sie, wir sollten auch einige von den Schiffsoffizieren oder vielleicht sogar den Kapitän einladen?«

Das ist mir schnurzpiepegal, dachte Gavin. Er starrte wütend auf die Toilettentür. Nun geh doch endlich pinkeln, verdammt noch mal! *Geh pinkeln!*

Veronica plapperte unbeirrt weiter. »Ich hätte so gern einmal eine Party, auf der mehr Herren als Damen sind. Die Passagiere, die an unserem Tisch sitzen, haben wir bereits alle eingeladen; das wird sicher nett. Ich hoffe nur, daß Cameron Hardwick zur Abwechslung mal in einer einigermaßen friedlichen Stimmung ist. Ich muß Regan unbedingt erzählen, daß Violet Cohn steif und fest behauptet, sie habe ihn vor mehreren Jahren in Griechenland getroffen. Mein Gott, Mr. Gray, warum starren Sie denn nur andauernd auf die Toilettentür?!«

Lloyd war ein guter Tänzer, und Regan stellte mit Erstaunen fest, daß sie sich amüsierte. Aber als die Musiker pausierten, und Lloyd einen Spaziergang auf dem Deck vorschlug, warf sie einen Blick auf ihre Uhr und sagte besorgt: »Ich gehe lieber wieder hinauf. Es ist besser, wenn ich Lady Exner nicht allzulange allein lasse.«

Ihr Verehrer blickte ziemlich enttäuscht drein, stimmte ihr aber zu: »Ich vermute, daß Sie recht haben. Gestern habe ich mit eigenen Augen gesehen, wie sie fast über die Reling gefallen wäre. Solche Dinge kommen leider tatsächlich vor.«

»Ich glaube, jetzt ist alles soweit geregelt, Mr. Gray. Das wird sicherlich ein tolles Fest.« Veronica drehte sich zur

Tür um, da sie das Geräusch des Schlüssels gehört hatte. »Oh, schön, Regan ist wieder zurück. Ich möchte nur wissen, mit wem sie da draußen spricht.«
Also klappt es *wieder* nicht, dachte Gavin. Seine Frustration machte sich als hämmernder Kopfschmerz bemerkbar. Oder waren es die sechs oder sieben Gläser stark kohlensäurehaltigen Mineralwassers, die ihm die Kopfschmerzen bereiteten?
Die Tür öffnete sich, und Regan trat ins Zimmer.
»Hast du dich gut amüsiert?« fragte Veronica fröhlich.
»Veronica, dein Wunsch ist erfüllt worden. Der Typ vom Bingo hat mich zum Tanzen aufgefordert.«
»Oh, mein Gott, du mußt mir alles genau erzählen«, rief Veronica voller Begeisterung. »Aber jetzt entschuldige mich einen Augenblick.«
Sie stürzte zum Badezimmer; Gavin sah ihr mit offenem Mund nach.
Regan setzte sich zu ihm. »Vielen Dank, Mr. Gray. Wie nett von Ihnen, daß Sie meiner Tante geholfen haben.«
Gavins Lächeln war zu einer schmerzvollen Grimasse verzerrt. »Das Vergnügen war ganz auf meiner Seite.« Er stand auf. »Ich lasse Sie jetzt allein, dann können Sie beide vorm Zubettgehen noch ein wenig plaudern. Begleiten Sie Lady Veronica doch morgen früh wieder zum Sitz-und-sei-fit-Unterricht. Ich werde auch dort sein... wahrscheinlich an jedem Tag dieser Woche. Jetzt muß ich aber wirklich los.«
Er verließ das Zimmer. Regan zog sich aus und wickelte sich in einen Morgenmantel. Wenig später tauchte Veronica wieder aus dem Badezimmer auf. »Wo ist Mr. Gray?«
»Ich glaube, er war müde. Er sagte, er würde dich morgen früh wieder treffen.«

»Ja, natürlich ist er müde, der arme Kerl. Er ist immer so aufmerksam, aber heute Abend hat er verschiedene Male einen ganz glasigen Blick gehabt. Er nimmt seine Pflichten auf diesem Schiff so ernst, daß er von frühmorgens bis spätabends beschäftigt ist.« Veronica wandte Regan den Rücken zu, damit sie den Reißverschluß ihres Kleides öffne. »Ich mußte wirklich dringend zur Toilette, aber er ist so großzügig und freundlich, daß ich ihn nicht minutenlang allein sitzen lassen wollte. Es war schon peinlich genug, daß ich heute morgen dauernd zur Toilette rennen mußte. Natürlich habe ich den Wasserhahn angestellt.«
Veronica ging zum Schrank, um sich für die Nacht zurechtzumachen, und Regan zog die Couch aus.
»Du darfst erst schlafen, Regan, wenn du mir alles ganz genau erzählt hast. Vielleicht solltest du diesen jungen Mann zu unserer Party einladen – sie wird bestimmt toll. Ich bin sicher, alle Damen würden sich darum reißen, ihn kennenzulernen...«
Regan zog sich die Bettdecke über den Kopf und überlegte wehmütig, daß sie noch dreieinhalb Tage auf dem Schiff bleiben müßte.

Mittwoch, der 24. Juni

Sonnenlicht strömte durch die Bullaugen in die Kabine. Nora und Luke saßen in einträchtigem Schweigen beisammen, tranken ihren Morgenkaffee und teilten sich die dünne Schiffszeitung, die jeden Morgen unter ihrer Tür durchgeschoben wurde.

»Liebling, was wollen wir heute unternehmen?« fragte Nora und nahm das Blatt zur Hand, auf dem das tägliche Programm abgedruckt war.

Ein Klopfen an der Tür schnitt Luke die Antwort ab.

»Ob das wohl? ...« fragte Nora. Luke öffnete die Tür.

»Jetzt gibt es Käääff-chen!« rief Regan und imitierte damit die Bettnachbarin, die Nora zu Anfang des Jahres während eines kurzen Krankenhausaufenthaltes gehabt hatte.

»Na, dann komm rein und schließ erst einmal die Tür, bevor die Männer in den weißen Jacketts dich wegführen«, sagte Nora lachend.

»Einer hätte das gestern abend fast getan.«

»Was, Liebes?«

»Ach, egal«, murmelte Regan, ließ sich in den Stuhl gegenüber Nora fallen und goß sich aus der Teekanne ein, die auf dem Frühstückswägelchen stand. »Nichts geht über die dritte Tasse!«

»Nimm nur, ich war sowieso fertig«, sagte Luke und setzte sich auf das zweisitzige Plaudersofa.

»Oh, sorry, Dad. Ich muß noch mal von eurem Apparat aus telefonieren, wenn es dir nichts ausmacht, setz dich doch bitte wieder auf deinen Platz.«

Nora sah sie neugierig an. »Wen rufst du denn jetzt an?«
»Noch einmal den Inspektor in Oxford. Ich möchte nur hören, ob es mit den Zeitungen aus Griechenland geklappt hat.« Regan runzelte die Stirn. »Ist es nicht ein seltsamer Zufall, daß innerhalb weniger Monate zwei Personen aus derselben Familie ermordet wurden? Ich weiß nicht – da muß doch irgendeine Verbindung bestehen.«
»Regan, was willst du damit sagen?« fragte Nora leise.
»Wahrscheinlich hoffe ich insgeheim, daß mir irgend etwas, was in jenen griechischen Zeitungen geschrieben steht, auffallen wird.«
Nora biß sich auf die Unterlippe. »Ich habe dir immer gesagt, du sollst dich auf deine Gefühle verlassen, aber nach der Reaktion der Hellseherin gestern – Regan, ich habe wirklich Angst um dich.«
»Mom, die Frau ist eine Schwindlerin. Weißt du, was sie heute macht?« Regan wartete nicht auf die Antwort. »Sie will anhand eines Tuches oder Schals etwas über die Zukunft der betreffenden Person aussagen. Bleib mir bloß mit der vom Hals. Das nächste, was du von ihr hörst, wird wahrscheinlich sein, daß sie Kristallkugeln mit dem Logo der Queen Guinevere verkauft. Ich möchte wetten, daß es ihr nur um eine kostenlose Überfahrt über den großen Teich geht.« Regan schob mit dem Finger die Krümel des Blaubeerkuchens von Lukes Teller und schüttete sie sich in den Mund.
Nora reichte ihr eine Serviette, dann stand Regan auf und ging zum Telefon hinüber. »Im übrigen ...«, fügte sie leise hinzu, »auch wenn wir nicht eng miteinander befreundet waren, wäre es gut gewesen, wenn ich mich ein bißchen mehr um Athena gekümmert hätte.«

Oxford

Mit einer Tasse kochendheißem Tee in der Hand ging Nigel Livingston den düsteren Flur der Polizeistation in Oxford entlang und öffnete dann die letzte Tür zur Linken. Mein Büro – mein zweites Heim, dachte er ein wenig wehmütig. Bilder seiner Frau und seiner Tochter standen auf seinem massiven Schreibtisch. Als er das Telefon klingeln hörte, beschleunigte er seine Schritte, und die dampfende Flüssigkeit ergoß sich über seine kurzen Finger. »Verdammte Ärsche!« fluchte er.

Der Anruf kam von Regan Reilly. »Eine Sekunde bitte, Miss Reilly.« Mit dem Hörer in der Hand ging Livingston um seinen Schreibtisch herum und setzte sich auf den Drehstuhl. Die Akte zum Fall Popolous lag geöffnet auf seinem Tisch. Gerade waren die ersten Faxe aus Griechenland angekommen. Er hatte sie alle auf seinem Schreibtisch ausgebreitet, um das neue Material durchzusehen und sich seine Notizen anzuschauen. Zuerst aber hatte er sich eine Tasse Tee gemacht.

Am anderen Ende der Leitung hielt Regan Luke die leere Tasse hin, und Luke schüttete die letzten Tropfen Kaffee hinein. »Danke, Lukey.«

»Wie bitte?« fragte Nigel.

»Oh, sorry«, erwiderte Regan. »Ich rufe aus dem Zimmer meiner Eltern an. Sie sind auf dem Heimweg von einer Reise nach Europa und haben zufällig dieselbe Kreuzfahrt gebucht wie ich.«

»Ist Ihre Mutter nicht eine Kriminalroman-Autorin?«
»Ja. Ich habe übrigens Lady Exner nicht gesagt, daß sie an Bord ist. Sie will unbedingt, daß meine Mutter ihre Lebensgeschichte schreibt. Sie kann da ziemlich hartnäckig sein.«
»Ich verstehe«, erwiderte Livingston. Ihm war gerade das Gespräch eingefallen, das er gestern mit Philip Whitcomb und seiner Verlobten geführt hatte. »Hat Lady Exner sich über Miss Atwaters Zustand besorgt geäußert?«
»Eigentlich nicht. Allerdings meinte sie, daß es wahrscheinlich besser wäre, wenn Penelope nicht dabei wäre. Bei all dem Essen, das hier angeboten wird, würde Penelope wahrscheinlich Tag und Nacht futtern und ihr Sodbrennen würde zu einem Dauerthema. Veronica sagte, es gäbe nichts Frustrierenderes, als mit jemandem zu reisen, der dauernd krank ist und jammert.« Regan wurde plötzlich unbehaglich zumute; sie drehte die Telefonschnur in den Fingern hin und her. »Warum fragen Sie?«
»Also, um es geradeheraus zu sagen – meinen Sie, Veronica könnte versucht haben, Miss Atwater zu vergiften?« fragte Livingston.
»Auf keinen Fall.«
»Also, dann will ich es einmal anders formulieren«, fuhr Livingston fort. »Es hat den Anschein, als sei Miss Atwater Lady Exner in mancher Hinsicht lästig geworden. Glauben Sie, daß Lady Exner es darauf abgesehen haben könnte, Miss Atwater am Mitreisen zu hindern?«
Das könnte durchaus möglich sein, dachte Regan. Laut sagte sie: »Das glaube ich nicht.«
»Ich habe da ein Zögern in Ihrer Stimme bemerkt, Miss Reilly.«

»Das war nicht beabsichtigt. Ich habe ihr noch nicht einmal über die Spuren von Arsen berichtet, die in Penelopes Blut gefunden wurden, weil ich sie nicht beunruhigen wollte. Veronica weiß nur, daß Penelope unter einer Art Lebensmittelvergiftung leidet.«

»Ich war gestern drüben in Llewellyn Hall, und Philip Whitcomb und seine Verlobte erwähnten, daß Lady Exner spaßeshalber vorgeschlagen habe, man solle auf jene Hors d'œuvres ein wenig Arsen streuen.«

»Philip hat das gesagt?« Regans Stimme klang ungläubig.

»Nun, zuerst war es Miss Twyler, die es erwähnte. Wobei mir gleich noch etwas anderes einfällt. Gestern habe ich ihre Klassenkameradin Claire James getroffen, und sie hat erneut behauptet, daß Athena damals in Philip verliebt gewesen sei. Sie sagte, Athena sei häufig, nur um Philip zu sehen, an Llewellyn Hall vorbeigeradelt. Meinen Sie, daß ihre Gefühle von Philip erwidert wurden?«

Regan runzelte die Stirn. »Das glaube ich eigentlich nicht, aber ich kann da natürlich nicht sicher sein. Athena und ich haben keinen besonders engen Kontakt gehabt. Claire hat ein besonderes Talent dafür, verborgene menschliche Beziehungen zu erkennen und zu analysieren. Sie war auch immer über den neuesten Klatsch informiert – sei es darüber, was im Schlafsaal vor sich ging oder wer mit wem verabredet war oder wessen Freund aus den Staaten gerade zu Besuch kam …«

»Ja, den Eindruck habe ich auch gewonnen.« Livingston warf einen Blick auf seine Notizen. »Und zum Schluß noch etwas. In der Tasche von Miss Popolous' Jacke haben wir ein Streichholzmäppchen vom ›Bull and Bear‹ mit Initialen und ein paar Zahlen darauf gefunden. Wir versuchen natürlich herauszufinden, was sie bedeuten. Sagen Ihnen die Initialen ›B. A.‹ irgend etwas?«

B. A., dachte Regan. B. A. »Ich glaube nicht.«

»Wie ist es mit den Zahlen drei-eins-fünf?«

»Nein ...«

»Nun, in der Zwischenzeit habe ich gerade den ersten Satz Faxe aus Griechenland erhalten. Die Lokalzeitung von Skoulis, Athenas Heimatstadt, erscheint jeden Mittwoch, also heute; wahrscheinlich wird die Übersetzung bis morgen fertig sein. Und sicher werden Sie die ersten Faxe irgendwann heute vormittag bekommen.«

»Gut. Wenn mir beim Lesen der Zeitung irgend etwas in Zusammenhang mit B. A. oder drei-eins-fünf auffällt, werde ich Sie anrufen.« Bevor sie auflegte, fragte Regan noch nach der Adresse von Athenas Eltern.

»Ich werde wahrscheinlich heute ein paar Faxe bekommen«, erklärte Regan ihren Eltern. »Im Augenblick versucht man sämtlichen Spuren nachzugehen. Leider muß ich Veronica jetzt zum Seminar über moderne Dichtkunst bringen. Und ihr, was habt ihr heute vor?«

Noras Gesicht verdunkelte sich. »Ich wollte eigentlich auch zu diesem Seminar, aber ich glaube, ich lasse es lieber. Mal sehen, was sonst noch angeboten wird. Oje, sie haben zur selben Zeit einen Wettbewerb für sämtliche Großeltern an Bord ... es werden Preise verteilt, wer das älteste Enkelkind und wer das jüngste hat ... vielleicht bekommen wir ja auch bald einen solchen Preis ...«

»Bye, bye, ihr Lieben«, murmelte Regan, als sie die Tür hinter sich zuzog. Zum hundertsten Mal verspürte sie den heftigen Wunsch, daß sie eines von zehn Geschwistern sei, von denen zumindest eines sie inzwischen zur Tante gemacht hätte.

Auf See

»Regan! Huu-huuuh! Hi-ier bin ich!« rief Veronica. Sie selbst und die anderen Sitz-und-sei-fit-Gymnastikschüler waren gerade dabei, ihre meist umfangreichen Hintern von den Stühlen zu erheben.

So wie ein Turner den Stufenbarren, ein Hockeyspieler seinen Schläger und der Bodybuilder seine Hanteln zur Verfügung hat, besaßen diese Sportler ebenfalls ihre Ausrüstung: einen Klappstuhl. »Ja, hallo Veronica«, rief Regan. »Wie war der Unterricht?«

»Toll. Hatten Sie auch Spaß, Mr. Gray?«

»O ja, durchaus.« Gavin lächelte. Er war heute morgen voller Hoffnung erwacht, wild entschlossen, seine Mission auf Biegen oder Brechen zu Ende zu führen. »Aber, Regan, Sie brauchten doch nicht hierherzukommen. Ich habe Ihnen doch gesagt, daß wir Sie in Ihrer Suite aufsuchen würden ...«

»Oh, das ist schon in Ordnung. Veronica sagte, sie wolle das Gedichtseminar besuchen. Ich dachte, wir könnten uns vielleicht die Fotos anschauen, die gestern abend geknipst wurden, und uns dann direkt dorthin begeben.« Regan wandte sich Veronica zu. »Es sei denn natürlich, du mußt noch einmal zurück in die Suite.«

»Ganz gewiß nicht, Mr. Gray, jetzt haben Sie aber wirklich einmal Pause. Oooh, ich kann es gar nicht erwarten, die Fotos zu sehen. Komm, Regan. Danke Mr. Gray, wir sehen uns später.«

Als sie davongingen, bemerkte Regan, daß Gabbys Mund sich säuerlich verzog. Ob er wohl so enttäuscht war, Veronica nicht in ihre Kabine zurückbegleiten zu können? Aber warum nur?

Eine halbe Stunde später machte sich Veronica auf den Weg zur Bibliothek. Sie hatte sich sechs Fotos unter den Arm geklemmt, darunter mehrere Schnappschüsse von der Kapitäns-Party, auf denen zwar kein bekanntes Gesicht zu sehen war, die aber dazu dienen sollten, die »wunderbare Atmosphäre« zu demonstrieren.

»Regan, ich weiß nicht, warum ich partout kein Extrafoto von dir bestellen sollte. Ich bin sicher, daß deine Eltern wahnsinnig gerne eines hätten.«

»O Veronica, sie haben massenhaft Bilder von mir. Da ich ihr erstes und einziges Kind bin, haben sie jedes Ereignis meines Lebens, wie unbedeutend das auch gewesen sein mochte, fotografiert.«

»Oh, ich hätte zu gern ein Kind gehabt«, seufzte Veronica. Sie wirkte plötzlich sehr traurig.

Regan sah sie nachdenklich an. Veronica setzte immer eine so fröhliche Miene auf, daß Regan niemals auf den Gedanken gekommen war, daß es auch in Veronicas Leben viele Enttäuschungen gegeben hatte.

»Leider«, fuhr Veronica fort, »bin ich durch all die Artikel und Bücher, die ich über Unfruchtbarkeit gelesen habe, zu dem Schluß gekommen, daß Sir Gilbert ungewöhnlich wenige Samenzellen im Sperma hatte.« Mit gedämpfter Stimme fügte sie hinzu: »Gott weiß, daß es reichlich Gelegenheiten gab, zu denen eine Empfängnis hätte stattfinden können.«

Die gute alte Veronica, dachte Regan. Es liegt ihr wirklich nicht, lange Trübsal zu blasen.

Vom Rednerpult der Bibliothek aus begann ein kleiner Mann mit einer dunklen Brille, einem weißen Button-down-Hemd, Bermuda-Shorts, schwarzen, knöchellangen Socken und spitzen, italienischen Schuhen mit seinem Vortrag.
»Schon als ich jung war, habe ich immer gern gedichtet. In der fünften Klasse hat mein Lehrer uns zum Dichten animiert, indem er uns Haikus schreiben ließ. Weiß jemand von Ihnen, was ein Haiku ist?«
»Das kommt aus dem Japanischen«, antwortete Veronica. »Es ist ein Gedicht aus drei Zeilen mit fünf Silben in der ersten und dritten Zeile und mit sieben in der zweiten. Und es reimt sich nicht!«
»Ja, stimmt genau. Man braucht ziemlich viel Disziplin, um einen Haiku zu verfassen. Bevor der Unterricht endet, wird jeder von uns einen solchen Vers schreiben. Aber zunächst einmal möchte ich Ihnen sagen, daß Sie über das schreiben sollen, was Ihnen vertraut ist und am Herzen liegt. Beispielsweise habe ich an meine liebe Frau, Georgette, eine Ode geschrieben, die ich Ihnen jetzt gleich vortragen möchte.« Er nahm seine Brille ab, faltete mit einer ehrerbietigen Geste die Hände und sah liebevoll zu einer Dame hinüber, die, so vermutete Regan, wohl Mrs. Frost sein mußte. »Georgette, du meine Allerliebste ...«
Die allerliebste Mrs. Frost saß da und lauschte fasziniert der Stimme ihres Mannes. Regan betrachtete sie und erinnerte sich daran, was Claire über Athena und die hypnotische Wirkung von Philips Gedichtvorträgen gesagt hatte. Die Szene, als Philip einmal vor vielen Jahren zu ihr gesagt hatte: »Das ist eine der Gefahren, die darin liegen, wenn man Erbin ist... sie wird zurück-

kommen ...« ging ihr wieder und wieder durch den Kopf. Und jetzt hatte der Inspektor noch einmal gefragt, ob sie glaube, daß zwischen Philip und Athena irgend etwas gewesen sei. Ihre Leiche war in den Wäldern in der Nähe des Anwesens der Exners gefunden worden. Regan wurde sich plötzlich bewußt, daß sie im Geiste zwischen Oxford und Griechenland hin und her reiste. Vielleicht sind die Faxe schon da, wenn wir ins Zimmer zurückkommen, dachte sie. Ich brauche allmählich etwas Konkretes.

»Erinnert sich jemand hier an ein Gedicht, das er uns vortragen möchte?« fragte Byron Frost, der sich bei seiner Deklamation emotional offenbar völlig verausgabt hatte.

Regan hatte innerlich abgeschaltet, noch bevor Veronica aufsprang. Sie wußte, daß jetzt eines von Sir Gilberts Gedichten vorgetragen würde.

»Mein lieber verstorbener Ehemann Sir Gilbert war ein Dichter. Er dichtete zu jeder Zeit und an jedem Ort. Wenn wir im Bett lagen, hielt er mich in den Armen und rezitierte seine Lieblingsgedichte. Wenige Augenblicke bevor er starb, zog er mich an sich und flüsterte mir seinen letzten Vers ins Ohr:

Du bist ewig mein, mein, mein
oh, das ist so fein, fein, fein ...«

O nein, nein, nein, nein, nein!!! dachte Regan.

Der Steward hatte in der Suite einen Briefumschlag aus Manilapapier auf die Frisierkommode gelegt.

»Für dich, Regan«, sagte Veronica, nachdem sie einen Blick darauf geworfen hatte. »Wie süß. Ein Verehrer, hoffe ich. Ich brauche nur eine Minute, um mich umzuziehen.« Sie verschwand ins Badezimmer. Regan riß den Briefumschlag auf. Es waren Fotokopien von Berichten verschiedener griechischer Zeitungen darin, zusammen mit englischen Übersetzungen. Gott sei Dank, dachte sie und ließ sie in ihre Einkaufstasche gleiten. Sie und Veronica hatten beschlossen, heute, statt eines ausgiebigen Menüs, nur schnell einen Hamburger zu verdrücken.

Veronica trat aus dem Badezimmer und führte stolz ein rot-weiß gestreiftes T-Shirt, passende Shorts und rote Sandalen vor. Sie ergriff ihre Schirmmütze, ihre Jackie-O-Sonnenbrille und das letzte Buch von Nora Regan Reilly.

Nach einigem Suchen gelang es Regan und Veronica, zwei Liegestühle zu finden, die nicht bereits besetzt oder durch ein Handtuch »reserviert« waren. Regan machte es sich in ihrem Stuhl gemütlich und schaute versonnen dem Kielwasser des Schiffes nach. Wir sind also mitten auf dem Ozean, dachte sie. Sie versuchte, sich vorzustellen, wie es wäre, wenn man sich auf dem Meer verfährt.

»Das Bild von deiner Mutter ist wirklich hübsch«, sagte

Veronica mit einem Blick auf die Rückseite von Noras jüngst erschienenem Buch. »Du siehst ihr ziemlich ähnlich. Ich würde sie bestimmt überall und jederzeit wiedererkennen.«

Ja, das fürchte ich auch, dachte Regan.

Veronica öffnete das Buch. »Es ist herrlich, dieses Buch zu lesen, während ich mit dir zusammen bin, Regan. Wenn ich jetzt irgendwelche Fragen habe, dann kann ich praktisch an die Quelle gehen und mir sämtliche Hintergrundinformationen über alle Schurken und Mörder, die in den Büchern auftauchen, persönlich verschaffen«, sagte Veronica fröhlich und ließ ihren Daumen an der Schmalseite des Buches entlanggleiten, so daß es wie ein Fächer auseinanderfiel. »Und jetzt mußt du dich an deine Arbeit machen.«

Regan nickte nachdenklich und zog die Faxe aus ihrer Tasche hervor. Sie faltete sie auseinander und begann zu lesen. Dem ersten Artikel »Bekannte griechische Familie von doppelter Tragödie heimgesucht« folgte ein zweiter: »Verweste Leiche der Athena Popolous am Wochenende in einer Waldgegend nahe Oxford, England, gefunden.« Der Journalist hatte eine stark mit Klatsch ausgesponnene Geschichte verfaßt, die den schlimmsten Boulevardblättern alle Ehre gemacht hätte. »Vor nahezu elf Jahren fiel Miss Popolous' Tante, Helen Carvelous, als sie bei der Rückkehr in ihr Haus unerwartet einen Einbrecher überraschte, einem Mord zum Opfer. Sie wurde erwürgt. Bei dem Einbruch wurden wertvolle antike Schmuckstücke gestohlen. Miss Popolous hatte ihrer Tante sehr nahe gestanden und war völlig verzweifelt.« Regan unterbrach ihre Lektüre und dachte nach. Gestern beim Abendessen drehte sich das Gespräch doch um gestohlene Juwelen, dachte sie, und irgend jemand hat etwas über antike Schmuckstücke gesagt. Gabby? Nein. Aber wer dann? Es würde ihr schon wieder einfallen.

Als sie weiterlas, erfuhr Regan, daß Athena, die zehn Jahre jünger war als ihr nächstältester Bruder, von ihren Eltern häufig in die Obhut von Dienstboten gegeben worden war. Sie hatte ihre Tante sehr geliebt und sich so oft wie möglich bei dieser Tante und deren Kindern aufgehalten. In dem Artikel hieß es: »In jener fröhlichen, liebevollen Atmosphäre schien sie aufzublühen.«

Hätte ich das nur gewußt, dachte Regan betrübt. Warum hat sie mir nie gesagt, daß sie ihrer Tante so nahe stand? Athenas Eltern waren in jenem Sommer in Europa gewesen, und Athena hatte, als die Tragödie sich ereignete, bei ihrer Tante gelebt. Regan sah sich das Bild von Athenas Familie genau an. Ihre Brüder und Schwestern waren heute alle um die Vierzig und sehr attraktiv. Athena hatte offensichtlich ihrem untersetzten Vater geähnelt; vor allem die eher derben Gesichtszüge hatte sie mit ihm gemeinsam. In dem Artikel wurde ihr Bruder Spiros erwähnt, der gesagt hatte: »Nachdem meine Tante gestorben war, dachten wir, für Athena wäre ein Tapetenwechsel sicher das beste. Wir schickten sie in ein Internat in England und hofften, daß sie dort, in der veränderten Umgebung, besser über ihren Kummer hinwegkommen würde. Natürlich wäre es uns nie in den Sinn gekommen, daß unsere Familie dort von einer weiteren Tragödie heimgesucht werden könnte.«

Auch Helens inzwischen achtzehnjährige Tochter wurde zitiert: »Ich habe Athena immer als eine große Schwester betrachtet. Sie war sehr viel bei uns. An dem Tag, an dem meine Mutter starb, hat unsere Gouvernante im Spaß

gesagt, sie habe das Gefühl, daß sie eigentlich nicht gebraucht würde, weil Athena sie fast völlig ersetze. Aber meine Mutter fand es wichtig, daß wir von der Gouvernante Englisch lernten.«
Regan las sich die übrigen Artikel sorgfältig durch. Sie waren sich alle sehr ähnlich und leider nicht besonders aufschlußreich. Vielleicht würde die Lokalzeitung, die, wie Livingston gesagt hatte, morgen erscheinen würde, mehr hergeben. In Lokalzeitungen erfuhr man häufig sehr viel Privates.
»Irgend etwas Interessantes?« fragte Veronica. »Mir tut das arme liebe Mädchen so leid.«
»Nichts, was wirklich weiterhilft. Aber morgen bekomme ich noch mehr Faxe aus Griechenland.« Regan seufzte, als sie sie beiseite legte.
»All dieses Gerede über Griechenland. Ich habe vergessen, dir zu erzählen, daß Violet Cohn steif und fest behauptet, sie habe Cameron Hardwick schon einmal in Griechenland getroffen. Er leugnet das zwar, aber sie ist sich sicher, daß er dort als Kellner gearbeitet habe.«
»Und wann war das, Veronica?«
»Vor elf Jahren.«

Mario und ich, wir amüsieren uns einfach wunderbar«, erklärte Immaculata, während die Vorspeisen serviert wurden. »Heute abend wird beim Mitternachtsbüfett die amerikanische Freiheitsstatue enthüllt – sie ist natürlich aus Butter. Das dürfen wir keinesfalls verpassen. Wenn ich daran denke, daß Marios Eltern und meine Großeltern alle nach Amerika eingewandert sind – und jedesmal war Miss Liberty da, um sie willkommen zu heißen. Sieh nur, ich fange richtig an zu zittern, Mario. Wir müssen unbedingt die Kamera mitbringen.«

»Uh-mmh«, murmelte Mario und biß in seinen Krabbentoast.

Also, die meisten Leute hier sehen eigentlich ganz zufrieden aus, dachte Regan. Sylvie strahlte. Regan hatte sie nach dem Lunch mit Violet Cohn und ihrem Bruder dem Kino zustreben sehen. Dale und Kenneth waren noch brauner als zuvor, da sie sich einen ganzen Nachmittag lang bei strahlendem Sonnenschein – durchaus nicht typisch für den Nordatlantik – am Pool aufgehalten hatten. Veronica hatte an der Halstuchsitzung mit der Hellseherin und an einer weiteren Runde Bingo teilgenommen; heute jedoch war sie nicht unter den Gewinnern gewesen. Beim Bingo hatte sie alle Mitglieder der Besatzung zu ihrer Party eingeladen, einschließlich Lloyd, den das Geldzählen anscheinend voll und ganz in

Anspruch nahm. Gabby Gavin wirkte allerdings etwas gereizt und besorgt. Heute morgen hatten Veronica und Regan nicht viel von ihm gesehen, ihm aber beim Bingo von weitem zugewinkt. Und dann würde natürlich auch noch Cameron Hardwick kommen.

Regan nahm ein paar Schlucke Chardonnay und fragte: »Und was haben Sie heute gemacht, Cameron?«

Er zuckte mit den Achseln. »Ich bin in den Fitneßraum gegangen, um Gewichte zu heben und ein paar Züge zu schwimmen. Ich hasse es, wenn ich nicht ausreichend Sport treiben kann.« Mit seinen großen, starken Händen brach er ein Baguette durch.

Um Gewichte zu heben, brauchst du doch nicht an einer Kreuzfahrt teilzunehmen, dachte Regan. Sie sah, wie Veronica ihre Zigarette in den Aschenbecher legte, den auch Mario benutzte. Plötzlich wurde ihr bewußt, daß sie Hardwick noch nicht ein einziges Mal rauchen gesehen hatte. Warum sollte jemand, der offenbar so gesundheitsbewußt war, an einem Rauchertisch sitzen? Für mein Gefühl gibt es bei diesem Typ ziemlich viel Ungereimtes, dachte Regan. Als sie die Rolex an seinem Handgelenk aufblitzen sah, fragte sie sich, ob jene Hände wohl jemals Teller von einem Restauranttisch in Griechenland abgeräumt hatten. Es war schwer, sich vorzustellen, daß er Anweisungen entgegennehmen würde.

»Also, vergessen Sie bitte nicht: Morgen nachmittag um fünf Uhr steigt unsere Cocktailparty«, erinnerte Veronica die Umsitzenden. »So haben wir vor dem Abendessen ein paar Stunden, um uns näher kennenzulernen. Jeder, der kommt, muß seine Adresse aufschreiben, und am Freitag lasse ich dann die Liste vervielfältigen, damit wir alle in Kontakt bleiben können.«

Regan bemerkte, daß nur Mario und Immaculata dies für eine gute Idee zu halten schienen. Plötzlich sah sie in ihrer Phantasie eine Serie von Weihnachtskarten auf einem Kamin, vor dem sich Mario der Dritte und Concepcione aufgebaut hatten. Über ihrem Kopf baumelten rote Strümpfe, die vom Weihnachtsmann prall gefüllt worden waren.

Donnerstag, 25. Juni 1992

»Regan, aufstehen, meine Süße«, trällerte Veronica fröhlich, zog Regan die Wolldecke fort und kitzelte sie unter den Fußsohlen.

Womit habe ich das verdient? fragte sich Regan und versuchte krampfhaft, ihre Augen zu öffnen. Wie sehr sie sich auch bemüht hatte, sie hatte es nie geschafft, sich in einen jener Frühaufsteher zu verwandeln, die morgens jubelnd aus dem Bett springen. Wahrscheinlich sollte ich mir einen Job suchen, bei dem ich Nachtdienst habe, dachte sie.

»Ich bin wirklich froh, daß wir gestern abend nicht so lange im Casino geblieben sind. Hierher zurückzukommen und noch ein wenig im Bett zu lesen, war einfach ein Genuß, obwohl ich, weil das Buch deiner Mutter wieder einmal so spannend war, dann doch länger aufblieb, als ich geplant hatte. Du warst schon längst eingeschlafen, Regan, und ich habe mich geradezu zwingen müssen, um ein Uhr das Licht auszuknipsen. Ich kann es gar nicht erwarten, das deiner Mutter zu erzählen, wenn ich sie endlich treffe.«

»Oh, das ist wunderbar, Veronica. Sie freut sich immer, wenn die Leute ihre Bücher mögen.« Regan drehte sich zur Seite, zog sich die Bettdecke über die Ohren und überlegte, wie wundervoll es wäre, wenn sie noch eine oder zwei Stunden schlafen könnte.

»Wieviel Uhr ist es?«

»Sieben Uhr dreißig. Wir müssen hinuntergehen und

frühstücken. Um neun Uhr haben wir einen Termin im Kosmetiksalon.«

»Gehst du denn heute morgen nicht zur Gymnastik?«

»Keine Zeit. Wir müssen uns erst einmal schön machen lassen und dann bereiten wir uns auf unser Fest vor.«

»Wir?« Regan stützte sich auf ihre Ellenbogen.

»Natürlich. Ich habe uns beide für Maniküre, Pediküre, Spezialbehandlung gegen vorzeitiges Altern, Massage, Seetangbehandlung, Haarwaschen, Fönen und Make-up angemeldet.«

»Bist du sicher, daß wir fertig sind, bevor wir in New York ankommen?« fragte Regan und stieg aus ihrem Bett. Allerdings fand sie die Aussicht auf die kosmetischen Behandlungen sehr viel verlockender als eine weitere Teilnahme an Finanz- oder Dichtkunstseminaren.

»Natürlich.« Veronica schob energisch die Glasschiebetür, die zur Terrasse hinausführte, beiseite und atmete die Seeluft tief ein.

»Das Mittagessen werden wir im Kosmetiksalon einnehmen«, erklärte Veronica. »Leider haben wir heute wohl keine Zeit für Vorträge. Ich nehme an, das gehört dazu, wenn man als Gastgeberin wirklich schön und charmant sein will.« Die alte Dame trat auf das Deck hinaus und trällerte: »Du, du, nur du allein ...«

Regan sah ihr nach; Veronica machte an der frischen Luft ein paar Streckübungen. Sie ist wirklich großzügig, dachte Regan. Sie verwöhnt mich nach Strich und Faden. Die Reise wird sie gewiß ein Vermögen kosten. Nachdenklich ging sie ins Badezimmer und betrachtete ihr Spiegelbild. Unter den Augen zeichneten sich zwei dunkle Ringe ab. Für die kosmetische Behandlung gegen vorzeitiges Altern war es offensichtlich höchste Zeit.

Geht es Ihnen gut, Miss Reilly?« fragte die junge »Verschönerungsspezialistin«. Sie hatte eine perfekte Haut, trug ein perfektes Make-up und machte sich gerade daran, Regans Körper in eine Plastikfolie und mehrere Thermodecken einzuwickeln.

Ungefähr so gut, wie es einem überhaupt gehen kann, wenn jeder Quadratzentimeter Haut mit schleimigem, stinkendem Seetang bedeckt ist, dachte Regan. »Danke, sehr gut.«

»Das ist gut, denn wenn man beispielsweise eine Tendenz zur Klaustrophobie hat, dann kann man bei dieser Behandlung richtige Angstzustände bekommen.«

Wem erzählt sie das?!

»Aber Sie werden sich wirklich *wunderbar* fühlen, wenn dies vorbei ist. Alle toten Hautzellen werden fortgespült, und die Toxine werden aus ihrem Körper geschwemmt.«

»Genau das hat mir eine meiner Tischnachbarinnen auch erzählt.«

»Und wer war das?«

»Immaculata Buttacavola.«

»Ja, sie war neulich hier. Eine wirklich angenehme Dame. Sie spricht mit so viel Begeisterung von ihrer Familie.«

»Ja, ich weiß.«

»Sie kommt übrigens heute nachmittag auch, um sich die Haare machen zu lassen. Sie sagte, sie ginge heute abend zu irgendeiner Party. Ich nehme an, damit ist Ihre Party gemeint.«

»Ja.«

»Wunderbar«, sagte die Verschönerungsspezialistin mit der leisen, aufmunternden Stimme, die Kosmetikerinnen offenbar antrainiert wird. »Entspannen Sie sich. Genießen Sie. Ich bin nebenan – rufen Sie, wenn Sie mich brauchen. In einer halben Stunde wickeln wir Sie wieder aus, und Sie duschen sich ab, bevor der zweite Teil der Behandlung beginnt.« Sie zog leise die Tür hinter sich zu, und Regan schloß die Augen.

Mehrere Minuten verstrichen. Regan bemerkte, daß sie sich überhaupt nicht entspannen konnte. Wieder mußte sie an Athena und deren Familie denken. Sie dachte auch an Penelope, die man zu vergiften versucht hatte. Fragen, was die Person von Cameron Hardwick anbetraf, gingen ihr durch den Kopf.

Die Decken heizten sich allmählich auf, und Regan versuchte verzweifelt, ein wenig hin und her zu rutschen. Diese schreckliche Enge war vergleichbar mit dem Gefühl, das ihr die Arbeit an Athenas Mordfall vermittelte. Leider gab es inmitten des Ozeans nicht viel, was sie tun konnte. Plötzlich kam es ihr vor, als müsse sie ersticken. Verdammt! Ich verschwende hier nur meine Zeit, dachte sie, während ihr der Schweiß aus jeder Pore trat.

Die Packung wurde immer wärmer. Regan hatte das Gefühl, allmählich darin aufzuweichen. Sie versuchte, die Arme zu bewegen, aber durch die schweren Decken kam sie sich wie festgenagelt vor.

Plötzlich spürte sie eine heftige Panik in sich aufsteigen: Sie hatte sich gerade Athenas Leiche vorgestellt, die,

bedeckt von modrig riechenden, glitschigen Blättern, langsam in einem Wald am Rande des Gartengeländes von Llewellyn Hall verrottete.
»Miss. Missss!!« rief sie.

Als Regan und Veronica in ihre Suite zurückkehrten, war es ungefähr drei Uhr nachmittags. Regan strahlte. Sie war frisch frisiert, manikürt, massiert und geschminkt. »Danke, Veronica. Nach einem schlechten Start war das wirklich eine angenehme Erfahrung.«

»Na ja, ein bißchen verwöhnt zu werden, das ist gut für die Seele, meinst du nicht? Schade, daß die Seetangpackung dir nicht gutgetan hat, Liebes. Als ich selbst so warm eingewickelt dalag, habe ich mir vorgestellt, in Sir Gilberts Armen zu liegen. Mir wäre es am liebsten gewesen, wenn das ewig gedauert hätte.« Veronica sah in den Spiegel ihrer Frisierkommode und plusterte sich mit gespreizten Fingern das Haar auf. »Warst du schon einmal verliebt, Regan?«

»Einmal – in der siebten Klasse.«

Veronica lachte glucksend. »Nein, ich meine *wirklich.*«

»Ich habe ein paar Fehlstarts gehabt. Wer weiß?« Regan zuckte mit den Achseln und betrachtete ihre Fingernägel, die jetzt mit einem Lack namens *shocking red* bedeckt waren. Ist das zu knallig? fragte sie sich. Vielleicht hätte ich lieber *icy frost* oder *sexy plum* nehmen sollen. Wer in aller Welt sich wohl diese Namen ausdenkt?

»Wenn du wirklich einmal verliebt bist, dann ändert sich dein ganzes Leben. Du bist völlig sicher, daß der Betreffende der richtige Mann ist. Aber ich nehme an, daß man eine Menge Frösche küssen muß, bevor man seinen Prinzen findet.«

»Eigentlich habe ich eher eine Menge Prinzen geküßt, die sich dann in Frösche verwandelt haben«, murmelte Regan.

»Regan, ich kann dir nur wünschen, daß du schließlich jemanden wie Sir Gilbert finden wirst. Ich weiß, ich rede vielleicht ein bißchen viel über ihn, aber er ist und bleibt meine ganz große Liebe.«

Regan setzte sich auf das leere Doppelbett. »Es sieht ganz danach aus.«

»Ich war so eine Art alte Jungfer, als ich ihm begegnete. Und jeder dachte, daß ich verrückt sei, so viel Zeit mit einem so alten Mann zu verbringen. Aber er war innerlich so jung. Er gab mir das Gefühl, geliebt zu werden und etwas Besonderes zu sein. Wenn ich bei ihm war, dann fühlte ich mich, als sei ich nach Haus gekommen. Einige Leute dachten, ich wäre nur wegen seines Geldes mit ihm zusammen.« Veronicas Stimme wurde lauter. »Aber das war nicht wahr. Er wollte, daß ich ihn schnell heirate, so daß sich jemand um ihn kümmerte, wenn ihm irgend etwas passierte. Ich hatte eigentlich das Gefühl, daß es zu früh wäre, aber er war sehr hartnäckig.« Veronica seufzte. »Die beiden Wochen damals – das waren die besten meines Lebens. Und ich habe niemals jemanden gefunden, der ihn hätte ersetzen können. Aber...« – Veronica sprang auf – »das bedeutet nicht, daß ich es nicht noch ein bißchen versuchen sollte, nicht wahr, Regan?« Sie klatschte in die Hände. »In ein paar Stunden steigt unsere Party. Der Barkeeper und der Kellner kommen um vier Uhr, um alles aufzubauen, und bis dahin müssen wir fertig sein. Vielleicht keine schlechte

Idee, jetzt gleich mal eine Flasche Champagner aufzumachen, während wir uns anziehen, oder? Was sagst du dazu, Regan?«

»Warum nicht?«

»Ja, warum nicht?« Veronica öffnete die Tür des Kühlschranks. »Schließlich lebt man nur einmal, nicht wahr?«

»Genau.«

»O Regan, wir haben so viel Spaß, und jetzt haben wir nur noch einen einzigen Tag auf See übrig. Natürlich freue ich mich wahnsinnig, meine Nichte und ihre Kinder kennenzulernen, aber zugleich finde ich die Vorstellung, daß unsere Reise zu Ende geht, ganz entsetzlich.«

Um fünf Uhr stand für die Party in der Camelot-Suite schon alles bereit. Überall an den wichtigen Stellen des Zimmers waren Blumen plaziert worden, eine Käseplatte und verschiedene Salate waren auf dem Cocktailtisch aufgebaut, und der Barkeeper stand schon auf seinem Posten und schnitt Zitronen und Limonen in Scheiben. Draußen auf der Terrasse beugte sich der Kellner über einen Miniherd und belegte große Tabletts mit warmen Hors d'œuvres. Während die Queen Guinevere majestätisch ihre Bahn zog, malte die Nachmittagssonne schimmernde Flecken auf das Wasser.

»Mein Gott, das reicht ja für eine ganze Armee«, sagte Regan und biß in eine rohe Möhre.

»Na ja, besser zuviel als zuwenig«, erwiderte Veronica heiter.

Aber was ist bloß bei deiner Party in der Llewellyn Hall in der letzten Woche schiefgelaufen? dachte Regan. Sie hörte jemanden an die Tür klopfen. Ich wette, es ist Robin Leach.

»Ich komme schon«, trällerte Veronica und betrachtete sich noch ein letztes Mal im Spiegel. Dann ging sie langsam zur Tür und öffnete sie mit einer schwungvollen Handbewegung. Vor ihr stand nicht der erste Gast, sondern der trampelige junge Steward, der unsicher von einem Fuß auf den anderen trat.

»Ich habe einen Brief für Miss Reilly.«

»Danke, mein Lieber. Möchten Sie auf einen Drink hereinkommen?«

»Sorry, Madam. Das würde ich sehr gern tun, aber ich bin im Dienst.«

»Na, wenn Sie mal Pause haben, dann schauen Sie einfach einmal herein. Unsere Party wird wahrscheinlich ein paar Stunden lang dauern.«

Regan eilte die Stufen hinunter und riß Veronica den Umschlag aus der Hand. »Oh, klasse. Das sind wahrscheinlich die restlichen Faxe aus Griechenland. Ich werde nur mal schnell hineinschauen.« Sie öffnete ungeduldig den Umschlag und zog den Inhalt heraus. Veronica schaute ihr neugierig über die Schulter. Das erste Blatt war ein Zeitungsartikel mit Foto: ein Bild von Athena mit ihrer Tante, Helens drei Kindern und deren Erzieherin. Die Überschrift lautete: »Wenige Minuten vor ihrem Tod posierte Helen Carvelous am Strand von Skoulis für ein Foto. Dies war das letzte Bild, das von ihr und ihren Kindern gemacht wurde.«

»Schau mal, das ist Val.«

»Wen meinst du, Veronica?«

»Hier, neben dem dunkelhaarigen Mädchen.«

»Neben Athena?«

»Ja, das stimmt. Das ist Athena. Die Arme. Und sieh mal, das ist ganz bestimmt Val, die neben ihr steht. Ich habe mir neulich mal eines von Philips alten St.-Polycarp's-Jahrbüchern angesehen, und da ist mir ihr Bild aufgefallen. Das war im ersten Jahr, als sie dort unterrichtet hat. Genau so sah sie aus.«

Regan meinte das Adrenalin zu spüren, das durch ihre Adern strömte. Bleib ruhig, dachte sie. Val hatte niemals zugegeben, Athena gekannt zu haben.

»Aber Veronica, das Bild ist doch völlig unscharf. Und dann ist es hier auch noch auf Faxpapier wiedergegeben. Damals hat natürlich auch *jeder* diese Frisur gehabt. Schau mal, hier heißt es, sie heiße Mary V. Cook.« Ob sie wohl durch die drei Gläser Champagner schon etwas wirr im Kopf ist, überlegte Regan.
»Nun, dann gleicht sie ihr aber wirklich aufs Haar. Und was hat das V zu bedeuten?« fuhr Veronica fort, wurde aber durch ein zweites Klopfen unterbrochen. Im Türrahmen stand Cameron Hardwick.
»Guten Abend, meine Damen.«
»Unser erster Gast«, rief Veronica. »Kommen Sie doch bitte herein.«
»Hi, Cameron«, begrüßte ihn Regan und schob die Faxe wieder zurück in den Umschlag. Sie öffnete die oberste Schublade der Frisierkommode und legte ihn hinein. Nur allzugern hätte sie die Dokumente auf der Stelle durchgesehen. Ich werde mich erst nach dem Dinner wieder damit beschäftigen können, dachte sie mißmutig.
»Schau mal, Regan, Cameron hat uns eine Schachtel Pralinen mitgebracht. Ist das nicht nett von ihm?«
»O ja, sehr nett«, sagte Regan. Sie dachte an die Gelegenheit, als ein Mann ihr das letzte Mal Pralinen mitgebracht hatte. Er war ein alter Freund aus New York gewesen, der zu einer Konferenz nach Los Angeles geflogen war. Allerdings hatte Regan später erfahren, daß die Pralinenschachteln bei den *Trans-American Airlines* kostenlos an alle Erste-Klasse-Passagiere verteilt worden waren. Jedermann weiß, daß viele Leute ihre Hochzeitsgeschenke weiterverschenken. Regan suchte sich eine Praline heraus, von der sie hoffte, daß es mit Schokolade überzogenes Karamel sei, und schob sie sich in den Mund. Aber

während sie die cremige Masse zerkaute, merkte sie, daß ihr Magen sich nervös zusammenkrampfte. Beide, Val und Cameron, waren eine Zeitlang in Griechenland gewesen, aber keiner wollte es zugeben. Warum nicht? Aber natürlich könnte Veronica sich auch irren. Und ebenso Violet. Ich muß unbedingt herausfinden, in welcher Stadt Violet Cohn war, dachte Regan. Und ich muß so schnell wie möglich Livingston anrufen. Aber auch wenn Val und Cameron beide dort waren, braucht das nicht zu bedeuten, daß sie sich irgend etwas haben zuschulden kommen lassen.

Sie sah auf das Deck hinaus, wo der Kellner ein Backblech voller Hors d'œuvres aus dem Ofen zog. Plötzlich bekam sie das Gefühl, irgend etwas schnüre ihr die Kehle ab. Ihr war eingefallen, daß Val auch zu der Zeit, als man versucht hatte, Penelope zu vergiften, in Llewellyn Hall gewesen war.

»Mein Gott, ist das elegant hier«, schwärmte Mario. Er und Immaculata waren inzwischen hereingekommen und hatten einen ersten Blick auf die Suite geworfen. »Schätzchen, wenn wir in der Lotterie gewinnen, dann gehen wir noch einmal auf Kreuzfahrt und buchen diese Suite.«

»Erst müssen wir ein bißchen Geld für die Ausbildung der Kinder beiseite legen, Mario. Aber wenn wir genug Geld haben, dann könnten wir natürlich die ganze Familie mitnehmen. Wäre das nicht phantastisch?« Immaculatas Augen leuchteten.

Regan trat zu ihnen. »Sie könnten den Rest der Familie in der Suite auf der anderen Seite des Flurs wohnen lassen, und dann hätten Sie diesen ganzen Bereich für sich. Wie wäre denn das, Mario?«

Mario lachte und legte seinen Arm um Immaculata. »Jetzt setzen Sie aber meiner Frau keine Flöhe in den Kopf. Also gegenüber ist noch einmal eine solche Suite?«

»Ja, und auf dieser Überfahrt ist sie leer. Wir hätten uns den Schlüssel holen sollen – dann hätten wir eine Doppel-Suite-Party machen können«, sagte Regan. Sie versuchte, sich durch ein bißchen Konversation in Stimmung zu bringen. »In dem Fall hätte Veronica wahrscheinlich die gesamte Mannschaft und sämtliche Passagiere eingeladen.«

»Ich glaube, das hat sie ohnehin schon getan«, fügte Dale hinzu. Er stand im Türrahmen, den lächelnden Kenneth im Schlepptau. »Am Fahrstuhl haben noch eine ganze Menge Leute gewartet.«

»Ich hole unsere Drinks, bevor man an der Bar Schlange stehen muß. Was hättest du denn gern, Liebes?« fragte Mario seine Frau.

»Laß mich mal überlegen. Ich hatte schon einen dieser speziellen ›Empfehlung des Tages‹-Drinks; es war furchtbar viel Rum darin. Mir ist eigentlich nicht nach Rum, aber da ich damit angefangen habe, sollte ich vielleicht dabei bleiben. Oh, aber schau mal! Es gibt Champagner und ...«

»Komm mit mir zur Bar, während du darüber nachdenkst, was du trinken möchtest.« Mario wandte sich Regan und Dale zu. »Entschuldigen Sie uns bitte.«

»Mein Gott, das ist ja wirklich toll hier«, rief Dale voller Bewunderung aus, während Kenneth auf die Bar zusteuerte.

»Ja, nicht wahr?« pflichtete Regan ihm bei. Sie nahm einen Schluck Champagner und beobachtete Hardwick, der auf die Terrasse hinausgeschlüpft war und jetzt mit

dem Rücken zu den anderen Gästen an der Reling stand.
»Regan, deine Frisur ist einfach toll«, sagte Kenneth und reichte Dale einen Scotch. »Ein bißchen zu viel Spray vielleicht, aber das scheinen die hier immer so zu machen.«
»Kenneth und ich schaffen es einfach nicht, unseren Job zu Hause zu lassen. Während ich mir die Möbel anschaue, befaßt er sich mit den Frisuren und überlegt, ob die wohl eine Stützwelle oder der eine bessere Färbung vertragen könnte...«
»Oder ob er ein paar Haare mehr und sie einen Kamm brauchen könnte«, fiel Kenneth ein. »Regan, wir haben mit Veronica ausgemacht, daß wir euch am Samstag morgen um vier Uhr früh abholen. Wir trinken Champagner, und ich mache Veronica eine schicke Frisur. Natürlich muß sie, wenn sie ihren Nichten zum ersten Mal gegenübertritt, großartig aussehen. Wir müssen spätestens um vier Uhr unten auf dem Deck sein, so daß wir es mitbekommen, wenn das Schiff in den New Yorker Hafen einfährt und die Freiheitsstatue passiert.«
»Um *vier* Uhr morgens?« wiederholte Regan.
»Ja, das ist Tradition. Wir beiden werden wahrscheinlich die ganze Nacht aufbleiben und feiern. Warum schließt ihr euch uns nicht an?« fragte Dale.
»Vielen Dank, die Herren, aber ich glaube, ich brauche zwischendurch erst einmal ein paar Stunden Schlaf.«
Innerhalb einer halben Stunde herrschte unter den Gästen Hochstimmung. Sylvie kam mit Milton und Violet herein. Als Regan sie begrüßte, bemerkte sie, daß Sylvie so aussah wie jemand, der in den Glückstopf gegriffen hat.
»Mmm-mm«, machte Violet und musterte mit kritischen

ßlicken ihre Umgebung. »Sehr nett. O Milton, da ist dieser unhöfliche junge Mann. Ich weiß wirklich nicht, ob wir bleiben sollten.«

Regan bemerkte, daß Violet Cameron Hardwick voller Abneigung musterte. Sylvie wirkte plötzlich geknickt.

Regan hakte Violet unter und sagte aufmunternd: »Ach bitte, bleiben Sie doch. Hier sind so viele interessante Leute. Lady Exner hat mir erzählt, daß Sie Cameron schon einmal in Griechenland begegnet sind?«

»Ja, genau. 1981 hat er dort als Kellner gearbeitet und uns in unserem Hotel bedient; das war das Jahr, in dem mein lieber Bruce gestorben ist.«

Regan begleitete sie zur Bar und sagte beiläufig: »In meinem nächsten Urlaub will ich auch mal nach Griechenland fahren. In welcher Stadt waren Sie denn?«

»Skoulis«, antwortete Violet, ohne mit der Wimper zu zucken.

»Nein, auf keinen Fall. Seien sie nicht albern, Mr. Gray. Ich werde das keinesfalls zulassen.« Veronica blieb hartnäckig.

»Aber es wird nur ein paar Minuten dauern, hier ein bißchen Ordnung zu schaffen. Sie fangen mit dem Dinner an, und ich komme in ein paar Minuten nach.«

»Nein, Sie haben schon jetzt viel zuviel für uns getan. Es ist schon zwanzig vor acht; wir kommen bereits zu spät. Gleich kommt der Steward; der kann hier aufräumen, während wir beim Abendessen sind.« Veronica öffnete die Tür und trat in den Flur. »Die Party war doch großartig, nicht wahr?«

Gavin folgte ihr zögernd. »Ja, wirklich toll. Und deshalb wollte ich ja, daß alles wieder perfekt aufgeräumt wäre, wenn Sie in Ihr Zimmer zurückkommen.«

Regan zog die Tür hinter sich zu. Als sie den Korridor entlangging, fragte sie sich, warum Gavins Stimme wohl einen so seltsam verängstigten Klang gehabt hatte, ganz so, als stünde seine Existenz auf dem Spiel.

Freitag, der 26. Juni

Ich kann keinen Augenblick länger warten, dachte Regan und kroch aus dem Bett. Sie blinzelte zu Veronica hinüber, die fest zu schlafen schien. Der Wecker neben dem Bett zeigte 4.30 an. Das bedeutete, daß es in Oxford jetzt acht Uhr dreißig war.

Regan ging auf Zehenspitzen ins Badezimmer, schloß die Tür und nahm den Telefonhörer ab.

Fünf Minuten später hatte sie Inspektor Livingston in der Leitung.

»Gott sei Dank, daß Sie zu Hause sind«, flüsterte sie. Sie berichtete ihm, daß Veronica glaube, die Erzieherin auf dem Foto sei Val.

Livingston wühlte die Papiere auf seinem Schreibtisch durch, bis er das fragliche Bild fand. Er betrachtete es genau. »Könnte sein«, sagte er. »Aber sicher ist es nicht. Das Foto ist ziemlich unscharf. Hier steht, ihr Name sei Mary V. Cook. Ich werde heute mal bei St. Polycarp's vorbeischauen und mir ihre Personalpapiere durchsehen.«

»Und noch etwas«, fuhr Regan fort. »Da ist so ein Amerikaner an unserem Tisch, aber er kommt mir irgendwie merkwürdig vor. Eine ältere Dame, die ich hier an Bord kennengelernt habe, behauptet steif und fest, daß er in einem Hotel in Skoulis, wo sie einmal Ferien gemacht hat, als Kellner gearbeitet habe. Das war vor elf Jahren. Es ist nur so ein Verdacht, aber könnten Sie das Ganze wohl einmal anhand der Polizeiakten in Griechenland überprüfen? Schauen Sie mal nach, ob sein Name bei den Ermittlungen irgendwo auftaucht. Vielleicht ist er ja auch befragt worden, wenn er wirklich zu der Zeit in der Stadt gearbeitet hat. Skoulis ist ja nicht besonders groß.«

»Ja, sicher, mit Vergnügen. Wie heißt er denn?«

»Cameron Hardwick.«

Oxford

Während Livingston die Straße nach St. Polycarp's hinauffuhr, ließ er sich den Fall noch einmal durch den Kopf gehen. Wenn Valerie Twyler tatsächlich die Erzieherin gewesen war, warum gab sie es dann nicht zu? War der damalige Einbruch in Helen Carvelous' Heim ein Ding, das von Insidern gedreht worden war? Und was war mit diesem Typen Cameron Hardwick? Livingston hatte seine Kollegen in Griechenland angerufen und sie gebeten, die Akten über den Carvelous-Mordfall herauszusuchen.

Als er seinen Wagen auf den Parkplatz fuhr, war es neun Uhr fünf. Wie erwartet saß Reginald Crane, der Direktor, bereits an seinem Schreibtisch.

»Nigel, dies ist das zweite Mal in dieser Woche, daß du mich besuchst.« Crane schüttelte Livingston die Hand. »Bitte setz dich doch. Was kann ich diesmal für dich tun?«

Livingston lehnte sich auf seinem Stuhl zurück und atmete tief ein. Er mußte vorsichtig sein. Der Ruf einer Dame stand auf dem Spiel. »Miss Valerie Twyler. Kannst du bitte ihre Unterlagen heraussuchen?«

Ohne zu zögern stand Crane auf und trat an seinen Aktenschrank. »Ich nehme an, ich darf dich jetzt nicht fragen, warum du an Val Twyler interessiert bist?«

»Ich will nur ein paar Fakten überprüfen«, entgegnete Nigel und zog seinen Notizblock aus der Tasche.

Crane schleuderte die Akte auf seinen Schreibtisch, setzte sich wieder hin und öffnete sie. Er erklärte, daß auf der ersten Seite die Notizen standen, die er beim Vorstellungsgespräch gemacht hatte.

»Und wann war das?« fragte Livingston.

»Am dreiundzwanzigsten April zweiundachtzig.«

Livingston spürte, daß sein Körper plötzlich vor Energie vibrierte. Das war genau der Tag, an dem Athena Popolous verschwand. »Wo arbeitete Miss Twyler denn damals?«

»In einer Schule ungefähr fünfundsiebzig Meilen westlich von hier. Sie heißt Pearsons Hall.«

»Hat sie dir jemals irgendwelche Referenzen aus Griechenland gezeigt oder mal erwähnt, daß sie dort als Erzieherin arbeitete?«

Crane blätterte seine Papiere durch. »Nein. Das war nicht der Fall.«

»Weißt du, ob sie jemals verheiratet war?«

»Anscheinend war sie in dem Jahr, bevor sie hierherkam, geschieden worden. Sie hatte sogar ihren Mädchennamen wieder angenommen.«

»Und was war ihr Mädchenname?«

»Cook.«

Der Inspektor stand auf. »Wo genau ist Pearsons Hall?«

Auf See

Als Regan sich nach dem Gespräch mit Livingston wieder ins Bett gelegt hatte, konnte sie kein Auge zutun. Unruhig warf sie sich hin und her. An Schlaf war nicht mehr zu denken. Fortwährend gingen ihr Gedanken durch den Kopf. Violet Cohn. Sie hatte einen Verstand wie ein Laserstrahl. Ich möchte wetten, daß sie recht hat, dachte Regan. Cameron Hardwick hatte in Skoulis ganz sicher als Kellner gearbeitet und sie bedient. Wenn Val dort Gouvernante gewesen war, dann hatte sie Hardwick möglicherweise in irgendeinem Café dort kennengelernt. Vielleicht hatte sie ihm, was die Juwelen anbetraf, einen Tip gegeben. Die antiken Juwelen, »die einzigen Juwelen, die es wert sind, besessen zu werden«, wie er selbst gesagt hatte.

Regan lag auf der Seite und umarmte ihr Kopfkissen. Wieder schaute sie auf die Terrasse hinaus, wo Cameron den größten Teil des Abends verbracht hatte. Wenn Val und Cameron in irgendeiner Weise an dem Einbruch beteiligt waren – gab es dann einen Zusammenhang mit Athenas Tod? Und was *tat* dieser Cameron Hardwick eigentlich auf diesem Schiff?

Oxford

Die längste Strecke der fünfundsiebzig Meilen nach Pearsons Hall saß Inspektor Livingston angespannt am Steuer seines Wagens, ohne die idyllische englische Landschaft zu genießen.

Um elf Uhr dreißig saß er im Büro von Pearsons Hall und wartete darauf, daß die Direktorin, Margaret Heslop, von einer Konferenz zurückkehrte, die unten in der Versammlungshalle stattfand. Um viertel vor zwölf schwang die Tür auf; sie wurde von einer Frau, die im Rollstuhl hereinrollte, mit einem Stock festgehalten.

Livingston sprang auf. »Kann ich Ihnen helfen?«

»O Gott, nein! Ich mache das schon seit dem Krieg so«, sagte Miss Heslop mit lauter Stimme. Sie war eine Matrone in den Sechzigern mit einem angenehmen Gesicht und grauem Haar, das im Nacken zu einem Knoten zusammengeschlungen war. Sie blieb gegenüber von Livingstons Stuhl stehen und reichte ihm die Hand. »Margaret Heslop.«

»Nigel Livingston. Ich weiß es wirklich zu schätzen, daß Sie sich so kurzfristig für mich Zeit nehmen konnten.«

»Mir war klar, daß es wichtig war. Sonst hätten Sie nicht den ganzen Weg von Oxford bis hierher auf sich genommen.« Und mit entschlossener Miene fügte sie hinzu: »Und nun sagen Sie mir, was Ihr Anliegen ist.«

»Ich möchte etwas über die Vergangenheit von Valerie Twyler wissen.«

»Valerie Twyler?« Miss Heslop klang verdutzt.
»Ihr Mädchenname war Cook.«
»Natürlich.« Die Schulleiterin schüttelte den Kopf; ihre Miene hatte sich merklich verdunkelt. »Für mich ist sie nie Miss Twyler gewesen. Nachdem sie sich von irgendeinem Typen in der Stadt hatte scheiden lassen, hat sie wieder ihren Mädchennamen angenommen.«
»Soviel ich weiß, hat man sie die meiste Zeit, die sie hier unterrichtete, immer nur Mary genannt.« Zum zweiten Mal an diesem Morgen wurde Livingston sich bewußt, daß er fortwährend mit seinem Stift und seinem Notizblock herumspielte.
»Ja, eigentlich immer«, bestätigte Heslop.
»Richtig. Wissen Sie, ob sie damals einen Sommer lang als Erzieherin in Griechenland gearbeitet hat?«
»Ja, das hat sie, und damit haben ihre sämtlichen Probleme begonnen.« Mrs. Heslop rollte ihren Stuhl zum Aktenschrank hinüber und zog eine Akte mit der Aufschrift »Mary V. Cook« heraus.
»Wieso Probleme?« hakte Livingston nach.
»Ist das denn nicht der Grund, warum Sie hier sind?« fragte Mrs. Heslop, schloß mit einem Knall den Rolladen und öffnete die Akte auf ihrem Schreibtisch. »Sie ließ sich gerade von ihrem Mann scheiden und wollte den Sommer über außer Landes sein. Sie arbeitete für eine Familie in Griechenland, in der sich, wie Sie sicher wissen, eine Tragödie ereignete. Eine Frau ertappte in ihrem Haus einen Einbrecher auf frischer Tat und wurde ermordet. Da Mary die einzige Person war, die dort lebte und nicht zur Familie gehörte, wurde sie sehr gründlich befragt. Als sie zum Herbstsemester hierher zurückkam, sind immer wieder Polizisten aufgetaucht,

die sie verhörten. Das hat uns natürlich nicht besonders gut gefallen. Es hat Unruhe verursacht, war peinlich und so weiter. Ich vermute, daß sie überhaupt nichts beweisen konnten. Am Ende war in Saint Polycarp's eine Stelle zu besetzen, und sie nutzte die Chance, um unser Institut zu verlassen. Sie hatte sich für den Posten beworben, und soviel ich weiß, hat sie seither immer dort unterrichtet. Ich habe sogar gehört, daß sie heiraten will.«

»Ja, das stimmt.«

»Nun, ich hoffe, daß der Betreffende mehr Glück hat, als Malcolm Cook damals hatte. Sie konnte manchmal ziemlich schwierig sein. Eine hervorragende Lehrerin, aber im Umgang nicht sehr angenehm.«

Kein Wunder, daß sie nie zugeben wollte, Athena gekannt zu haben, dachte Livingston. Es war völlig logisch, daß sie ein ganz neues Leben beginnen wollte. Und selbst die Tatsache, daß man sie an dem Tag, an dem Athena verschwand, erneut verhört hatte, könnte völlig irrelevant sein. Er hatte schon mehrere Fälle gehabt, wo Menschen zur falschen Zeit am falschen Ort gewesen zu sein schienen.

Livingston dankte Margaret Heslop dafür, daß sie ihm ihre Zeit gewidmet hatte, und stand auf, um sich auf den Heimweg zu machen. Er versprach, wieder anzurufen, wenn sich noch weitere Fragen ergäben.

An der Treppe, die zum Parkplatz hinunterführte, blieb er einen Augenblick lang stehen. Er genoß die wärmenden Sonnenstrahlen, die durch die Wolken brachen, und dachte darüber nach, was er gerade gehört hatte.

»O Gott, wo hab' ich das blöde Ding denn eigentlich geparkt?« Livingston erblickte eine Dame, die etwa siebzig sein mochte, und ihn anlächelte.

»Mein Mann wird immer furchtbar ärgerlich, weil ich mich nie daran erinnern kann, wo ich den Wagen geparkt habe. Er ist nicht gut zu Fuß, deshalb setze ich ihn immer an der entsprechenden Stelle ab, bevor ich mir einen Parkplatz suche. Heute ist im Vortragssaal eine Ausstellung für kunsthandwerkliche Gegenstände. Wirklich schöne Sachen, die sie da zeigen. Haben Sie nicht Lust, sich das mal anzuschauen?«
»Was für ein Auto haben Sie denn?« fragte Livingston, in der Absicht, der alten Dame zu helfen.
»Einen blauen Austin; und wir haben in letzter Zeit eine Menge Schwierigkeiten mit ihm gehabt. Wir haben das gute Stück deshalb unseren blöden August genannt.« Sie kicherte leise in sich hinein. »Oh, danke, da ist er«, sagte sie, ergriff das Geländer und ging langsam die Stufen hinab.
Blauer Austin. Blöder August. B.A. Livingston blätterte seinen Notizblock durch und schaute sich noch einmal an, was auf dem Streichholzbriefchen, das in Athena Popolous' Tasche gefunden worden war, geschrieben stand: »B. A. 315.«
Er machte auf dem Absatz kehrt und eilte zurück ins Haus. »Ich nehme Sie schneller beim Wort, als Sie denken«, erklärte er der überraschten Schulleiterin. »Haben Sie zufällig eine Liste der Automobile, die den Mitgliedern des Kollegiums gehören?«
»Natürlich. Die Mitglieder des Kollegiums bekommen alle einen Sticker für den Parkplatz.«
»Was für einen Wagen hat Valerie – äh, Mrs. Cook – gefahren, als sie hier war?«
»Schauen wir mal. Hier ist ihre Akte. Ah ja, es war ein blauer Austin.«

»Wie lautete das Nummernschild?« fragte Livingston gespannt.
»Drei-eins-fünf-sieben-sechs-vier.«
»Sie haben mir wirklich sehr geholfen.«
Valerie Twyler oder Mary V. Cook hatte Athena Popolous in Griechenland gekannt, dachte Livingston, während er in seinen Wagen stieg. Aus irgendeinem Grund hatte sich Athena einige Zahlen von Vals Nummernschild notiert.
Athena verschwand an dem Tag, an dem Val ihr Vorstellungsgespräch in Oxford führte. Und Val hatte Veronica beschuldigt, versucht zu haben, Penelope Atwater zu vergiften – eine Vorstellung, die Livingston aus irgendeinem Grund nicht einleuchten wollte. Auch Regan Reilly hatte sich das nicht vorstellen können. Und noch etwas. Vals bevorstehende Heirat mit Philip ergab keinen Sinn: Die beiden schienen wie Öl und Wasser zu sein. Heiratete sie ihn, weil er später wahrscheinlich Lady Exners Millionen erben würde? Wenn sie wirklich versucht hatte, Penelope Atwater zu vergiften, dann konnte man nicht wissen, was sie als nächstes plante. Und wann.
Als er nach Oxford zurückfuhr, stemmte er den Fuß ungeduldig auf das Gaspedal; er hatte das deutliche Gefühl, daß die Zeit drängte.

Auf See

Cameron Hardwick konnte kein Auge zutun. In seiner Phantasie ging er seinen Plan immer wieder aufs neue durch. Er stellte sich die Kabine in allen Einzelheiten vor. Wenn die alte Schachtel aufwachte, während er gerade diese Reilly kaltmachte, dann könnte die Sache schieflaufen. Er warf einen Blick auf das Fläschchen mit den starken Beruhigungstropfen, das auf seiner Kommode stand. Sie waren in jedem Fall mehrere Stunden wirksam. Er würde ihr heute abend ein paar Tropfen in ihren Drink schütten, und um elf oder zwölf spätestens würde Exners Kinn friedlich auf ihrer Brust ruhen. Nach der Party, die sie gestern abend gegeben hatte, wäre es nicht überraschend, wenn sie erschöpft wirkte. Wenn er sich in die Suite schliche, wäre sie längst in Morpheus Armen. Er lächelte.

Reilly. Er würde ihr ihren Drink auch gern ein wenig versüßen, aber das wäre viel zu gefährlich. Er spürte, daß sie eine deutliche Antipathie gegen ihn hegte. Sie würde ihn niemals so nahe an sich heranlassen. Aber selbst wenn es ihm gelänge, ihr auch ein paar Tropfen in das Getränk zu schütten, würde sofort eine Alarmglocke in ihrem Kopf läuten, sobald sie sich ungewöhnlich müde fühlte. Nein. In ihrem Fall, so hoffte er, würde er das Überraschungsmoment nutzen können. Wenn sie in dem Augenblick, in dem er in die Kabine schliche, schliefe, dann hätte er die Extrasekunden, die er brauchte. Wenn nicht, dann könnte er sie packen, bevor sie nach dem Telefonhörer griff. Er hatte das schon überprüft. Das Telefon im Wohnzimmer stand auf einem Tisch hinter dem Ausziehsofa, zu weit weg, um es zu erreichen, bevor er sie zum Schweigen gebracht hatte. Wenn sie versuchte zu schreien, so würde ihr das bestimmt nicht gut bekommen. Wie hieß diese Zeile aus dem japanischen Gedicht: – Wenn ein Baum in einem Wald fällt, und niemand hört ihn – macht das Fallen dann ein Geräusch?

Hardwick warf einen Blick auf den Wecker. Sechs Uhr früh. Ich könnte ebensogut aufstehen, dachte er. Es wird ein interessanter Tag. Und sogar das Wetter würde mitspielen. Ein gutes Omen. Für heute nacht war ein bewölkter Himmel angesagt. Als er die Dusche anstellte, stach ihm der Geruch des stark gechlorten Wassers in die Nase. Wie kann das Schiffspersonal es nur aushalten, tagein, tagaus mit diesem Wasser zu duschen? Der Steward. Man konnte nur hoffen, daß er ihm nicht gerade heute nacht über den Weg lief. Um ein Uhr nachts würde er hoffentlich im Tiefschlaf in seiner Kabine liegen, betäubt durch Dr. Jack Daniels. Ich werde mich an ihm vorbeischleichen, die Sache hinter mich bringen und dann hierher zurückkommen und warten. Auf das Festland, die Freiheit und das dicke Geld!

Aus irgendeinem Grunde bin ich heute furchtbar schreckhaft und mache mir dauernd Sorgen um Veronica, dachte Regan, während sie und Veronica sich anzogen. Sie hatten länger als gewöhnlich geschlafen. Regan war erst nach fünf Uhr morgens eingeschlafen; Veronicas dauernde Unruhe begann allmählich, sie anzustecken. Sie hatte beschlossen, den »Sitz-und-sei-fit«-Unterricht zu schwänzen.
»Es ist alles in Ordnung, Regan«, verkündete Veronica. »Ich fühle mich ganz gut. Heute ist einfach einmal ein Tag, um zu entspannen, uns von unseren neuen Freunden zu verabschieden und sich auf den zweiten Teil meines Abenteuers, das morgen beginnt, vorzubereiten.«
»Was – überhaupt keine Seminare?« fragte Regan.
»Ich glaube nicht, daß ich mir noch mehr über Finanzplanung anhören sollte. Philip hat jemanden, der all das für mich erledigt. Was die Hellseherin anbetrifft – nun ja, ich hätte lieber eine private Sitzung mit einer der Wahrsagerinnen aus New York. Soviel ich weiß, gibt es ein paar sehr gute dort, die in Restaurants arbeiten. Sie kommen an deinen Tisch. Ich werde meine Nichten mal ins Restaurant ausführen.« Veronica setzte sich an den Frühstückstisch. »Gott sei Dank, daß wir heute den Zimmerservice bestellt haben. Und hinterher machen wir es uns auf dem Lido-Deck gemütlich, so, wie wir es vor ein paar Tagen schon einmal gemacht haben.«

»Gute Idee«, sagte Regan. Jemand klopfte an die Tür. Sie setzte ihre Kaffeetasse nieder. »Wer kann das denn sein?« fragte sie, als sie zur Tür ging.

Ein nervös wirkender Gabby Gavin stand vor ihr. »Ist alles in Ordnung?« fragte er. »Ich habe mir Sorgen gemacht, als Lady Exner heute morgen nicht zur Gymnastikstunde erschienen ist.«

»Ja, ja, alles in Ordnung«, rief Veronica aus dem Wohnzimmer. »Heute ist mal ein Entspannungstag. Kommen Sie herein, Mr. Gray.«

Als er an ihr vorbeiging, gewann Regan den Eindruck, daß er in den letzten Tagen um Jahre gealtert war.

»Heute würde *ich* Sie gerne einmal zu den Übungen und Seminaren begleiten, Lady Exner. Es ist mir ein Vergnügen, in Ihrer Gesellschaft zu sein, und dies ist unser letzter Tag. Regan, vielleicht würden Sie auch gern einmal etwas allein unternehmen.«

»Danke, Gavin, aber heute wollen Veronica und ich uns ganz einfach einmal entspannen – unten auf dem Lido-Deck. Nicht wahr, Veronica?«

»Ja, genau. Haben Sie nicht Lust, mit uns zu kommen? Es ist ziemlich lange her, daß ein so gutaussehender Mann meine Gesellschaft suchte.«

Veronica kann ganz schön kokett sein, dachte Regan. Ich frage mich, ob sie wohl jemals über Gabby ein Gedicht schreiben wird.

»Oh, Mario, ich kann es gar nicht erwarten«, jubelte Immaculata, während sie ihr Augen-Make-up auftrug. »Wann gehen wir endlich hinauf?«

»Der Steward sagte jederzeit nach zehn«, antwortete Mario. »Wir werden in einer der besten Suiten des Schiffes eine private Party feiern. Im Augenblick habe ich einen Mordsfrühstückshunger.«

Nachdem die zweite Schicht Lidschatten aufgetragen war, schloß Immaculata den Reißverschluß ihres Kosmetiktäschchens. »Ich habe mein schwarzes Negligé eingepackt. Haben wir nicht Glück gehabt, daß niemand in der Suite wohnt und der Steward so nett ist?«

»Süße, jeder ist nett, wenn er dafür bezahlt bekommt.«

»Ich weiß, aber er könnte Schwierigkeiten bekommen.«

»Na ja, ich habe ihm erzählt, es sei für uns wie eine zweite Hochzeitsreise, und wir könnten uns eine solche Suite nie leisten. Es wird bestimmt niemand erfahren, und er kann sich ein paar hundert Dollar dazuverdienen.«

Mario nahm Immaculata in die Arme und drückte sie an sich. »Wir werden unsere zweite Hochzeitsnacht erleben.«

Immaculata sah ihn verwirrt an. »Aber, Mario, weißt du das denn nicht mehr? Damals, in unserer Hochzeitsnacht, bist du doch auf der Stelle eingeschlafen.«

Oxford

Es war bereits nach zwei Uhr mittags, als Livingston in sein Büro zurückkehrte. Auf seinem Tisch lagen mehrere Zettel mit Botschaften, die wichtigste von den Behörden in Griechenland. Er rief rasch zurück und erfuhr, daß Cameron Hardwick zur Zeit von Helen Carvelous' Tod in der Tat verhört worden war. Er hatte als Kellner in dem kleinen Hotel an der Küste gearbeitet. In der Woche vor dem Mord war er als ein Mitglied des Hilfspersonals für eine große Party, die auf dem Anwesen der Carvelous stattfinden sollte, angeheuert worden. Eine Nachsendeadresse hatte er nicht hinterlassen.

Livingston hängte ein und sann darüber nach, daß Val Twyler und Cameron Hardwick einander in Griechenland mit großer Wahrscheinlichkeit gekannt hatten. Jetzt reiste Hardwick auf der Queen Guinevere. Fünf Minuten später hatte Livingston eine der Angestellten der Zentrale der Global Cruise Line in New York an der Leitung. Nachdem er sich vorgestellt hatte, fragte er: »Haben Sie eine Adresse von Cameron Hardwick? Er ist augenblicklich auf der Queen Guinevere mit Kurs auf New York.«

»Gewiß. Ich werde mal nachschauen. Einen Augenblick, Sir.« Die Stimme der Frau klang selbstbewußt und freundlich.

Livingston wartete und fragte sich, wann er sich wohl

endlich ein Sandwich genehmigen könne. Er hatte seit dem frühen Morgen nichts gegessen.
Am anderen Ende der Leitung erklang erneut die selbstbewußte Stimme. »Ja, also, ich habe hier auf der Liste einen Cameron Hardwick, der uns die Nummer eines Postfaches in New York City angegeben hat.«
»Das ist alles?«
»Ja Sir. Es tut mir leid.«
Livingston wollte schon einhängen, aber ihm kam noch ein anderer Gedanke.
»Hat er irgendeine Telefonnummer angegeben, wo man ihn, bevor er an Bord des Schiffes ging, erreichen konnte?«
»Ja, das hat er. Wir erfragen immer eine Telefonnummer, wo wir unsere Passagiere vor Abfahrt des Schiffes erreichen können, falls es irgendeine Verzögerung gibt.«
Livingston notierte sich die Nummer, die die Vorwahl von Highgate hatte. Highgate war nur dreißig Meilen von Oxford entfernt. »Danke.« Er wählte und wartete ängstlich, während das Telefon sechs- oder siebenmal klingelte. Schließlich hörte er die Stimme eines älteren Mannes. »Barleyneck Inn. Masin Hicks. Ja, ja. Was kann ich für Sie tun? Oh, herrje! Bitte bleiben Sie am Apparat.«
Livingston betrachtete fragend den Hörer. »Ich warte.« Er hörte zu, während die Stimme am anderen Ende sich bei jemandem entschuldigte, der wahrscheinlich eine Beschwerde vortrug.
»Oh, herrje! Ihr Tee war also nicht heiß. Das tut mir furchtbar leid. Setzen Sie sich doch. Sie bekommen augenblicklich eine zweite Kanne. Ja, ja. Setzen Sie sich doch. Setzen Sie sich – was kann ich für Sie tun?«

Livingston trommelte mit den Fingern auf den Schreibtisch.
»Was kann ich für Sie tun?« ertönte erneut die Stimme. Livingston richtete sich in seinem Stuhl auf, während er sich vorstellte. »Sagen Sie mir bitte, ob bei Ihnen ein Cameron Hardwick gewohnt hat oder wohnt.«
»Cameron Hardwick. Ja.«
»Ja?« Livingston klang überrascht.
»Ja. Er hat das Zimmer Anfang der Woche geräumt. Bleiben Sie bitte am Apparat. – Hallo, schön, daß Sie wieder einmal zu uns kommen. Bitte tragen Sie sich doch hier ein. – Hallo? Ja. Es tut mir sehr leid. Cameron Hardwick hat sein Zimmer am Montagmorgen verlassen. Ein ziemlich ruhiger Typ. Er leiht sich immer das Bügelbrett.« Ein Lachen, das allerdings eher wie ein Keuchen klang, gelangte auf dem Weg durch die Telefondrähte an Livingstons Ohr.
»Ist er schon vorher mal bei Ihnen gewesen?«
»O ja, ja. Oh-oh – warten Sie bitte einen Augenblick.« Während der Besitzer des Gasthauses klingelte und nach einem Gepäckträger rief, trommelte Livingston ungeduldig mit den Fingern auf den Schreibtisch. Als der Gastwirt dann endlich wieder am Apparat war, fragte Livingston nach der Adresse des Gasthauses und nach dem Weg dorthin. Es würde wahrscheinlich den ganzen Tag lang dauern, wenn man die Informationen per Telefon zu bekommen versuchte, dachte er. »Soll ich Ihnen ein Zimmer reservieren?« fragte die Stimme am anderen Ende der Leitung. »Wir haben ein recht hübsches, von dem aus man direkt auf den Fluß hinausschaut.«
»Nein, aber ich werde heute nachmittag bei Ihnen vorbeikommen, wenn Sie dort sind.«

»Ja, ja, natürlich. Um vier Uhr gibt es Tee und Gebäck. Meine Frau kocht die Marmelade selbst ein. Oh-oh, bleiben Sie bitte einen Augenblick am Apparat.«
»Schon in Ordnung«, schrie Livingston ins Telefon, bevor die Stimme sich entfernte. »Ich sehe Sie später.«
Als er einhängte, durchzuckte es ihn wie ein Blitz. Ich werde ziemlich reizbar, dachte er. Ich muß unbedingt etwas essen, aber nicht, bevor ich Valerie Twyler angerufen habe. Bei Miss Twyler zu Hause nahm niemand das Telefon ab, deshalb entschied er, es in Llewellyn Hall zu versuchen. Das Dienstmädchen meldete sich.
»Sie und Philip sind heute mit einigen Studenten, die zum Besuch der Sommerkurse hier sind, nach Bath gefahren. Sie werden vermutlich erst abends gegen halb elf oder elf zurück sein. Ich bin im Augenblick hier allein und bediene Penelope.«
»Wie fühlt sie sich?« fragte Livingston.
»Sie hat ihren Appetit inzwischen wiedergefunden«, sagte die Hausangestellte lakonisch.
»Aha.«
»Ich werde auch nicht jünger, und jetzt muß ich dauernd die Treppen rauf- und runterlaufen. ›Mehr Tee, bitte. Hol mir ein paar Cracker. Könntest du mir ein bißchen Suppe machen?‹ Man möchte plötzlich meinen, daß ihr das ganze Haus gehört. Wenn Lady Exner zurückkommt, dann werde ich um eine Gehaltserhöhung bitten.«
»Gute Idee.« Livingston versuchte, seiner Stimme einen mitfühlenden Klang zu geben. »Ich werde versuchen, noch heute abend mit Miss Twyler zu sprechen.«
»Wie Sie wollen. Ich werde dann daheim sein und vorm Fernseher ein Fußbad nehmen. Wiederhör'n.«
Livingston war erleichtert, daß er es klicken hörte. Er sah

auf die Uhr. Vierzehn Uhr fünfundvierzig. Zeit für ein kleines Käsebrot und eine Tasse Tee im Pub auf der anderen Straßenseite, und dann mache ich mich auf den Weg zum Barleyneck Inn, dachte er. Er hatte das Gefühl, daß der Besitzer des Gasthauses nur allzu glücklich wäre, ihm einiges über Cameron Hardwick erzählen zu können. Als er die Polizeiwache verließ, wünschte er sich nur, daß er Valerie Twyler nicht noch am gleichen Abend verhören müsse. Seine Frau hatte gehofft, daß er abends endlich einmal daheim wäre. Aber eine innere Stimme sagte ihm, daß die Sache nicht bis morgen aufgeschoben werden dürfte. Also gut, dachte er, als er den dunklen Gastraum betrat. Ich kann das alles auch immer noch später entscheiden. Wenn ich mit dem Typ fertig bin, dann bin ich sicher ohnehin völlig erschöpft.

Das Gasthaus Barleyneck befand sich am Ende einer Sackgasse in einem Bauerndorf. Als Livingston die Straße hinunterfuhr, mußte er anhalten und warten, bis ein paar freilaufende Schafe die Straße überquert hatten. Sie machten keinerlei Versuch, schneller zu gehen, und starrten ihn gelangweilt an. Das einzige Anzeichen für eine gewisse Lebendigkeit war ein gelegentliches Blöken. »Beeilt euch«, murmelte Livingston, »sonst findet ihr euch vor meinem Kamin wieder.«

Livingston bog in eine Auffahrt ein und erblickte einen kleinen Landgasthof. Er war im viktorianischen Stil gebaut und von riesigen alten Eichen beschattet. Die Atmosphäre in dem Gasthof war angenehm. Geblümte Vorhänge und eine geblümte Tapete im Gastraum standen in einem reizvollen Gegensatz zu den mit dunklem Holz verschalten Wänden im Vorraum. Ein alter Mann, wahrscheinlich der, mit dem Livingston am Telefon gesprochen hatte, saß an einem großen antiken Tisch und bedrängte ein junges Paar, doch sobald wie möglich wiederzukommen. Dünne weiße Haarsträhnen bedeckten seine rosige Kopfhaut, und seine Haut wirkte ledrig gebräunt. Auf seiner Nase steckte eine Bifokalbrille. Wahrscheinlich arbeitet er hier bereits seit der Reformation, wenn nicht länger, dachte Livingston.

»Ich hoffe, es war alles Ihren Wünschen entsprechend.«

»Hervorragend«, antwortete die junge Frau rasch und klopfte ungeduldig mit der Fußspitze auf den Teppich.
»Ja. Ja. Sie machen also eine kleine Rundreise?«
»In ein paar Tagen geht es wieder zurück nach Australien«, antwortete ein etwa dreißigjähriger Mann und schob seine Kreditkarte in die Brieftasche. »Also, danke dann.«
»Ich wollte immer mal nach Australien, habe es aber nie ganz geschafft. Woher in Australien kommen Sie?«
»Melbourne.«
»Ja, ja. Vielleicht komme ich dort auch irgendwann einmal hin, aber...«
»Entschuldigung«, fuhr Livingston dazwischen. Die beiden jungen Leute warfen ihm dankbare Blicke zu und ergriffen ihre Gepäckstücke. »Wenn es Ihnen nichts ausmacht, dann würde ich mich gerne mit Ihnen unterhalten.«
»Ja. Gewiß. Auf Wiedersehen also«, rief der Gastwirt den beiden, die den Vorraum schon verlassen hatten, nach.
»Ich bin Inspektor Livingston. Ich habe heute morgen mit Ihnen gesprochen...«
»Ja, richtig. Sie sind derjenige, der etwas über Cameron Hardwick wissen möchte. Seit Ihrem Anruf habe ich über ihn nachgedacht. Er ist im großen und ganzen in Ordnung, nehme ich an. Ein Amerikaner. Aber anspruchsvoll ist der Kerl. Mäkelig. Furchtbar mäkelig.«
»Meinen Sie, wir könnten uns darüber unter vier Augen unterhalten?« fragte Livingston, obwohl er mit dem Mann im Augenblick allein war. Nach dem zu urteilen, was er heute morgen am Telefon mitbekommen hatte, hatte er angenommen, daß dies so eine Art Hotel Ritz wäre.
»Gewiß. Übrigens – ich bin Mason Hicks.« Der Mann sah ihn über seine Brillengläser freundlich an. »Ich rufe mal

meinen Angestellten, damit er sich hier an die Rezeption setzt, während wir beide in mein privates Büro gehen.« Er schlug dreimal auf eine runde Klingel auf seinem Schreibtisch. »Ich hätte ihn rufen sollen, damit er Ihnen die Koffer hereinträgt«, fügte er hinzu, während er mit dem Finger in Richtung Eingangstür wies, und dann, in einem kurzen Anfall von Ärger, noch zwei weitere Male auf die Klingel schlug.

Ein schüchtern aussehender älterer Mann erschien aus einem Nebengang. Die Palastwache, dachte Livingston.

»Rodney, meinst du, du könntest mich hier vertreten? Wir haben etwas Dringendes zu besprechen, ja, ja«, erklärte Hicks.

»Äh, hätten Sie vielleicht gern ein wenig Tee?« fragte Rodney höflich.

»Nein, danke«, erwiderte Livingston.

Hicks führte ihn in ein kleines, muffig riechendes Büro, an dessen Wänden unzählige Bilder von Hunden hingen, die über Zäune sprangen.

»Ich möchte Sie nicht aufhalten«, erklärte Livingston und setzte sich auf einen roten Lederstuhl, der zwischen der Statue eines Dalmatiners und den schweren Vorhängen irgendwie eingeklemmt wirkte.

»Nehmen Sie sich Zeit, nehmen Sie sich Zeit, mmmh, ja«, sagte Hicks und faltete die Hände vor dem Bauch. Offensichtlich genoß er die angenehme Erregung, die durch die Präsenz eines Polizeibeamten erzeugt wird. »Also Sie ermitteln in der Sache Cameron Hardwick, ja?«

»Eigentlich nur ein paar Routinefragen«, erwiderte Livingston. Er räusperte sich. »Am Telefon haben Sie angedeutet, daß Cameron Hardwick ein häufiger Gast sei.«

»Die Art, die uns besonders lieb ist.« Als Hicks lächelte und sich nach vorne legte, zogen sich seine kleinen Augen zu faltigen Schlitzen zusammen.
»Genau«, entgegnete Livingston. »Wie häufig steigt er ungefähr hier ab?«
»Also ein paarmal im Jahr. Ein gutaussehender Typ, aber er hat etwas Grüblerisches. Er hat eine Freundin, die häufiger vorbeischaut und ihn hier besucht.« Hicks zwinkerte ihm anzüglich zu.
Livingston sah von seinem Notizblock auf. »Können Sie sie beschreiben?«
»Oh, Ende dreißig, nehme ich an. Braunes Haar. Attraktiv, aber nicht aufgedonnert. Ein wenig steif. Man würde nicht vermuten, daß sie der Typ ist, der eine langjährige Affäre hat, aber wissen Sie was – ich glaube, sie ist sogar verheiratet!« Hicks Augen funkelten und zwinkerten, und er tat so, als würde er jemandem in die Seite knuffen.
»Wissen Sie zufällig ihren Namen?«
»Ich glaube, er nennt sie Mary. Einen Nachnamen hat sie nie angegeben. Er bucht immer selbst. Wir haben zehn schöne Zimmer, aber er wohnt immer in demselben, jedesmal. Es hat sein eigenes Bad. Einmal war es nicht frei, da ist er tatsächlich ein wenig unangenehm geworden ...«
»Ah, so, ich verstehe«, unterbrach ihn Livingston. »Und wann haben Sie die Dame zum letzten Mal gesehen?«
»Einen oder zwei Tage, bevor er abgereist ist. Das war am letzten Wochenende. Sie kam am Samstag morgen, und sie haben sich das Frühstück aufs Zimmer schicken lassen. Er liebt seine Privatsphäre, und alles muß perfekt sein. Die Eier müssen auf die Minute richtig gebraten,

der Schinken muß kroß sein … Übrigens joggt er jeden Tag. Hat mir erzählt, wenn er das nicht täte, würde er durchdrehen.«

»Sie erinnern sich ja an ziemlich viele Einzelheiten«, bemerkte Livingston.

»Nun ja, er kommt ja schon seit zehn Jahren hierher.«

»Seit *zehn* Jahren?« fragte Livingston.

»Ja, ja. Er kam und war der erste Gast, der in dem frisch renovierten Raum über dem Fluß wohnte. Und in der Nacht hat ihn auch gleich die junge Frau besucht. Sie waren beide mit der Unterkunft sehr zufrieden und sind seither immer wieder gekommen. Meine Frau und ich fühlten uns an den Film *Same Time Next Year* erinnert. Haben Sie den mal gesehen?«

»Ja, sehr nett, sehr unterhaltsam«, antwortete Livingston.

»Ja, ja. Man fragt sich, was sie zu verstecken haben.«

»Ja, das fragt man sich wirklich«, bestätigte Livingston. Er stand auf und überlegte sich, daß der Abend wohl noch sehr lang werden würde, wenn er die Gelegenheit bekäme, Valerie Twyler, auch unter dem Namen Mary Cook bekannt, zu verhören.

Auf See

Dies war eindeutig der gemütlichste Abend der ganzen Überfahrt. Veronica war anscheinend entschlossen, ihre Energie für ihre neu entdeckten Verwandten aufzusparen. Sie lag zwischen Regan und Gabby Gavin in ihrem Liegestuhl und hielt für die Vorbeigehenden hof. Gavin war offensichtlich sehr besorgt um sie. Zunächst fürchtete er, daß sie sich einen Sonnenbrand holen könnte. Ob sie wohl nicht eine Sonnencreme mit hohem Schutzfaktor hätte, die er ihr aus der Suite holen könnte? Veronica griff in die Einkaufstasche und zog triumphierend eine Tube Sonnencreme Faktor 32 – größtmöglicher Schutz – heraus.

»Angeblich gelangt kein einziger Strahl an deine Haut, nicht einmal wenn du ein Sonnenbad am Äquator nimmst«, sagte sie glucksend.

Gavin starrte düster vor sich hin.

Sie gingen nicht in den Speisesaal, sondern bedienten sich an dem Büfett, das in der Nähe des Schwimmbeckens aufgebaut worden war. Veronica brachte Regan ein Sandwich aus drei Lagen Toast und eine Sangria mit einem kleinen Papierschirm, der zwischen den Eiswürfeln hin und her tanzte.

Veronica zog den Schirm heraus und warf ihn in ihre Tasche. »Der ist für mein Erinnerungsalbum. Er wird mich immer an diesen besonderen Tag mit Ihnen, Mr. Gray, erinnern.«

»Sind Sie sicher, daß der Wind nicht zu kalt für Sie ist?« fragte Gavin besorgt. »Am liebsten würde ich Ihnen einen Pullover holen.«

»Nicht notwendig«, erklärte Veronica und zog einen Schal aus ihrer scheinbar bodenlosen Badetasche. »Die liebe Regan denkt an alles.«

Regan hatte eine Sekunde lang das Gefühl, daß Gabby ihr einen ziemlich feindseligen Blick zuwarf.

»Und jetzt muß ich das Buch meiner Lieblingsautorin zu Ende lesen. Mr. Gray, wußten Sie, daß Regans Mutter Nora Regan Reilly, die berühmte Kriminalschriftstellerin ist?«

Gabby hatte plötzlich einen merkwürdig verzerrten, geradezu haßerfüllten Ausdruck im Gesicht. Im selben Augenblick bemerkte Regan, daß ihre Mutter und ihr Vater an einer Seite des Pools auftauchten. Sie war sich sicher, daß Gabby sie ebenfalls entdeckt hatte. Er preßte die Lippen aufeinander, als er sah, wie Nora sich mit einem Schwung umdrehte und in den Salon zurückfloh – einen resigniert wirkenden Luke im Schlepptau.

Um vier Uhr nachmittags machten sich Regan und Veronica auf den Weg nach oben, um noch vor dem Abendessen mit dem Packen zu beginnen.

»Wie Regan schon sagte – es wäre so viel besser, wenn wir das meiste vor dem Abendessen einpacken, denn die Taschen müssen vor dem Schlafengehen draußen im Flur stehen.« Veronica schwenkte ihre Badetasche in Gavins Richtung. »Au 'voir.«

»Au 'voir, alte Kuh«, murmelte Gavin.

Oxford

Livingston konnte nichts anderes tun, als auf die Rückkehr von Val und Philip zu warten. Er hatte entschieden, daß er genausogut nach Hause gehen und in Ruhe mit der Familie zu Abend essen könne. Seine Frau Maude, die seine Stimmungen immer sehr sensibel registrierte, bemerkte: »Irgend etwas rumort in dir, vermute ich. Ich war mir eigentlich sicher, daß ich das Lamm für dich in den Kühlschrank stellen müßte.«

Er biß herzhaft hinein. »Es wäre schade, es nicht knusprig und heiß zu essen. Ich muß in jedem Fall später noch einmal fort.«

»O Daddy«, jammerte Davinia. »Ich hatte gehofft, du könntest mich und Elizabeth und Courtney und Laura ins Kino fahren.«

»Heute leider nicht.«

»Aber wir wollten unbedingt heute abend gehen.« Davinia sah ihn entsetzt an. »Es ist wichtig.«

»Ich denke, meine Verabredung ist auch wichtig«, bemerkte Livingston trocken. »Wo sind denn eigentlich heute abend die Väter von Elizabeth und Courtney und Laura?«

»Die haben alle zu tun. Vielleicht könntest du ...«

»Davinia, nun laß doch deinen Vater in Ruhe sein Essen genießen«, ermahnte Maude ihre Tochter.

Frieden. Livingston sah Davinia mit leicht gereizter

Zuneigung an. Seit dem Augenblick, als sie sie vom Krankenhaus nach Haus gebracht hatten, war Frieden in diesem Haushalt ein seltenes Gut gewesen.
Irgendwie brachte ihn dieser Gedanke auf Athena Popolous. Er hatte gehört, daß sie dauernd mit ihren Eltern gestritten hatte. Davinia stritt sich natürlich nicht dauernd mit ihnen. Aber Athena war nur fünf Jahre älter gewesen als dieses hübsche Kind, das ihn so entrüstet ansah. Und Athena war erwürgt worden und im Laufe der Jahre, bedeckt von Dornensträuchern und Gestrüpp, allmählich verwest.
Er verzehrte eilig sein Abendessen, stürzte eine Tasse Tee herunter und stand vom Tisch auf. »Wenn irgendein Vater oder irgendeine Mutter euch abholen kann, dann bringe ich euch vorbei. Aber das muß schnell geschehen.«
Davinia sprang auf und umarmte ihn. »Danke, Daddy.«
»Geht schon in Ordnung«, erwiderte Livingston. Er sah ihr nach, wie sie die Treppe hinaufpolterte; für ihre wichtigen Telefongespräche mußte sie offenbar unbedingt allein sein.
Es war absolut möglich, daß Val und Philip früh zurückkämen. In der Zwischenzeit könnte er sich eine Weile lang mit Penelope unterhalten. Wer weiß, welche Leckerbissen an Informationen sie ihm anzubieten hätte.
Kichern sollte gesetzlich verboten werden, dachte Livingston eine Stunde später, als er Davinia und ihre Freunde am Kino absetzte. Es war zehn vor acht. Als er bei Llewellyn Hall angerufen hatte, hatte Emma Horne versprochen, auf ihn zu warten und hereinzulassen. »Aber bitte nicht später als acht, Sir; ich will mir heute

abend im Fernsehen etwas anschauen, und ich möchte keinesfalls den Anfang verpassen. Wenn man die Sendung auch nur eine oder zwei Minuten zu spät anstellt, dann kommt man überhaupt nicht mehr rein.«

Eine Pünktlichkeitsfanatikerin, dachte Livingston.

Als er ankam, stand Emma bereits an der Tür. Ihre große Handtasche hatte sie fest unter den Arm geklemmt.

»Sie wissen, wo ihr Schlafzimmer ist. Sie freut sich darauf, Sie zu sehen. Sie sitzt in ihren aufgeschüttelten Kissen und wartet von morgens bis abends darauf, daß jemand sie besucht. Besser Sie als ich.« Blitzschnell fuhr Emma mit ihrem Landrover rückwärts aus der Einfahrt und ließ dabei einen Hagel von Kieselsteinen auf Philips Blumenbeet niederprasseln.

Livingston blieb einen Augenblick lang im Vorraum stehen und sah sich um. Wenn die Porträts von Sir Gilbert Exners mürrischen Vorfahren doch nur ein paar Worte reden könnten, überlegte er, während die verschiedenen Augenpaare ihn von oben finster anblickten. Dieses Haus war gut dreihundert Jahre alt. Vergessen wir die ersten zweihundertneunzig Jahre. Er hätte nur allzugern gewußt, was in den letzten zehn Jahren hier vor sich gegangen war. Und erst recht in den Wäldern, wo man Athenas Leiche gefunden hatte.

»Hi-ier bin ich«, brüllte Penelope aus dem ersten Stock.

»Ich dachte, sie sei halbtot«, murmelte Livingston, als er die Treppe hinaufging.

Penelope sah erheblich besser aus als damals, als er sie im Krankenhaus besucht hatte. Aber das bedeutete noch immer nicht sehr viel. Livingston nahm einen bekümmert aussehenden Teddybär aus ihrem Schaukelstuhl, der einzigen in dem Zimmer vorhandenen Sitzmöglichkeit, und setzte sich hinein. Er war sogleich gezwungen, seine Füße als Bremse zu benutzen, da der Stuhl unter lautem Quietschen hin und her zu schaukeln begann. Die heftige Schaukelbewegung hörte erst auf, als Livingston aufstand, den Stuhl ergriff, ihn so lange festhielt, bis er sich nicht mehr bewegte, und sich dann sehr vorsichtig wieder niedersetzte. Wie viele Jahre sind es eigentlich noch bis zu meiner Pensionierung? dachte er.

»Sie sehen heute abend gut aus, Miss Atwater«, log er.

»Oh, meinen Sie wirklich?« Sie sah ihn so strahlend an, daß ihm dabei die lächerliche amerikanische Serie »Mr. Ed« einfiel. Vage ahnend, daß dies eine längere Antwort provozieren würde, sagte er: »Ich hoffe, daß sie sich besser fühlen.«

Nach zehn Minuten hatte er das deutliche Gefühl, einen Intensivkurs über gastrointestinale Krankheiten absolviert zu haben. Dennoch versuchte er unter Aufbietung aller seiner rhetorischen Fähigkeiten, das Gespräch in die von ihm geplante Richtung zu lenken.

»Es tut mir so leid, daß Sie die Überfahrt verpaßt haben. Haben Sie die Absicht, Lady Exner in die Staaten nachzufliegen?«

Penelopes Zahnreihe verschwand hinter einem dünnen, grimmigen Strich. »Die Pläne sind noch nicht definitiv festgelegt worden.«

Das bedeutet, dachte Livingston, daß Lady Exner sie nicht nachkommen lassen wird. Mit geheuchelter Anteilnahme sagte er: »Aha. Nun, Sie sind ja auch gerade noch einmal davongekommen, und vielleicht wird ein wenig Ruhe Ihnen guttun. Lady Exner wird in einem Monat zurück sein, und ich wette, Sie beide werden viel Spaß dabei haben, Philips bevorstehende Hochzeit zu pla-

nen.« Er hob eine Augenbraue. »Sie scheinen nicht sehr begeistert zu sein, Miss Atwater.« Er lehnte sich vertraulich nach vorn, wobei der Schaukelstuhl fast über ihm zusammenbrach. »*Sind* Sie begeistert?«
Hätte er die Schleusen eines Staudammes geöffnet, dann hätten die Ergebnisse nicht befriedigender sein können. Ein paar Sekunden lang schien es, als wollte Penelope Atwater aus ihrer zurückgelehnten Lage in den aufgeschüttelten Kissen wie eine Rakete nach vorn schießen. »Begeistert? Wenn der Bräutigam ebenfalls ein wenig Begeisterung zeigen würde, dann wäre ich zufrieden. Lady Exner und ich waren *schockiert*, als die beiden in der letzten Woche das Aufgebot bestellten. Wie Lady Exner richtig sagte, gibt es auf dieser Welt zwei Dinge, die Philip wichtig sind. Das eine ist sein Beruf, und das andere sind seine Blumen.«
»Angeblich kennt er Val seit zehn Jahren«, deutete Livingston vorsichtig an.
»Genau das ist der Punkt.« Penelopes Stimme erstarb zu einem verschwörerischen Flüstern. »Sie war immer diejenige, die gesagt hat, wo es langgeht. Lady Exner und ich glauben, daß Val diejenige ist, die die Verlobung in die Wege geleitet hat.«
Livingston beugte sich nach vorne. »Wollen Sie damit sagen ...?«
»Ein Kind? Nein, das nicht. Aber irgendeine Art von Halt, ja, das ganz gewiß.«

Penelope Atwater hatte ihm reichlich Stoff zum Nachdenken gegeben. Livingston setzte sich in den bequemsten Clubsessel im Wohnzimmer. Penelope hatte endlich ihre lange zurückgehaltenen Gefühle im Hinblick auf Vals und Philips bevorstehende Hochzeit herausgelassen. Er selbst konnte ihre Reaktion durchaus nachvollziehen. Livingston überlegte, daß Philip, falls die Gerüchte stimmen sollten, auf Frauen, vor allem auf blauäugige junge Studentinnen, offenbar außerordentlich anziehend wirkte. Nach allem, was Penelope in den letzten vier Jahren beobachtet hatte, hätte sich Philip, falls er die Absicht gehabt hätte zu heiraten, durch Vals aggressive Persönlichkeit eher zurückgestoßen als fasziniert fühlen müssen. Wie Penelope gesagt hatte: »Val ist sehr geschickt darin, sich unentbehrlich zu machen, wenn Sie wissen, was ich meine. Aber einige Männer sind die geborenen Junggesellen – und zu ihnen gehört auch Philip.«

Livingston hatte Lust, mit Penelope noch weiter über dieses Thema zu diskutieren. Sie war allerdings von einem Augenblick zum anderen außerordentlich müde geworden, und er hatte sie nicht weiter in Anspruch nehmen wollen.

Sehnsüchtig dachte er an sein Bett und fragte sich einen Augenblick lang, ob er das Verhör von Val Twyler nicht einfach bis zum nächsten Morgen aufschieben solle.

Nein. Sein sicherer Instinkt als geborener Detektiv sagte ihm, daß er noch heute nacht mit ihr sprechen müsse. Plötzlich kam ihm Regan Reilly in den Sinn. Da es nichts Besonderes zu berichten gab, hatte er sie heute nicht angerufen. Er begann zu rechnen. Hier war es neun Uhr dreißig. Und wieviel Uhr war es auf der Queen Guinevere? Er wußte, daß man an Bord auf dem Weg nach New York die Uhr jeden Abend eine Stunde zurückstellte. Also war es dort jetzt ungefähr halb sechs. Miss Reilly wäre wahrscheinlich auf irgendeiner Cocktailparty. Morgen würde er sie unter der Nummer, die sie ihm in New Jersey gegeben hatte, anrufen. Vielleicht könnte er ihr, nach dem Gespräch mit Philip und Val, etwas Wesentliches mitteilen.

Auf See

Die letzte Nacht auf einem Schiff ist immer etwas Besonderes, dachte Regan. Sie empfand ein leises Bedauern darüber, Menschen zu verlassen, die fast so etwas wie Mitglieder einer großen Familie geworden waren. Sie würde wahrscheinlich Mario und Immaculata niemals wiedersehen, aber sie würde sich liebevoll an sie erinnern. Und natürlich würde Veronica ihr fehlen.

Cameron Hardwick allerdings gehörte nicht zu denen, die sie vermissen würde. Sie betrachtete ihn verstohlen über den Tisch hinweg. Aus irgendeinem Grund machte er den Versuch, sich bei Veronica einzuschmeicheln und sie krampfhaft in ein Gespräch zu verwickeln. Sylvie unterhielt sich angeregt mit Kenneth und Dale. Gabby sah aus, als wäre er drauf und dran, in Tränen auszubrechen. Er hatte durchblicken lassen, daß er eine Zeitlang keine weiteren Kreuzfahrten mehr mitmachen würde. Sie hatte das Gefühl, daß Gabby nicht viel Geld besaß und daß das Leben auf dem Schiff für ihn der reinste Luxus bedeute. Sie merkte plötzlich, daß er ihr leidtat.

Das Abendessen war heute ganz besonders erlesen. Pastete, Krabben in Erbsenschoten, Hummercremesuppe, Kalbsmedaillons, Forelle in Mandeln. Was sonst noch auf der Speisekarte stand, weigerte sie sich zu behalten. Sie sehnte sich nach einem Teller mit italienischen Teigwaren. Spaghetti mit Marinara-Sauce, ein Stück Knoblauchbrot, und ich bin glücklich, dachte sie. Jeff hatte sie

immer damit aufgezogen, daß sie den unentwickelten Geschmack einer Sechsjährigen habe.
Mario hatte darauf bestanden, nach dem Dinner sämtliche anderen Gäste an seinem Tisch zu einem Drink einzuladen. »Es war einfach großartig, euch kennengelernt zu haben«, erklärte er strahlend und erhob sein Glas.
Regan bemerkte, daß Immaculata, die an einem Pfefferminzlikör nippte, die Tränen in die Augen stiegen. »Nur der Gedanke, daß Mario Junior und Roz und Mario der Dritte und Concepcione am Kai auf uns warten, macht diesen Abschied einigermaßen erträglich.«
Regan warf einen Blick zu Veronica hinüber. Cameron Hardwick hatte seinen Arm um die Lehne ihres Stuhls gelegt. Zwei Gläser mit Brandy standen Seite an Seite vor ihnen. Als er ihr etwas ins Ohr flüsterte, wackelte Veronicas Kopf zustimmend auf und ab.

Oxford

Das unverwechselbare Geräusch des Lieferwagens von St. Polycarp's, der in der Auffahrt bremste, weckte Livingston. Er war irgendwann nach elf Uhr in seinem Sessel eingenickt und bemerkte verblüfft, daß es bereits nach Mitternacht war.
Seine Arme und Beine fühlten sich steif an. Es war im Laufe des Abends immer kühler geworden, und im Zimmer war eine unangenehme kühle und feuchte Luft. Die Eingangstür öffnete sich und fiel wieder zurück ins Schloß. Plötzlich war er hellwach.
»Von allen schlimmen Tagen, die ich in meinem ganzen Leben erlebt habe, Philip, war dieser, das kann ich dir versichern, wirklich auf einzigartige Weise scheußlich.«
»Bitte, Val, es t-t-tut mir so leid.«
Livingston fragte sich, ob sie wohl sein Auto gesehen hatten. Vielleicht nicht. Er hatte es in einer Kurve der Auffahrt geparkt. Er räusperte sich, aber sie hörten ihn nicht.
»Zunächst einmal – wie konntest du vergessen, den neuen Personenbus für uns zu reservieren, da ich dich noch gestern abend daran erinnert habe?«
»A-b-b-er, a-b-b-er, a-b-b-er«, entgegnete Philip, »der Buchhalter mußte seine Kinder in eine Zahnklinik im südlichen Teil Londons fahren. Mit dem alten Lieferwagen hat er immer Angst – die Bremsen, weißt du.«
»Und ich soll in dieser alten Schrottkiste fahren, damit

seine blöden Blagen ein paar beschissene Füllungen zum Sonderpreis bekommen«, kreischte Val. »Wir haben *Studenten* auf einen *offiziellen* Ausflug mitgenommen, zum Teufel. Und warum sind wir ohne einen Ersatzreifen gefahren?«

»Sehr nachlässig von mir, mein Sch-sch-schätzchen«, winselte Philip. »Tut mir leid ... das hat tatsächlich ein kleines Problem verursacht ...«

Das sind mir ja schöne Turteltäubchen, dachte Livingston. Als er sich diesmal räusperte, war er sicher, daß auch Penelope es oben hören könnte.

Offensichtlich waren beide, Philip und Val, zutiefst schockiert, als sie ihn aus dem Wohnzimmer treten sahen. Philip erblaßte. »Hat Penelope einen Rückfall erlitten? Ist sie ...?« Val schien etwas sagen zu wollen, biß sich dann aber auf die Lippen und schwieg.

»Nein, nein«, sagte Livingston freundlich. »Ich habe Miss Atwater besucht; es geht ihr sehr gut.«

»Dann ...« Philip hielt inne.

Zu höflich, um mich zu fragen, was zum Teufel ich hier zu suchen habe, dachte Livingston. »Ich wollte nur Miss Twyler ein paar Fragen stellen.«

»Das kann doch sicher bis morgen warten«, giftete Val. »Sie können sich gar nicht vorstellen, was für einen Tag ich hinter mir habe.«

Die ist ja ganz schön abgebrüht, dachte Livingston nicht zum ersten Mal. Wenn sie nervös ist, dann merkt man es ihr jedenfalls nicht an. Philip dagegen schaute ziemlich ängstlich drein.

Val blieb in der Vorhalle stehen. »Also fragen Sie mich, wenn es sein muß, und dann lassen Sie mich ins Bett gehen.«

»Miss Twyler, nennt man sie auch Mary V. Cook und waren sie nicht Erzieherin im Haus der Tante von Athena Popolous, einer Mrs. Helen Carvelous, damals, als Mrs. Carvelous ermordet wurde?«

Philip atmete heftig. »Val, als ich dir von Athena erzählt habe –«

»Halt den Mund!« befahl Val.

»Als Sie ihr was erzählt haben?« fragte Livingston ruhig.

»N-n-nichts«, stotterte Philip.

»Würden Sie bitte mit mir zur Hauptwache kommen?« sagte Livingston mit ruhiger Stimme. »Wir werden die Befragung dort fortsetzen.«

Beide, Val und Philip, wußten genau, daß dies nicht als höfliche Bitte gemeint war.

Auf See

Der Kellner machte die Runde und bot Kaffee oder Tee an. Alle scheinen irgendwie auf dem Sprung zu sein, dachte Regan. Typisch für das Ende einer Reise, wenn man den Mitreisenden zeitweilig nahe gekommen ist, aber jetzt an die nächste Etappe denkt.

Immaculata strahlte. »Ich kann es gar nicht erwarten, daß wir morgen früh an der Freiheitsstatue vorbeikommen. Die beste Freundin meiner Großmutter, deren Familie aus Sizilien eingewandert ist, gab ihr ganzes Geld dem Fonds der Schulkinder, so daß sie dafür einen Sockel kaufen konnten. Ist es nicht unglaublich, daß sie die Statue den ganzen Weg von Frankreich hierher brachten und jahrelang kein Geld für einen Sockel hatten?«

Hardwick stand abrupt auf. »Gute Nacht allerseits.«

Mario sah ihm nach. »Gott sei Dank, daß er jetzt geht.«

»O Mario«, versuchte Immaculata ihn zu beschwichtigen. »Achte nicht auf ihn: Er ist ein Mensch, in dem unglaublich viel Wut steckt, und die sind sich selbst die schlimmsten Feinde. Komm, laß uns noch ein bißchen tanzen gehen und dann früh in die Kabine zurückkehren. Das hatten wir doch eigentlich vor, oder?« Sie klapperte kokett mit den Lidern.

»Ja, so hatten wir es geplant. ›Let's spend the night together ...‹« sang er Immaculata leise ins Ohr und lächelte sie verliebt an. »Wir sehen uns alle morgen früh an Deck wieder.«

»Wir sind ganz bestimmt da«, sagte Veronica.
Milton steuerte quer durch den Raum auf ihren Tisch zu und bot Sylvie auf übertrieben höfliche Art den Arm. »Tanzen wir, meine Liebe?«
Regan beobachtete Sylvie, die sich beglückt aus ihrem Stuhl erhob. Wie sie wohl die Schwester losgeworden ist, fragte sie sich. Allerdings war Regan sich fast sicher, daß Violet noch vor Ende des ersten Tänzchens wieder von irgendwoher auftauchen würde. Sie sollte sich für einen Job als Anstandsdame bewerben. Entweder das oder Rausschmeißerin in einem Nachtklub.
Dale legte seine Serviette auf den Tisch. »Kenneth und ich gehen ins Casino. Bis später.« Er zwinkerte Regan zu. »Wir werden mal sehen, ob wir nicht am Ende doch noch ein bißchen Geld gewinnen. Bis jetzt haben wir nicht besonders viel Glück gehabt, also ist dies unsere letzte Chance«, fügte Kenneth beim Davongehen noch hinzu.
Regan meinte, sie hätte Gabby zusammenzucken gesehen. »Gehen Sie heute abend früh ins Bett, Gavin?«
»Ich bin überhaupt nicht müde«, erwiderte er.
»Also, ich jedenfalls bin ziemlich müde«, bemerkte Veronica. »Dies war wirklich eine angenehme Reise. Ende gut, alles gut, nicht wahr, Mr. Gray?«
»Das hoffe ich.« Für mich ist das Ende noch lange nicht gut, dachte er düster.

Oxford

Auf der Polizeiwache führte Livingston Val und Philip in sein Büro. Auf seinem Schreibtisch lagen die Kopien der griechischen Zeitungen. Er faltete sie auseinander und gab Val die Seite mit dem Gruppenfoto.

»Sind Sie das, Miss Twyler?«

Val nickte.

Livingston zeigte Philip das Bild. »Also, Val …« Philip verstummte, als ob die Tatsache, daß Val dort auf dem Gruppenbild mit Athena zu sehen war, ihn völlig verblüffte.

»Professor, ich möchte Sie bitten, jetzt eine Weile in einem Nebenraum zu warten. Ich möchte mich gerne mit Miss Twyler allein unterhalten.«

»Natürlich. Selbstverständlich.« Philip stand umständlich auf und ging zur Tür. Livingstons Assistent stand schon bereit, um ihn in ein anderes Büro zu begleiten. Teilen und besiegen, der älteste Polizeitrick, dachte Livingston, als er Philip mit gebeugten Schultern und zerknittertem Jackett davonwanken sah. Livingston bemerkte, daß Philip Vals warnendem Blick ausgewichen war; es sprach für ihn, daß er keinen Augenkontakt mit ihr aufnehmen wollte.

»Miss Twyler – ein paar Fragen.«

Val war während der nächsten Stunde damit beschäftigt, seine Fragen abzuwehren, wobei sie genau dieselben

Argumente benutzte, die er von ihr erwartet hatte. Als die schreckliche Tragödie sich ereignete, war sie im Hause von Athenas Tante Erzieherin gewesen. Natürlich war sie, wie alle anderen auch, verhört worden. Die Polizei hatte sie wiederholt auf dem Campus von Pearsons Hall aufgesucht. Man kann sich vorstellen, daß das Anlaß zu sehr viel Klatsch gegeben hatte. Sie hatte keine Ahnung gehabt, daß Athena als Studentin nach St. Polycarp's kommen würde.

»Und Sie haben dies Ihrem Verlobten, Professor Whitcomb, niemals erzählt?«

»Es gibt im Leben immer ein paar Dinge, die man zu vergessen versucht und nicht wieder ausgraben möchte.«

»Wie beispielsweise Leichen?« fragte Livingston. »Aber offensichtlich hat Whitcomb *Ihnen* etwas gestanden. Und was war das?«

»Ich weiß überhaupt nicht, was er gemeint hat.«

»Sie hatten früher mal einen blauen Austin, nicht wahr?«

»Ja.« Ihre Augen verengten sich.

»Erinnern Sie sich zufällig an die Zahl auf dem Nummernschild?«

»Nein.«

»Könnte es sein, daß sie mit drei-eins-fünf beginnt?«

»Ich weiß es nicht mehr.«

»Miss Twyler, Athena Popolous hatte ›B. A. drei-eins-fünf‹ auf ein Streichholzmäppchen vom ›Bull and Bear‹ geschrieben. Was meinen Sie – warum hat sie das getan?«

»Keine Ahnung.«

»Waren Sie am Abend des dreiundzwanzigsten April zweiundachtzig, als Sie zum Vorstellungsgespräch nach Oxford kamen, im ›Bull and Bear‹?«

»Ich habe angehalten, um eine Kleinigkeit zu essen,

bevor ich nach Pearsons Hall zurückfuhr. In welchem Gasthaus das war, weiß ich nicht mehr.«

»Kennen Sie einen gewissen Cameron Hardwick?«

Zum ersten Mal wirkte sie verwirrt. »Ich bin nicht sicher.«

»Der Inhaber des Gasthofs ›Barleyneck‹ kann bezeugen, daß Sie sich dort zehn Jahre in regelmäßigen Abständen mit Cameron Hardwick getroffen haben.«

»Das war, bevor ich mich mit Philip verlobte.«

»Am letzten Samstag haben Sie dort in seinem Zimmer zusammen Tee getrunken.«

»Ich wollte ihm mitteilen, daß ich demnächst heirate.«

Wirklich, ganz schön abgebrüht, dachte Livingston. »Ist es nicht merkwürdig, daß Cameron Hardwick sich gerade jetzt auf der Queen Guinevere befindet?«

»Nein. Er macht häufig Schiffsreisen.«

»Und womit verdient er sich sein Geld?«

»Er macht Investitionsberatung. Auf diesen Kreuzfahrten trifft man viele ältere Damen, die eine Menge Geld haben.«

Möglich, dachte Livingston. Er kochte vor Wut. Alles klingt plausibel. Alle Erklärungen leuchten ein. Morgen würde er sich ausführlich mit Regan über Hardwick unterhalten, und er würde sich auch mit der New Yorker Polizeizentrale in Verbindung setzen. Vielleicht gab es dort eine Akte über ihn.

»Ob ich jetzt wohl nach Hause gehen könnte, Inspektor? Ich bin sehr müde.«

Livingston sah auf seine Uhr. Es war zwei Uhr fünf. »Noch etwas Geduld, bitte. Ich lasse Ihnen gern eine Tasse Tee bringen. Und jetzt werde ich mich ein wenig mit Professor Whitcomb unterhalten.«

Ganz so wie Livingston gehofft hatte, war Philip mittlerweile das reinste Nervenbündel. Angstgeschüttelt. Schwitzend. Nägelkauend. Was auch immer er auf seinem Herzen haben mag – er möchte es unbedingt loswerden, dachte Livingston.

»Prof – Philip, wenn ich bitte … Es gibt etwas, was Sie mir sagen möchten … etwas, was Sie Miss Twyler bereits gestanden haben. Kein Mensch, der unschuldig ist, braucht sich über irgend etwas Sorgen zu machen.«

»Total unschuldig … t-t-total«, stotterte Philip.

Livingston ging aufs Ganze. »Manchmal fällt jeder von uns ein Fehlurteil«, sagte er mit beruhigender Stimme.

Volltreffer. Philip biß sich noch ein letztes Mal auf den Daumennagel. »Ein Fehlurteil. Genau. Das ist es. Ich hätte unter a-a-allen Umständen die Polizei rufen sollen.« Er preßte die Lippen fest aufeinander.

»Wann?« flüsterte Livingston. »Wann, Philip?«

»Brauchte M-m-mulch, wissen Sie … am besten ist das Zeug unter den B-b-blättern in den Wäldern. Komposthaufen und so weiter … z-z-zerfällt in die wichtigen Bestandteile … wunderbar … «

»Ja, gut, Philip, Fehlurteil. *Fehlurteil*«, drängte Livingston.

»Sehen Sie, das Jahr, bevor Miss Po-po-polous verschwand, schreckliches Problem …«

»Was denn? « Livingston hatte das Gefühl, als würde er einen schweren Fisch an Land ziehen.

»Eine labile junge Frau behauptete, ich hätte sie geschwängert. Unmöglich.«

Das glaube ich dir aufs Wort, dachte Livingston.

»Aber ziemlich unangenehm …« Philip sah zu Boden. »Ich hatte sie ein paarmal getroffen. Schlechtes Urteilsvermögen …«

»Ja, Philip, ja ...«
»Und jedenfalls war ich an dem Samstag, nachdem Athena zum letzten Mal im Unterricht aufgetaucht war, im W-w-wald ...«
»Ja ... «
»Sehen Sie, das arme liebe Mädchen ist immer am Haus vorbeigeradelt. Das hat man natürlich bemerkt ...«
»Ja ... «
»Ich habe ihre Leiche entdeckt!« brach es aus Philip heraus.
»Sie haben vor *zehn* Jahren ihre Leiche entdeckt?!«
»F-f-furchtbares Erlebnis. Ich bin mit der Schaufel drauf gestoßen. Fast in Ohnmacht gefallen, wissen Sie.«
»Und Sie haben es nicht gemeldet?!«
»Ich hatte Angst wegen dem, was in den J-j-jahren zuvor geschehen war ... Wollte meinen Job nicht verlieren ... war sicher, daß die Leiche von jemand anderem entdeckt werden würde ...«
»Und das war nie der Fall?«
»N-n-nein – bis letzte Woche.«
»Haben Sie Miss Twyler davon erzählt?«
»Ja. Eines Abends ein bißchen zuviel Portwein ... irgendwie konnte ich es nicht für mich behalten ... Am nächsten Tag meinte sie, wenn die Leiche jemals gefunden würde, wäre es besser, ich wäre ein v-v-verheirateter Mann.«
So kann man auch zu einem Heiratsantrag kommen, dachte Livingston. »Ja. Ich verstehe.«
»Eigentlich bin ich ganz zufrieden, wenn ich mit meinen Blumen allein bin.« Philips Stimme klang wie die eines hilflosen Kindes.

Auf See

Regan beobachtete Veronica besorgt. Sicher, sie war in den letzten Tagen von morgens bis abends auf den Beinen gewesen, aber diese plötzliche Müdigkeit war dennoch erschreckend. Die alte Dame war gegen Ende des Abendessens fast eingeschlafen, stützte sich beim Verlassen des Fahrstuhls schwer auf Regans Arm und schien kaum noch genug Kraft zu haben, um das paillettenbesetzte Cocktailkleid auszuziehen.

Regan half ihr in das Nachthemd und deckte sie zu. Gott sei Dank, daß ich sie davon abgebracht habe, ein Bad zu nehmen, dachte sie. Ich hätte sie wahrscheinlich als Wasserleiche aus dem Schaum herausfischen müssen. Sie sah auf die fest schlafende Veronica und spürte eine Welle von Mitleid. Sie sieht so verletzlich aus, besonders, solange sie noch nicht zu schnarchen begonnen hat, dachte Regan.

Veronicas Versuch, ihre Sachen zusammenzupacken, wäre fast in einer Katastrophe geendet. Vor dem Abendessen hatte sie auf der hektischen Suche nach Sir Gilberts Gedicht über die Freuden des Familienlebens den Inhalt ihrer sämtlichen Taschen ausgeschüttet. Sie wollte es ihren Nichten bei ihren ersten Treffen vorlesen.

Schließlich hatte Regan den Zettel mit dem Gedicht in der Tasche des Sitz-und-sei-fit-Jogginganzugs gefunden, den Veronica auch zum Seminar über Dichtung getra-

gen hatte. »Natürlich, natürlich«, rief Veronica glücklich. »Ich wollte dies als zweites vorlesen. ›Du bist ewig mein, mein, mein ... ‹ weiß ich auswendig.«
Nach der ausgedehnten Suche hatten sie kaum Zeit gehabt, um sich zum Abendessen anzuziehen.
Jetzt, da Veronica aus dem Verkehr gezogen war, konnte Regan die gewaltige Aufgabe in Angriff nehmen, Veronicas Kleidungsstücke zu ordnen und sie erneut wieder zusammenzupacken. Es dauerte fast zwei Stunden. Es war bereits Mitternacht, als Regan die Koffer in den Flur hinausstellte. Sie duschte sich und legte sich auf ihr Ausziehsofa. Bye-bye, du gutes Möbel, dachte sie. Morgen abend schlafe ich in einem richtigen Bett.
Sie streckte die Hand nach dem Lichtschalter aus, hielt inne und ging zur Tür. Sie hatte sie bereits abgeschlossen.
So wie jeden Abend stellte Regan die Uhr eine Stunde zurück und den Wecker auf 3. Mit dem Gedanken, in drei Stunden wieder aufstehen zu müssen, fiel sie in einen unruhigen Schlaf.
Mario und Immaculata schlichen sich auf Zehenspitzen zur Merlin-Suite. Immaculata kicherte leise vor sich hin. »Mir kommt es vor, als wären wir zwei junge Leute, die durchbrennen ... « flüsterte sie.
Mario versuchte, die Tür zu öffnen, aber der Schlüssel glitt ihm aus der Hand. Ein leises ›Ping‹ war zu hören, als er gegen die Tür schlug. »Sssh«, machte Immaculata. »Wenn jemand herausfindet, daß wir hier oben sind ...«
Bei Nacht wirkte die Suite sogar noch luxuriöser als zur Cocktailstunde. Mario ließ seine Kulturtasche fallen und nahm Immaculata in die Arme. »Laß mich dich über die Türschwelle zur Terrasse tragen«, sagte er würdevoll.

»Uuups.«
»Mario, Mario. Dein Rücken. Ich möchte dich nicht wieder im Streckverband sehen.«
»Da hast du recht.« Mario rieb sich den Rücken. »Ich habe immer noch diese empfindliche Stelle.«
»Das ist Ischias, Mario.«
»Weißt du was? Ich werde mal eine Flasche Champagner aufmachen. Wir trinken draußen auf dem Balkon ein paar Gläser.«
Immaculata nickte. »Ich ziehe nur schnell mein neues Negligé an.«
Ein paar Minuten später prosteten Immaculata in ihrem schwarzen Satin-Nachthemd mit Schleppe und Mario in seinen Boxershorts und seinem gestreiften Bademantel einander auf der Terrasse zu, während das Schiff in der Dunkelheit seine Bahn zog.

Oxford

Livingston trank seine vierte Tasse Kaffee aus. In Oxford war es jetzt vier Uhr dreißig am Morgen. »Also, Philip«, sagte er freundlich. »Wie kam es Ihrer Meinung nach dazu, daß Miss Atwater fast vergiftet wurde? Glauben Sie wirklich, Ihre Tante ist fähig, irgend jemanden vorsätzlich krank zu machen? Oder vielleicht sogar zu riskieren, daß der Betreffende an einer Überdosis Gift stirbt?«

»N-n-nein. Nein.« Philip hing kraftlos in seinem Sessel. Seine Fingerspitzen waren wundgekaut. »Hätte ich nur nicht nach jener Mulche gesucht.«

»Jetzt, da Sie wissen, daß Miss Twyler nicht aufrichtig zu Ihnen war – werden Sie Ihre Heiratspläne ändern?«

Philip nickte und starrte mit glasigen Augen vor sich hin. »Ein ganz schöner Schock. Ich nehme an, es wird gar nicht möglich sein, geheimzuhalten, daß ich die Leiche gefunden habe.«

Livingston schüttelte den Kopf. »Leider nicht.«

»Ich hoffe, der D-d-direktor wird verstehen, in welch mißlicher Lage ich war.« Philip sah Livingston offen ins Gesicht. »Nein, ich werde Val nicht heiraten.«

»Hat sie Sie mit der Verlobung und der Hochzeit nicht im Grunde genommen erpreßt?«

»Sie hat mich so oft besucht ... und sie hat mir sehr viel geholfen. Aber ich selbst wäre nie, niemals auf die Idee gekommen, sie zu heiraten.«

»Haben Sie jemals das Gefühl gehabt, daß Val dann, wenn Sie sie nicht heirateten, ihr kleines Geheimnis preisgeben würde?«

»Nun, Val sagte, w-w-wenn sie es zufällig einmal ausplaudern würde, dann könnte sie als Ehefrau niemals gezwungen werden, gegen ihren Mann als Zeugin auszusagen.«

Livingston verließ das Zimmer. Im Korridor begegnete er seinem Mitarbeiter und schimpfte: »Er ist ungefähr so lebenstüchtig wie ein Zweijähriger. Wir müssen uns an die Dame halten. Die jedenfalls kann uns die Antworten sagen.«

Der Mitarbeiter sah ihn besorgt an. »Sir, die beiden sind nicht offiziell angeklagt, und sie sind völlig erschöpft.«

»Und ein junges Mädchen ist tot, eine ältere Frau ist vergiftet und drei Kinder sind zu Halbwaisen gemacht worden. Und all das, als Valerie Twyler alias Mary V. Cook irgendwo in der Nähe war.«

Auf See

Um zwei Uhr nachts spielte die Band »After the Ball is over«, und die Musiker packten ihre Instrumente ein. Gavin und Sylvie saßen im Salon an der Bar.

»Ein *toller* Ball, das kann man wohl sagen«, murmelte Gavin.

Sylvie sah ihren alten Freund mitleidig an. »Du siehst total deprimiert aus. Was ist los?«

»Nichts, was eine Million Dollar nicht wieder in Ordnung bringen könnten.« Gavin nahm einen Schluck von seinem vierten Wodka Collins. »Du dagegen siehst ziemlich glücklich aus.«

Sylvie zögerte, zuckte mit den Achseln, beugte sich zu ihm hinüber und flüsterte ihm ins Ohr: »Milton hat mich gebeten, ihn nächste Woche, nachdem er Violet in Miami abgesetzt hat, in seinem Haus in Aspen zu besuchen.«

»Glaubst du, daß er der Richtige ist – daß du ihn dir angeln kannst?«

»Ich finde ihn einfach umwerfend.«

»Unterzeichne nur keine vorehelichen Verträge.«

Um zwei Uhr fünfzehn war Hardwick bereit. Er war kurz ins Casino gegangen, hatte im King's Salon einen Drink genommen und dann dem Barkeeper freundlich gute Nacht gesagt. Seine Taschen standen im Flur.

Er zog sich ein graues Sweatshirt mit Kapuze und passender Jogginghose an. Er würde nicht den Fahrstuhl, son-

dern die Treppe benutzen. Weit und breit war niemand mehr zu sehen. Wenn er jemandem begegnete, dann würde der wahrscheinlich vermuten, er sei ein Fitneßfreak und wollte auf Deck seine letzte Runde drehen.
Er brauchte nicht einmal eine Minute. In der Penthouse-Etage blieb er stehen und lauschte. Die Kabine des Stewards, aus der er den Schlüssel gestohlen hatte, lag am Ende des gebogenen Korridors. Das ganze Schiff schien verlassen zu sein. Die zehn Sekunden, die er brauchte, um in die Suite von Veronica Exner zu gelangen, und die zehn, um wieder herauszukommen und zur Treppe zurückzuschleichen, waren die einzigen Momente, in denen es für ihn gefährlich werden könnte. Auf leisen Sohlen huschte er den Korridor entlang und steckte den Schlüssel in die Tür der Camelot-Suite.
Nora Reagan Reilly konnte nicht einschlafen. Sie wälzte sich hin und her, schüttelte ihr Kissen auf, seufzte, trank ein paar Schlucke Wasser aus dem Glas auf dem Nachttisch. Luke lag neben ihr und schlief den Schlaf der Gerechten.
Warum war sie nur so nervös? Es war lächerlich. Sie machte sich bewußt, daß sie in den letzten Stunden eines Urlaubs immer kribbelig war. Und wie schön würde es sein, endlich wieder mit Regan zusammensein zu können. In zwölf Stunden würden sie sich in der »Grünen Taverne« zum Brunch treffen. Nur noch zwölf Stunden ...

Oxford

Die Nacht war lang gewesen. Endlich wirkte auch Val allmählich erschöpft. Sie sah fortwährend auf die Uhr.

»Sie haben doch jetzt gewiß keinen Termin?« fragte Livingston. »Verabredungen finden normalerweise nicht vor sieben Uhr morgens statt.«

In den letzten drei Stunden hatte er Val wegen des schrecklichen Mordes in Griechenland befragt. Wieder und wieder waren sie darauf zu sprechen gekommen, daß Val versucht hatte, Helen Carvelous daran zu hindern, ihre ärztlich verschriebene Sonnenbrille aus dem Haus zu holen. Das war der Grund gewesen, warum die griechische Polizei geglaubt hatte, daß Val an der Planung des Einbruchs beteiligt gewesen sei. Wer auch immer in das Haus eingebrochen war, hatte offensichtlich die Kombination des Schlafzimmersafes gekannt. Und Val war, wenn Helen sich zum Ausgehen anzog, dort mit den Kindern häufig ein und aus gegangen. Helen Carvelous, die die Kombination ihres Safes nie im Kopf behalten konnte, hatte einen Zettel mit den Zahlen irgendwo in ihrer Frisierkommode aufbewahrt. Mary V. Cook wußte das. »Unter solchen Umständen ist es leicht, zur Komplizin an einem Mord zu werden«, meinte Livingston. »Griechische Gefängnisse sind nicht besonders anheimelnd. Und jetzt, nach dem Tod von Athena Popolous, stehen Sie unter dem Verdacht der Begünstigung. In dem Augenblick, als Philip Ihnen erzählte, daß er die Leiche entdeckt habe, war es ihre Pflicht als Bürgerin, dieses der Polizei zu melden.«

Wieder sah sie auf ihre Armbanduhr. Auf ihrer Stirn bildeten sich Schweißperlen.

»Philip sagte mir, er habe nicht die Absicht, Sie zu heiraten. Ich habe offen gestanden den Eindruck, daß Sie das gar nicht besonders berührt. Nach allem, was ich über Cameron Hardwick weiß, ist eher er der Typ, der Ihnen gefällt.«

»Philip und ich sind sehr verliebt. Philip ist natürlich enttäuscht, daß ich ihm nicht alles anvertraut habe.«

»Machen Sie sich da lieber nichts vor, Miss Twyler. Dies wird für Philip eine ziemlich unangenehme Geschichte werden ... sie könnte ihn sogar seinen Job kosten. Aber glauben Sie mir, wenn Lady Exner stirbt, werden *Sie* ganz gewiß nicht die Erbin von Llewellyn Hall werden. Was ist los mit Ihnen, Miss Twyler?«

Vals Gesicht war kreidebleich geworden. »Sie *wird* in ein paar Minuten sterben. Und ebenso Regan Reilly.«

Auf See

Das Telefon klingelte. Regan öffnete mühsam die Augen und streckte den Arm nach dem Hörer aus. Starke Finger schlossen sich wie Handschellen um ihr Gelenk. Jemand drückte auf ihr Gesicht. Sie spürte, daß ihr Kopf in das Kissen zurückgestoßen wurde. Entsetzt grub sie ihre Zähne in die Hand, die schwer auf ihrem Mund lag. Mit einem leisen Fluch lockerte Hardwick seinen Griff ein wenig. Regan nutzte die Sekunde, um laut aufzuschreien. Das Telefon klingelte unablässig.

»Es nimmt leider niemand ab, Sir.« Die Telefonistin klang schläfrig. »Sie haben es wahrscheinlich über Nacht abgestellt.«

»Sie *müssen* sie erreichen!«

»Aber sie antworten nicht, Sir. Ich könnte einen Zettel unter der Tür durchstecken lassen«, leierte die schläfrige Stimme.

Dämliches Weib, dachte Livingston. Zeitverschwendung, wenn ich versuche, es ihr zu erklären. Regans Mutter und Vater ... am besten versucht man es bei ihnen ... wie zum Teufel war noch der Name des Vaters ...? »Es gibt noch einen anderen Reilly an Bord. Bitte stellen Sie mich zu ihm durch.«

»Wir haben *zwei* andere Reillys, Sir. Entweder Luke oder –«

»Luke, genau. *Stellen Sie mich durch!*«

Immaculatas Kopf ruhte auf Marios gewölbter Brust. Er schlief fest. Sie betrachtete bewundernd das King-size-Bett und speicherte in ihrem Gedächtnis jedes Detail der teuren Suite. Sie freute sich auf das Wiedersehen mit Mario Junior und der Familie, das in ein paar Stunden stattfinden würde.
Als sie ein schwaches, aber deutlich wahrnehmbares Geräusch hörte, erstarrte sie. War das ein Schrei gewesen? Hatte Lady Exner oder diese nette Regan einen Alptraum? Ganz vorsichtig, um Mario nicht zu wecken, schlüpfte sie aus dem Bett, ging auf Zehenspitzen zur Tür, öffnete sie einen winzigen Spalt und lauschte. Aber kein weiterer Schrei war zu hören.
Irgend jemand bewegte sich in der anderen Suite. Ob Lady Exner krank war? Vielleicht sollte sie an die Tür klopfen und nachschauen, ob man Hilfe benötigte. Andererseits hatten sie und Mario kein Recht, sich in der Suite aufzuhalten. Zu unruhig, um wieder ins Bett zu gehen, stand Immaculata unentschlossen an der einen Spaltbreit geöffneten Tür.
Das Telefon klingelte. Blitzschnell ergriff Nora den Hörer. »Hallo.« Sie lauschte. »O mein Gott!« schrie sie. »Jemand will Regan *ermorden*!«
Luke schoß senkrecht im Bett hoch. »O Gott«, schluchzte Nora, »bitte mach, daß es nicht zu spät ist.«
Warum wacht denn Veronica nicht auf? Sie könnte um Hilfe schreien, dachte Regan. Sie wand sich zur Seite, bemüht, ihrem Angreifer zu entschlüpfen. Noch einmal versuchte sie zu schreien, als erneut ein Kissen auf ihr Gesicht gepreßt wurde. Sie strampelte heftig, so daß die Wolldecken zur Seite rutschten, und versetzte dem Eindringling einen kräftigen Tritt in den Magen. Als der

sich vor Schmerz krümmte und sein Griff sich ein wenig lockerte, erblickte sie für einen winzigen Augenblick sein Gesicht: Cameron Hardwick! Und gerade hatte sie Livingston gebeten, alles über ihn herauszufinden!

Sie rollte sich vom Bett und ließ sich auf den Teppich fallen. Dann sprang sie auf die Füße und machte einen Satz zur Tür. Sie hatte den Vorteil, daß sie sich schnell bewegen konnte. Plötzlich kam ihr der Gedanke, daß man Veronica wahrscheinlich betäubt hatte. Nur jetzt keinen Atem fürs Schreien vergeuden, dachte sie. Wenn sie nur den Korridor erreichen könnte ...

Ihre Finger umklammerten den Türknauf, wurden aber schmerzhaft verdreht, als ein Arm ihre Taille umschloß und sie hochhob. Wieder legte sich die schwere Hand auf ihren Mund; Hardwick schien sie aufs Deck schleppen zu wollen. Einen Augenblick später glitt die Terrassentür auf. Ein kalter Nachtwind blies ihr ins Gesicht. In ihrer Phantasie sah Regan das Bild des dunklen, aufgewühlten Wassers vor sich.

Gavin und Sylvie sagten sich an der Ausladestelle gute Nacht. Plötzlich hatte Gavin den Eindruck zu träumen. Eine barfüßige Nora Regan Reilly, nur mit einem eng anliegenden Nachthemd bekleidet, stürmte wild schluchzend hinter ihrem ebenfalls nur mit seinem Nachtzeug bekleideten Ehemann her. Luke hielt abrupt inne, da er gesehen hatte, daß die Treppe nicht weiter hinaufführte. Jetzt hatte Nora Gavin entdeckt.

»Gavin!« schrie sie, verzweifelt wie eine Ertrinkende. »Regan ... Lady Exner – wo ist die *Kabine*?«

Luke packte ihn an den Schultern. »Sie sind doch schon dort gewesen. *Wo* ist die *Kabine*?«

Gavin sah in ihre vor Angst verzerrten Gesichter. »Hinter mir her!« rief er.
Regan schaffte es, den äußeren Griff der Terrassentür zu umklammern und festzuhalten, obwohl sie in jedem Augenblick das Gefühl hatte, ihre Finger würden brechen. Die Hand auf ihrem Mund lockerte sich; ihr Verfolger versuchte, ihre Faust zu öffnen. Jetzt endlich konnte sie schreien. Aber es kam ihr vor, als würde ihr Hilferuf vom tosenden Wind davongetragen. Wenige Sekunden später gelang es Hardwick, ihre Hand aufzubrechen. Voller Verzweiflung begann Regan, den Kopf so heftig hin und her zu werfen, daß er das Gleichgewicht verlor und beide, Mörder und Opfer, laut polternd auf das schlüpfrige Deck stürzten.
Das war tatsächlich ein Schrei, dachte Immaculata, ich habe ganz deutlich einen Schrei gehört.
»Mario!« rief sie. »Mario, wach auf!«
Fast augenblicklich stand er neben ihr. »Was ist los?«
Sie deutete auf die Suite der Exners. »Da stimmt etwas nicht. Ich habe schon zum zweiten Mal jemanden schreien gehört.«
Im selben Augenblick hörte man ein Trampeln. Gavin kam Seite an Seite mit einem Mann, den Mario schon einmal im Restaurant gesehen hatte, den Korridor entlanggerannt. Die Ehefrau des Mannes und Sylvie folgten ihnen auf den Fersen.
An der Tür zur Suite der Exners blieben sie stehen. Gavin drehte den Griff herum. »Zugeschlossen!« Verblüfft sah Mario zu, wie Gavin und der andere Mann sich mit Wucht gegen die Tür warfen.
Noch ein schwacher Schrei. »O mein Gott, das ist Regan!« kreischte Nora.

Mario stieß Gavin beiseite. »Weg da!« Wie ein Stier rammte er seine Schultern gegen die Tür, die splitternd und krachend aufsprang.

Mario und Luke stolperten gemeinsam in den Vorraum. In der Suite war es stockdunkel und kalt.

»Wo zum Teufel sind die Lichtschalter?« fluchte Luke.

Gabby tastete nach den Lichtschaltern links vom Türrahmen. Als er sie gefunden hatte, waren die Suite und das Deck plötzlich in gleißende Helligkeit getaucht.

Die Tür zur Terrasse stand offen. Regan hing über der Reling und versuchte, verzweifelt strampelnd Cameron Hardwick fortzustoßen. Ihr Haar flatterte im Wind, während er alle Kräfte mobilisierte, um sie über das Geländer zu schieben.

Noras Schrei war der Bogen, Lukes Körper der Pfeil. Er schoß quer durch das Wohnzimmer und erreichte Sekunden später das Deck. Wie ein Stier rammte er Hardwick mit dem Kopf in den Rücken. Im selben Augenblick rutschte Regan über die Reling. Luke packte sie am Knöchel. Hardwick versuchte noch, Luke zurückzustoßen, als beide Männer polternd auf das Deck fielen. Krampfhaft hielt Luke jedoch weiter das Fußgelenk seiner Tochter fest umklammert, und plötzlich wurde das nach unten strebende Gewicht wie durch ein Wunder in die Höhe gehoben.

»Ich hab' sie!« brüllte Mario. »Ich hab' sie!« Er ließ Regan auf das Deck fallen und warf sich dann neben Luke auf den um sich schlagenden Cameron Hardwick.

»Es ist nichts passiert.« Immaculata drückte die wild schluchzende Nora an ihren üppigen Busen. »Mein Mario und der Mann in dem kastanienbraunen Pyjama haben sie gerettet.«

Vom King-size-Bett war ein leises Stöhnen zu hören. »Es ist schon gut, schon gut.« Sylvie lief zu Lady Exner hinüber und sprach beruhigend auf sie ein. »Die Arme bekommt noch einen Herzanfall.«
Gavin überzeugte sich mit einem Blick, daß Regan tatsächlich nicht zu Schaden gekommen war. Plötzlich wurde ihm bewußt, daß dies seine letzte Chance sein könnte. Zur Not könnte er sagen, daß er eine Schwimmweste habe holen wollen.
Mit ein paar Schritten war er beim Wandschrank, zog den nächstbesten Stuhl herbei und kletterte hinauf. In wilder Hast warf er die Schwimmwesten zu Boden. Dann tastete er suchend das Regal ab. Das Armband lag noch immer da. Er konnte es fühlen. Oh, lieber Gott, ich danke dir!
»Mein lieber Gavin, was haben *Sie* denn da gefunden?«
Lady Veronica Exner war wach geworden und starrte ihn mit großen Augen an.
Kenneth und Dale stiegen die Treppe hinauf; Kenneth hielt seinen Kosmetikkoffer in der einen und eine Flasche Champagner in der anderen Hand. Aus dem Flur, der zur Suite von Lady Exner führte, trat in Handschellen Cameron Hardwick, eskortiert von zwei streng aussehenden Schiffsoffizieren.
Dale blieb stehen. »Was ist los?«
Hardwick tat, als höre er ihn nicht.
Dale und Kenneth sahen einander an. »Irgend etwas stimmt hier nicht.« Sie stürmten den Korridor hinunter, erreichten die offene Tür der Suite und blieben blinzelnd stehen. »Regan«, sagte Kenneth, »von einer Pyjama-Party hast du uns ja gar nichts erzählt. Wir hätten noch mehr Champagner mitbringen können.«

Lady Exner hielt ihnen stolz ein juwelenbesetztes, funkelndes Armband vor die Nase. »Mr. Gavin hat Mrs. Watkins Armband gefunden. Ist das nicht wunderbar?«
Dale ging rasch zu Sylvie hinüber. »Er hat das Armband gefunden!?«
Sylvie sah Gavin mit einem mitfühlenden, aber zugleich wissenden Blick an. »Ja, in gewisser Weise hat er es gefunden.«
»Mrs. Watkins hat darauf eine Fünfzigtausend-Dollar-Belohnung ausgesetzt.«
Gavin, der bis jetzt völlig niedergeschlagen gewirkt hatte, hob den Kopf. Fünfzigtausend Dollar – das war zwar kein Vermögen, aber auch nichts, worüber man die Nase rümpfen sollte.
Während Regan mit Inspektor Livingston telefonierte, standen Luke und Nora wie zwei Schutzengel neben ihr. Jetzt, da der Schock vorbei war, meldete sich wieder Noras natürliche Neugierde.
Regan hörte ein paar Minuten lang aufmerksam zu. Als sie sich verabschiedete, nahm Luke ihr den Hörer aus der Hand. »Wir können Ihnen nicht genug danken, Inspektor ... «
Nora sah Regan fragend an. »Was hat er dir erzählt?«
Plötzlich herrschte Stille im Zimmer. Veronica schien sogar das Armband vergessen zu haben. »Philip? Hatte er mit dem Mordversuch etwas zu tun?«
»Nein, nein – es war Val«, versicherte Regan ihr hastig. »Val und Cameron haben seit Jahren eine Liebesbeziehung. Damals, in Griechenland, hat er Athenas Tante ermordet, als sie ihn beim Einbruch überraschte. Beide wurden im Zusammenhang mit dem Verbrechen verhört. Die Polizei war sicher, daß das Ding von Insidern

gedreht worden war, und Val war die Hauptverdächtige. Livingston meinte – und ich kann es mir auch lebhaft vorstellen –, daß Athena völlig schockiert gewesen sein muß, als sie zufällig beobachtete, wie Val in Oxford in den Pub kam und sich zu Cameron gesellte. Und Cameron trug die kostbare Taschenuhr, die zusammen mit dem Schmuck gestohlen worden war. Val hat ausgesagt, Hardwick habe die Uhr mehrmals aus der Tasche gezogen, während er auf sie wartete. Natürlich fürchteten jetzt beide, daß Athena das beobachtet haben könnte. Hardwick hatte in einer Nische gesessen und nicht gesehen, daß Athena an der Bar saß – bis Val hereinkam und sie erblickte. Es war klar, daß Athena sich auf das, was sie sah, einen Reim machen konnte. Warum sonst hätte sie versuchen sollen, die Ziffern von Vals Nummernschild aufzuschreiben?«

Regan seufzte. »Sie wußten, daß alles herauskommen würde, wenn sie zur Polizei ginge. Deshalb folgten sie ihr nach draußen, holten sie ein … «

»Warum geschah der Mord so nahe an meinem Grundstück?« fragte Veronica.

»Livingston meint, daß Athena Philip fragen wollte, was sie tun sollte, und deshalb in Richtung Llewellyn Hall rannte. Sie war emotional von ihm abhängig und hatte ihn zu ihrem Vertrauten gemacht. Hardwick hat sie in der Nähe Ihres Hauses getötet, und natürlich wollten sie die Leiche so schnell wie möglich loswerden.«

Regan zögerte. »Veronica, du mußt dir klarmachen, daß Philip von Vals Plänen absolut keine Ahnung hatte. Val hat Penelope Gift auf das Essen gestreut, damit du allein fährst. Cameron Hardwick wollte ganz sicher gehen, daß du New York nicht lebend erreichst. Philip und Val wollten heiraten und nach deinem Tode wäre dein Besitz im Handumdrehen an eine Hotelkette verkauft worden. Sie fürchteten, daß du deine Verwandten in Amerika liebgewinnen und dein Testament ändern könntest.«

»Aber sie hat doch selbst vorgeschlagen, daß *du* mich begleiten solltest«, protestierte Veronica.

»Es war alles etwas bedrohlich geworden. Val meinte, daß Athena mir vielleicht etwas über den Tod ihrer Tante erzählt haben könnte. Sie wußte, daß ich an dem Fall arbeitete und immer wieder versuchte, mich an alle Einzelheiten zu erinnern und die Zusammenhänge zu erfassen. Ich führe Tagebuch, und ich bin ausgebildete Detektivin.«

»Ich verstehe.« Aus ihrer nächsten Frage wurde deutlich, daß Veronica es tatsächlich verstanden hatte. »Wir trafen Val ein Jahr nach dem Einbruch in Griechenland. Sie hat immer sehr bescheiden gelebt. Was hat sie denn mit ihrem Anteil an den Juwelen, die aus dem Safe von Athenas Tante gestohlen wurden, gemacht?«

Regan lächelte. »Veronica, wenn du einen Job als Detektivin suchst, nehme ich dich sofort. Hardwick war von jener Taschenuhr fasziniert und hat sie sich als seinen Anteil genommen. Sie ist außerordentlich kostbar, aber wenn er versucht hätte, sie zu verkaufen, dann wäre sie sofort erkannt worden. Er hat sie immer behalten: Val verkaufte die Steine aus ihrem Anteil an den Juwelen für zweihunderttausend Dollar und legte das Geld in ein Safe. Ihr Bankkonto ist in all diesen Jahren von der Polizei immer wieder überprüft worden, und Val wußte das. Dann machte sie mit ihrem Gelegensheitsliebhaber einen guten Handel. Er würde uns beiseite schaffen. Als Philips Ehefrau hätte sie, sobald sie Llewellyn Hall verkauft hätte, auf großem Fuß leben können. Und Hardwick hätte die Taschenuhr und bekäme darüber hinaus noch zweihunderttausend Dollar in bar.«

Veronica nickte. »So ist das also. Vielleicht hätte ich mein großes Geheimnis doch nicht bis zum nächsten Jahr hüten sollen.«

»Geheimnis?« fragte Regan.

»Natürlich. Ich werde Llewellyn Hall, die fünfzig Acres unmittelbar darum herum und ein gewisses Treuhandvermögen Philip überlassen. Den Rest des Vermögens werde ich Saint Polycarp's überlassen; es soll benutzt werden, um das Sir-Gilbert-Exner-Zentrum für Dichtkunst einzurichten. Der liebe Philip wird auch in Zukunft seinen zauberhaften Blumengarten pflegen können. Und er wird selbstverständlich eine lebenslange Anstellung als Lehrer in Saint Polycarp's bekommen.«

»Das ist ja wunderbar, Veronica«, rief Regan und fragte sich, wie die Verwandten, die am Kai warteten, auf diese Neuigkeit wohl reagieren würden.

Als sie in den Hafen einliefen, stand eine Gruppe lebhaft diskutierender Passagiere in der Camelot-Suite. Man trank Champagner und prostete der Freiheitsstatue zu. Luke und Nora luden alle Anwesenden zu einem Brunch in der »Grünen Taverne« ein.

»Ob ich wohl auch Kinder mitnehmen kann?« fragte Immaculata.

»Natürlich«, antwortete Luke mit Nachdruck.

Sylvie fragte ängstlich: »Kann Violet auch kommen? Ihr Flugzeug nach Florida fliegt erst um fünf Uhr ab.«

»Sie war übrigens die erste, die Cameron Hardwick mit Griechenland in Verbindung gebracht hat. Sie ist natürlich herzlich willkommen«, sagte Regan.

Dale wandte sich Kenneth zu. »Komm, wir verschieben den Termin für unsere Heimreise und bleiben bis morgen.«
»Gute Idee.«
Die Aussicht auf den Fünfzigtausend-Dollar-Scheck und das Ende der Alpträume über Polizisten, die ihn am Kragen packen, hatten Gavin in eine euphorische Stimmung versetzt. Er würde den restlichen Tag am Telefon verbringen und mit allen Kolumnisten plaudern. Und wer weiß, vielleicht würde die Serie »Gavins Gäste« auch wieder in das Programm aufgenommen werden.

New York

Gott sei Dank kamen sie schnell und ohne Probleme durch den Zoll. Nur einmal wäre es fast noch in letzter Minute zu einer Katastrophe gekommen: als Veronica einen der drogenschnüffelnden deutschen Schäferhunde umarmen wollte. »Süß, wirklich süß«, murmelte sie und wollte gerade ein Hundeohr packen, aber Regan riß ihre Hand noch in letzter Sekunde zurück.

Also – den netten Buttacavola-Clan wird bestimmt jeder erkennen, dachte Regan. Die Mitglieder der Großfamilie standen direkt vor dem Zolldurchgang. Mario Junior sah genau aus wie sein Vater. Regan hatte inzwischen so viele Bilder von Roz, Mario dem Dritten und Concepcione gesehen, daß sie sie an Hand der Luftaufnahme eines Fußballstadions hätte erkennen können. Immaculata umarmte voller Begeisterung die Kinder und zerdrückte dabei den Rosenstrauß, den Mario der Dritte ihr gerade überreichen wollte. »Wartet, bis wir euch erzählen, was für ein Held euer Großvater ist«, rief sie und bedeckte die Kleinen mit Küssen.

»Mami hat gerade gekotzt«, berichtete Mario der Dritte, nachdem er sich aus den Fängen seiner Großmutter freigekämpft hatte.

»Roz, ist alles in Ordnung mit dir?« fragte Immaculata entsetzt.

»Die morgendliche Übelkeit, Großmama«, antwortete

Roz mit einem breiten Lächeln. »Nunzio oder Fortunata wird wahrscheinlich gerade richtig zum Valentinstag ankommen.«

»Aaaahhhhh!« Immaculatas Freudenschrei übertönte den Verkehrslärm des West Side Highway.

Es war auch leicht, Veronicas Cousine und ihre zwei Töchter zu entdecken. Die Mutter hielt ein Schild in die Höhe: WILLKOMMEN, TANTE VERONICA.

»Ah, da ist ja mein Fleisch und Blut«, rief Veronica und eilte zu ihnen hinüber. Die Wartenden hatten zum Empfang offenbar eine Art Hofknicks eingeübt.

Das ganze Theater wird euch nicht viel nützen, ihr Lieben, dachte Regan.

»Hallo Regan, Regan!« Jeffs vertraute Stimme bewirkte, daß sie sich hastig umdrehte. Einen Augenblick später hob er sie in die Höhe. Über seine Schulter hinweg konnte sie Kits lächelndes Gesicht erkennen.

»Ich hab' euch ein paar Pralinen mitgebracht«, sagte Jeff. »Jemand in der ersten Klasse hat sie mir geschenkt.«

»Na, wenigstens bist du ehrlich.« Es war schön, Kit und Jeff wiederzusehen.

Kit wedelte einen Brief hin und her. »Die erste Bitte um eine Spende für Saint Polycarp's kam per Eilboten!«

In der »Grünen Taverne« prosteten alle einander zu.

»Mein Gott, was können diese Kinder essen!« murmelte Kit leise.

Violet Cohn, die überaus zufrieden war, wieder einmal recht gehabt zu haben, erzählte Kenneth und Dale, wie entsetzlich unhöflich Cameron gewesen sei, als er sie in Griechenland als Kellner bedient habe. »Können Sie sich vorstellen, daß er mich hinter vorgehaltener Hand eine ›alte Schachtel‹ genannt hat?« Die entsetzten Mienen, die alle zur Schau trugen, hätten selbst Sir Laurence Oliviers Schauspielkünste in den Schatten gestellt.

Regan vermutete, daß Sylvie und Milton unter dem Tisch Händchen hielten.

Gavin bemühte sich eifrig um Nora. »Wenn ›Gavins Gäste‹ wieder ins Programm aufgenommen wird, dann möchte ich, daß Sie mein erster Gast sind. Mein Gott, wir werden dem Publikum wirklich eine Menge zu erzählen haben.«

Luke murmelte: »Nora, du mußt aber unbedingt den richtigen Sender einstellen, bevor du das Haus verläßt.«

Veronica wandte ihre Aufmerksamkeit einen Augenblick lang von ihren demonstrativ liebevollen Verwandten ab. »Und ich möchte unbedingt, daß man mir die Tonbandaufzeichnung davon schickt. Nora ist wirklich so außerordentlich liebenswürdig. Regan sagte mir, Sie beide hätten es verhindern wollen, daß ich mich während dieser ganzen Kreuzfahrt mit meiner Biographie abplage. Das ist wirklich sehr lieb. Nun, jetzt haben wir aber endlich ein wenig Zeit füreinander.« Sie hob ihr Glas. »Auf einen wunderbaren Monat mit meinen Verwandten und Freunden und eine sichere und abwechslungsreiche Überfahrt zurück nach England. Regan, hättest du Lust, mich auf der Rückreise zu begleiten?«

Regan atmete tief durch. »Also, ich w-w-weiß nicht, Veronica.« Mein Gott, dachte sie, ich fange allmählich an, wie Philip zu reden. »Inspektor Livingston hat mir gesagt, daß Penelope dir unbedingt nach New York nachreisen möchte. Vielleicht solltest du ihr eine Chance geben.«

»Da hast du wahrscheinlich recht, Regan. Die Arme hat meinetwegen eine schreckliche Zeit durchgemacht ... «

»Aber denke bitte an eines«, fügte Regan hinzu. »Sag ihr, sie solle das Rezept für ihre leckeren Pastetchen daheim lassen. Sie würden bestimmt nicht durch den Zoll kommen.«